Theodor Fontane

Effi Briest

In Einfacher Sprache

Die wichtigsten Personen

Effi Briest:
Eine junge Frau aus gutem Hause. Effi ist sensibel und lebhaft.

Luise von Briest:
Effis Mutter ist liebevoll und verständnisvoll.
Sie sorgt sich um ihre Tochter.

Ernst von Briest:
Effis Vater, oft nur „Briest" genannt. Er liebt seine Tochter.
Er ist ein bisschen streng. Aber er nimmt die Dinge nicht so ernst.

Hulda, Hertha und Bertha:
Freundinnen von Effi aus ihrer Kindheit in Hohen-Cremmen.

Baron Geert von Innstetten:
Effis Ehemann, ein älterer Beamter und ehemaliger Offizier.
Er ist etwas streng und belehrend.

Annie:
Effis Kind.

Major Crampas:
Ein Offizier aus Kessin und Kollege von Baron Innstetten.

Roswitha und Johanna:
Effis Hausmädchen.

Wilke und Kruse:
Ihre Diener.

Gieshübler:
Ein enger Vertrauter von Effi und Bekannter aus ihrer Jugend.

„Vetter Briest":
Effis witziger und frecher Cousin (Vetter) Dagobert.
Er lebt in Berlin.

Dr. Rummschüttel:
Effis Arzt.

Die wichtigsten Orte

Hohen-Cremmen:
Der Geburtsort und das Elternhaus von Effi Briest liegt auf dem Land irgendwo im Osten Deutschlands. Dort verbringt Effi ihre Kindheit und Jugend mit ihren Eltern und Freundinnen. Es ist ein Ort der Geborgenheit und des Familienlebens.

Berlin:
Effi und ihre Familie besuchen Berlin gelegentlich. Effi verbringt dort auch einige Zeit allein. Berlin ist im Unterschied zu Hohen-Cremmen und Kessin eine Großstadt mit vielen Menschen und Eindrücken.

Kessin:
Kessin ist ein Ort in Hinterpommern am Meer. Dort lebt Effi mit ihrem Mann. Das Meer und die Landschaft in Kessin sind wild und abwechslungsreich.

Erholungsorte:
Effi verbringt einige Zeit in der Kurstadt Bad Ems. Ein paar Mal reisen sie, zum Beispiel nach Italien und Dänemark.

Inhalt

Kapitel 1

Die Sonne schien auf das alte Haus der Familie von Briest in Hohen-
Cremmen. Es war Mittag. Auf der Dorfstraße war es ganz still. Ein Teil
des Hauses warf einen Schatten. Der Schatten fiel auf einen Weg mit
weißen und grünen Fliesen und auf einen runden Platz. In der Mitte
des Platzes stand eine Sonnenuhr. Am Rand wuchsen Rhabarber und
andere Pflanzen. Zwanzig Schritte weiter gab es an einer Kirche eine
Mauer mit Efeu. In der Mauer war eine kleine weiße Tür. Hinter der
Mauer sah man einen Turm mit einem glänzenden Hahn darauf.
Das Haus und die Mauer ergaben zusammen die Form von einem
Hufeisen. In dem Hufeisen war ein kleiner Garten. An der offenen Seite
des Hufeisens war ein Teich. Am Teich gab es einen Steg. Am Steg lag
ein Boot.

Neben dem Teich war eine Schaukel. Sie hing an zwei Seilen.
Die Pfosten der Schaukel waren schon ein bisschen schief.
Zwischen dem Teich und dem runden Platz standen große alte Bäume.
Sie verdeckten die Schaukel ein wenig.

Vorne hatte das Haus eine Fläche mit Pflanzen und Stühlen.
Manchmal war der Himmel bewölkt. Dann war es dort angenehm.
Man konnte sich dort gut unterhalten. Manchmal war die Sonne zu heiß.
Dann saßen die Leute lieber hinten im Garten. Die Frau und ihre Tochter
waren heute auch lieber dort. Sie saßen im Schatten. Hinter ihnen waren
Fenster mit Pflanzen. Neben ihnen war eine kleine Treppe.
Die Treppe führte in einen anderen Teil des Hauses.
Mutter und Tochter waren fleißig. Sie nähten einen Teppich für den
Altar. Sie setzten ihn aus vielen Teilen zusammen. Auf einem Tisch lagen
viele Wollfäden und Seidenfäden. Es gab auch Teller und eine Schale mit
Beeren. Die Frauen nähten schnell und genau. Die Mutter schaute immer
nur auf ihre Arbeit.

Die Tochter hieß Effi. Das ist die Abkürzung von „Josefine".
Effi legte manchmal ihre Nadel weg. Dann stand sie auf. Sie machte
Turnübungen. Sie übte gerne und mit Liebe. Sie stand dann da und hob
langsam die Arme. Dann legte sie die Hände über dem Kopf zusammen.
Die Mama sah dann kurz von ihrer Handarbeit auf. Aber sie schaute nur
heimlich. Sie hatte ihr Kind sehr lieb. Aber sie wollte es nicht so direkt
zeigen.

Effi trug ein Kleid aus blau-weißem Stoff. Ein Gürtel machte ihre Hüfte
schmal. Man konnte ihren Hals sehen. Ein großer Kragen lag auf ihren
Schultern. Effi war fröhlich und hübsch anzusehen. Ihre braunen Augen
strahlten vor Klugheit und Freude. Alle nannten sie „die Kleine". Denn
ihre Mama war größer. Das musste sie sich gefallen lassen. Effi stand auf
und drehte sich nach links und rechts. Ihre Mama sah von der Arbeit auf
und sagte: „Effi, du könntest Kunstreiterin sein. Immer am Trapez. Immer
in der Luft. Ich glaube, du würdest das mögen."

Effi antwortete: „Vielleicht, Mama. Aber wer ist schuld? Ich habe es von
dir. Oder meinst du von Papa? Warum ziehst du mir einen Kittel an wie
für einen Jungen? Manchmal denke ich, ich muss bald wieder kurze Kleider tragen. Dann mache ich wieder Knickse wie ein junges
Mädchen. Und bei erwachsenen Besuchern setze ich mich auf ihren
Schoß und spiele Pferdchen. Warum nicht? Du bist schuld. Warum
bekomme ich keine feinen Kleider? Ich bin angezogen wie ein Junge.
Ich will aber lieber eine Frau sein wie du. Warum machst du keine Dame
aus mir?"

„Willst du das wirklich?"

„Nein." Dann lief sie zu ihrer Mama. Sie umarmte und küsste sie fest.

„Sei nicht so wild, Effi. Ich mache mir Sorgen, wenn ich dich so sehe."

Die Mama wollte noch mehr sagen. Aber dann kamen drei Mädchen in
den Garten. Sie grüßten Effi und gingen schnell zu ihrer Mutter, Frau von
Briest, um sie zu begrüßen. Frau von Briest stellte ein paar Fragen und bat
die Mädchen, länger zu bleiben. Dann sagte sie: „Ich muss noch was tun.
Junge Leute sind ja gern unter sich. Auf Wiedersehen." Sie ging die
Steintreppe hoch. Die Treppe führte vom Garten in den Seitenflügel.

Die jungen Leute waren jetzt allein. Zwei von den Mädchen waren klein
und rund. Sie hatten lockiges, rotblondes Haar und Sommersprossen.
Sie waren immer gut gelaunt. Das waren die Töchter von Kantor Jahnke:
die Zwillinge Bertha und Hertha. Das dritte Mädchen war Hulda
Niemeyer. Sie war die einzige Tochter von Pastor Niemeyer. Sie war
feiner als die anderen beiden. Aber sie war langweilig und eingebildet.
Sie hatte blonde Haare und große Augen. Ihre Augen suchten immer
etwas. Jemand hatte deshalb gesagt: ‚Sie wartet vielleicht auf den Engel
Gabriel?' Effi fand das auch. Aber sie behandelte alle drei Freundinnen
gleich. Besonders in diesem Augenblick.

Effi legte ihre Arme auf den Tisch und sagte: „Diese langweilige
Stickerei. Zum Glück seid ihr hier." Hulda sagte: „Aber wir haben
deine Mama weggeschickt."

„Nein, das habt ihr nicht. Sie hat gesagt, sie würde gehen. Sie erwartet
einen alten Freund. Ich werde euch später eine Liebesgeschichte über ihn
erzählen. Es geht um Liebe und Verzicht. Ihr werdet staunen.
Er ist Landrat. Und er ist sehr männlich."

„Das ist wichtig", sagte Hertha.

„Ja, das ist wichtig. Frauen sollen wie richtige Frauen sein. Männer wie
richtige Männer. Das sagt Papa auch. Jetzt räumen wir den Tisch auf.
Sonst gibt es Ärger."

Schnell räumten sie auf. Dann sagte Hulda: „Jetzt erzähl' uns die Geschichte, Effi. Ist sie schlimm?"

„Es ist eine Geschichte mit Verzicht. Und das ist nicht schlimm. Aber Hertha soll nicht mehr so auf die Stachelbeeren starren. Nimm so viele du willst. Wir können später mehr pflücken. Wirf die Schalen nicht hin. Leg sie auf das Zeitungspapier. Wir machen eine Tüte daraus. Mama mag keine Schalen herumliegen sehen. Man kann ausrutschen und sich verletzen."

„Das glaube ich nicht", sagte Hertha. Sie aß jetzt viele Stachelbeeren.

„Ich auch nicht", sagte Effi. „Denkt mal nach. Ich falle oft hin. Aber ich habe mir noch nie etwas gebrochen. Ein starkes Bein bricht nicht so leicht. Mein Bein sicher nicht und deins auch nicht, Hertha. Was denkst du, Hulda?"

„Man soll nicht mit seinem Glück spielen. Übermut kann zu einem Sturz führen."

„Du bist immer so ernst. Du bist wie eine alte Frau ohne einen Mann."

„Aber ich hoffe, ich heirate noch. Vielleicht sogar vor dir."

„Wenn du meinst. Glaubst du, ich warte darauf? Das noch! Ich finde bestimmt bald jemanden. Neulich hat der kleine Ventivegni gesagt: ,Fräulein Effi, wetten wir, dass wir bald eine Feier haben?'"

„Und was hast du geantwortet?"

„Ich sagte: ,Vielleicht, vielleicht; Hulda ist die Älteste und könnte jeden Tag heiraten.' Aber er meinte jemand anderen. Jemanden,

der dunklere Haare hat als Hulda. Und dann sah er mich an.
Aber ich schweife ab und vergesse die Geschichte."

„Ja, du hörst immer auf zu erzählen; vielleicht willst du nicht."

„Oh, ich will schon erzählen. Aber es ist alles etwas seltsam und fast wie
in einer Geschichte."

„Du hast gesagt, er ist Landrat."

„Ja, er ist Landrat. Sein Name ist Geert von Innstetten,
Baron von Innstetten."

Alle drei lachten.

„Warum lacht ihr?", fragte Effi. „Was bedeutet das?"

„Effi, wir wollen dich nicht ärgern und auch den Baron nicht.
Innstetten, hast du gesagt? Und Geert? So heißt hier niemand.
Aber Adelige haben oft solche Namen."

„Ja, das stimmt. Adelige haben besondere Namen. Die können sich das
erlauben. Aber ihr kennt euch damit nicht aus. Das ist nicht schlimm.
Wir sind trotzdem Freunde. Also, Geert von Innstetten ist sein Name
und er ist ein Baron. Er ist so alt wie Mama, auf den Tag genau."

„Und wie alt ist deine Mama?"

„38."

„Das ist ein gutes Alter."

„Ja, besonders wenn man noch so aussieht wie Mama. Sie ist schön, oder?
Und sie weiß immer, wie man sich benimmt. Nicht wie Papa.
Als junger Soldat würde ich mich in Mama verlieben."

„Aber Effi, das darfst du nicht sagen", sagte Hulda. „Das verstößt gegen
das vierte Gebot. Es heißt: ,Du sollst Vater und Mutter ehren.'"

„Quatsch. Wie kann das gegen das vierte Gebot sein? Ich glaube,
Mama freut sich. Sie weiß aber nicht, was ich gesagt habe."

„Vielleicht", sagte Hertha dann. „Aber erzähle endlich die Geschichte!"

„Baron Innstetten war nicht 20 Jahre alt. Da war er Soldat bei den
Rathenowern. Er besuchte oft die Güter hier. Am liebsten war er in
Schwantikow bei meinem Großvater Belling. Aber nicht wegen meines
Großvaters. Wegen Mama. So erzählt sie es. Ich glaube, sie mochten
sich beide."

„Und was passierte dann?"

„Es passierte, was passieren musste. Er war viel zu jung. Papa war viel
älter. Als er kam, war er schon ein wichtiger Mann und besaß dieses
Haus. Effis Mutter hatte vielleicht Innstetten lieber. Aber Briest konnte sie
versorgen. Innstetten hat sie auch geliebt. Mama überlegte deshalb nicht
lange. Sie heiratete ihn und wurde Frau von Briest. Und was dann noch
kam, das bin ich."

„Ja, das bist du, Effi", sagte Bertha. „Zum Glück haben wir dich.
Was machte Innstetten? Er hat sich das Leben genommen?
Nein, er kommt ja gleich!"

„Nein, er hat sich nicht das Leben genommen. Aber es war ähnlich."

„Hat er es versucht?“

„Nein, auch nicht. Aber er wollte nicht hierbleiben. Das Soldatenleben
mochte er damals nicht mehr. Es war Frieden. Er hat deshalb nicht viel
zu tun gehabt und fing an, Recht zu studieren. Er war sehr eifrig.
Als der Krieg 1870 kam, ging er zurück zur Armee. Aber er ging zu einem
anderen Regiment. Er bekam auch eine Auszeichnung für seinen Mut.
Nach dem Krieg arbeitete er wieder mit Papieren. Bismarck und der
Kaiser mochten ihn sehr. Deshalb wurde er Landrat in Kessin.“

„Was ist Kessin? Ich kenne hier kein Kessin.“

„Kessin ist nicht hier in der Nähe. Es ist weit weg in Pommern.
Es ist sogar in Hinterpommern. Aber das ist egal. Es ist nur ein Badeort.
Viele Orte dort sind Badeorte. Baron Innstetten möchte alte Bekannte
besuchen. Er will hier Freunde und Familie wiedersehen.“

„Hat er denn hier Familie?“

„Ja und nein. Es gibt keine Innstettens mehr hier. Aber er hat weit
entfernte Verwandte von seiner Mutter her. Er wollte auch Schwantikow
und das Haus Bellings sehen. Dort hat er viele Erinnerungen.
Vorgestern war er dort und heute will er hierher nach Hohen-
Cremmen.“

„Und was sagt dein Vater dazu?“

„Nichts. Er ist nicht eifersüchtig. Und er kennt ja meine Mutter.
Er macht Späße damit.“

Es ist Mittag. Der Diener Wilke kommt zu Effi. Er sagt: „Die Mutter
möchte, dass du dich hübsch machst. Der Vater kommt bald.“

Wilke räumt den Tisch auf. Er will die Zeitung mit den
Stachelbeerschalen wegnehmen.

Effi sagt: „Nein, Wilke. Das machen wir selbst. Hertha, mach eine Tüte.
Leg einen Stein rein. Dann sinkt sie besser im Wasser." Für Effi ist es ein
Spiel. Der Teich ist das Meer. Effi will die Tüte im Meer versenken.
Sie sagt: „Wir alle nehmen ein Stück von der Tischdecke.
Dann singen wir etwas Trauriges."

„Was sollen wir singen?", fragt jemand. Effi sagt: „Egal was. Es soll sich auf
‚u' reimen. ‚U' klingt traurig." Sie schlägt ein Lied vor:
Flut, Flut, Mach alles wieder gut.

Effi fing an, das Lied zu singen. Es klang feierlich. Alle vier gingen
auf den Steg. Sie stiegen in ein Boot. Das Boot war am Steg festgemacht.
Sie ließen eine Tüte mit einem Stein ins Wasser sinken.

„Hertha, du hattest Schuld. Jetzt ist deine Schuld weg", sagte Effi
„Früher hat man Frauen so ins Wasser geworfen. Diese Frauen waren
nicht treu zu ihrem Mann."

„Aber nicht hier."

„Nein, nicht hier", lachte Effi. „So etwas passiert hier nicht.
Aber in Konstantinopel. Du weißt das auch. Du warst dabei.
Herr Holzapfel hat uns das in Erdkunde erzählt."

„Ja", sagte Hulda. „Er hat immer solche Geschichten erzählt.
Aber man vergisst das wieder."

„Ich nicht. Ich merke mir so etwas."

Kapitel 2

Die vier redeten so weiter. Sie erinnerten sich an die Schule. Sie dachten
an die schlechten Dinge, die Herr Holzapfel gesagt hat. Sie sind empört,
aber es gefällt ihnen auch. Dann sagt Hulda plötzlich: „Es ist spät, Effi.
Du siehst komisch aus. Wahrscheinlich warst du Kirschen pflücken.
Deine Kleidung ist zerknittert und zerknautscht. Leinen knittert immer
so. Und dein großer weißer Kragen... Ja, jetzt weiß ich es, du siehst aus
wie ein Schiffsjunge."

„Nein, ich bin Marineoffizier. Ich habe doch Adel. Mein Papa will mir
einen Mastbaum neben der Schaukel bauen. Mit Querstangen und einer
Leiter. Ich möchte oben die Flagge anbringen. Hulda, du kannst dann
auch hochklettern. Dann rufen wir Hurra und geben uns einen Kuss.
Das wäre toll."

„Du redest wie ein Marineoffizier. Aber ich klettere dir nicht nach.
Ich bin nicht so mutig. Jahnke sagt: Du bist wie deine Mama.
Ich bin nur ein Pfarrerskind."

„Du bist auch mutig. Erinnerst du dich, wie du vom Dach gerutscht bist?
Du wolltest Vetter Briest beeindrucken. Aber ich verrate es nicht.
Lasst uns schaukeln. Jeder auf einer Seite. Es wird nicht reißen.
Oder wir spielen Verstecken. Ich habe noch eine Viertelstunde Zeit.
Ich soll bloß rein und dem Landrat ‚Guten Tag' sagen. Er ist auch alt.
Er könnte fast mein Vater sein. Vielleicht gefällt ihm mein
Matrosenanzug. Er kommt ja von der Küste. Prinzen ziehen auch immer
Kleidung aus der Heimat des Gastes an. Mein Papa hat mir das erzählt.
Also keine Angst, schnell, schnell! Wer ist Erster an der Bank?"

Hulda wollte noch etwas sagen. Aber Effi war schon weg.

Sie lief den Weg entlang und war plötzlich verschwunden.

„Effi, das ist nicht fair. Wo bist du? Wir spielen nicht Verstecken.
Wir spielen Fangen", riefen die Freundinnen. Sie liefen schnell hinter ihr
her, über den Platz und an zwei großen Bäumen vorbei. Dann kam Effi
plötzlich aus ihrem Versteck und erreichte schnell den freien Platz neben
der Bank. Ihre Freundinnen konnten sie nicht sehen.

„Wo warst du?"

„Hinter den Rhabarberpflanzen versteckt. Die haben sehr große Blätter."

„Pfui."

„Nein, pfui für euch, weil ihr verloren habt. Hulda hat mit ihren großen
Augen wieder nichts gesehen. Sie ist immer ungeschickt."

Effi rannte wieder über den Platz zum Teich. Sie schien zu fliegen.
Sie wollte sich jetzt hinter einem Busch verstecken. Dann wollte sie
einen anderen Weg zurück nehmen. Sie hatte alles gut geplant.
Aber sie hörte schon ihren Namen rufen. Ihre Mutter stand auf der
Treppe und winkte mit ihrem Taschentuch. Effi lief schnell zu ihr.

„Du trägst noch deine alte Kleidung. Und der Besuch ist schon da.
Du bist nie pünktlich."

„Ich bin pünktlich. Der Besuch ist zu früh. Es ist noch nicht eins;
noch lange nicht." Effi rief zu den Zwillingen: „Spielt weiter.
Ich komme zurück."

Gleich danach ging Effi mit ihrer Mutter in den großen Gartensaal.

„Mama, du kannst mich nicht tadeln. Es ist wirklich erst halb eins.
Warum kommt er so früh? Männer kommen nicht zu spät.
Aber auch nicht zu früh."
Frau von Briest war ein bisschen verwirrt. Effi umarmte sie und sagte:
„Entschuldige. Ich werde mich beeilen. Du weißt, ich kann schnell sein.
In fünf Minuten bin ich fertig. Er kann warten oder mit Papa reden."

Mama nickt ihr zu. Sie will die Treppe hochgehen. Die Treppe führt nach
oben. Aber Frau von Briest hält Effi auf. Sie schaut sie an. Effi sieht frisch
und lebendig aus. Sie hat ja gerade gespielt. Frau von Briest sagt fast wie
eine Freundin: „Na gut, bleib' so angezogen. Du siehst gut aus. Und du
siehst nicht extra angezogen aus. Das ist jetzt wichtig. Ich muss dir etwas
sagen, meine süße Effi."

Sie nimmt Effis Hände. „Ich muss dir sagen..."

„Aber Mama, was ist los? Ich habe Angst."

„Ich muss dir was sagen, Effi: Baron Innstetten hat um deine Hand
angehalten."

„Das heißt: Er will mich heiraten? Wirklich?"

„Es ist kein Witz. Du hast ihn vorgestern gesehen. Er hat dir gefallen.
Er ist älter als du. Das ist meistens gut. Er ist ein Mann mit Charakter
und guten Manieren. Du kannst ja sagen. Dann bist du 20 Jahre alt
und gleich Baronin. Andere sind das erst mit vierzig Jahren. Du bist
auch schneller als deine Mama."

Effi sagte nichts. Sie suchte nach einer Antwort. Da hörte sie ihren Vater
sprechen. Er war im Zimmer nebenan. Dann kam ihr Vater Herr von
Briest in den Raum. Er war über fünfzig Jahre alt und sah gut aus.

Baron Innstetten kam auch. Er war groß, hatte dunkle Haare und stand aufrecht wie ein Soldat.

Effi sah ihn und fing an zu zittern. Baron Innstetten kam zu ihr und verbeugte sich freundlich. Dann hörte das Zittern schnell auf. Denn in diesem Moment sah man die rotblonden Köpfe der Zwillinge hinter den Büschen am Fenster. Sie hatten sich versteckt. Hertha, die wilde Zwillingsschwester, rief: „Effi, komm!" Dann sprangen beide Schwestern in den Garten. Man hörte nur noch ihr Kichern und Lachen.

Kapitel 3

Am selben Tag verlobten sich Baron Innstetten und Effi Briest.
Sie werden heiraten. Ihr Vater freute sich und wollte lustig werden.
Beim Essen nach der Verlobung trank er auf das junge Paar.
Frau von Briest dachte dabei an ihre eigene Hochzeit vor 18 Jahren.
Das berührte ihr Herz.

Sie dachte kurz an früher. Innstetten wollte damals sie selbst heiraten.
Jetzt heiratet er ihre Tochter. Das fand die Mutter in Ordnung.
Und man konnte mit Papa Briest gut auskommen. Der war einfach und
manchmal ein bisschen frech. Am Ende des Essens wollte Vater Briest,
dass alle sich duzen. Er umarmte Innstetten und küsste ihn auf die
Wange. Aber das war ihm nicht genug. Er wollte, dass alle sich im Haus
mit besonderen Namen ansprechen. Seine Frau sollte „Mama" bleiben.
Er selbst wollte lieber „Briest" heißen, weil es kurz ist. Und die
Kinder sollten einfach Effi und Geert heißen. Er sagte: Geert bedeutet
ein schlanker Baum und Effi ist das Efeu. Das Efeu windet sich um den
Baum.

Effi und Geert war das peinlich. Aber Effi fand es auch lustig. Frau von
Briest sagte: „Briest, sag was du willst. Mach‘ deine Trinksprüche.
Aber bitte keine Gedichte. Das ist nicht deine Stärke." Briest sah das ein.
„Vielleicht hast du recht, Luise."

Nach dem Essen ging Effi fort. Sie wollte die Familie des Pastors
besuchen. Auf dem Weg dachte sie: „Hulda wird wohl sauer sein.
Ich war jetzt doch schneller. Sie ist immer so eingebildet."

Aber es kam anders. Hulda war sehr nett. Nur Huldas Mutter machte
komische Bemerkungen. „So ist das eben. Wenn nicht die Mutter,

dann die Tochter. Bekannte Familien halten zusammen. Sie sind schon reich. Und jetzt kommt noch mehr dazu."
Pastor Niemeyer fühlte sich nicht wohl bei diesen Worten. Seine Frau war früher seine Haushälterin. Das war auch eine komische Situation. Vielleicht hätte er sie besser nicht geheiratet.

Danach besuchte Effi auch die Familie Jahnke. Die Zwillinge hatten schon auf sie gewartet und begrüßten sie im Garten.

„Effi", sagte Hertha, „wie geht es dir?"

„Oh, ganz gut. Wir sagen du zueinander. Er heißt Geert.
Das habe ich euch schon erzählt."

„Ja, das hast du. Aber ich habe Angst. Ist er der Richtige?"

„Ja, er ist der Richtige. Du verstehst das nicht, Hertha. Jeder ist der Richtige. Er muss nur adelig sein, einen guten Beruf haben und gut aussehen."

„Effi, du redest anders als früher."

„Ja, früher."

„Bist du glücklich?"

„Ja. Ich bin ja verlobt. Dann ist man glücklich."

„Und ist es dir peinlich?"

„Ein bisschen peinlich ist es mir. Aber nicht sehr. Das geht bestimmt vorbei."

Nach dem kurzen Besuch bei Hertha ging Effi zurück. Sie wollten auf
der Veranda Kaffee trinken. Ihr Vater und ihr Verlobter gingen draußen
spazieren. Der Vater sprach über die Arbeit eines Landrats.
Ein Landrat regiert einen kleinen Teil eines Landes. Er hatte das Amt
schon angeboten bekommen. Aber er hatte immer abgelehnt.
Er wollte lieber frei sein. Er sagte: „Ich mag es, alles selbst zu
entscheiden. Ich schaue nicht gern zu Chefs herauf. Ich fühle mich
frei und genieße die Natur. Ich mag den wilden Wein am Fenster."

Er sagte noch mehr gegen Beamte. Er sagte oft „Entschuldigung,
Innstetten". Innstetten nickte immer. Aber er hörte gar nicht richtig zu.
Er schaute zu dem wilden Wein draußen und dachte an die Mädchen
mit den rotblonden Haaren und wie sie „Effi komm" riefen.
Hatte das etwas zu bedeuten?

Baron Innstetten hatte nur kurz Zeit. Er fuhr am nächsten Tag wieder
weg. Aber er sollte Effi jeden Tag schreiben. Effi sagte: „Das musst du."
Sie meinte es ernst. Denn sie liebte schon immer die vielen Geburtstags-
briefe. Jeder sollte ihr an diesem Tag etwas ganz Persönliches schreiben.
Und nicht nur so etwas wie „Gertrud und Klara senden Dir ihre
herzlichsten Glückwünsche." Gertrud und Klara sollten ihr richtige
Freundschaftsbriefe schicken. Am besten mit einer Briefmarke aus einem
anderen Land. Denn Effis Geburtstag lag meistens in der Urlaubszeit.

Innstetten schrieb ihr wie versprochen jeden Tag. Er selbst wollte nur
einmal in der Woche eine kleine Antwort von ihr. Das passte Effi gut.
Sie schrieb über lustige kleine Dinge. Diese freuten ihn sehr.
Die wichtigen Sachen besprach Innstetten mit Effis Mutter. Zum Beispiel
über die Hochzeit und was man dafür brauchte. Innstetten hatte schon
ein Haus. Es war passend eingerichtet. Er beschrieb viel. Das war gut.
So konnte man erfahren, was es schon im Haus gab. Dann kaufte man
nichts zweimal.

Frau von Briest und ihre Tochter wollten nach Berlin reisen. Briest sagte:
„Sachen kaufen wie für eine Prinzessin." Effi freute sich auf die Zeit in
Berlin. Ihr Vater erlaubte ihnen im „Hotel du Nord" zu wohnen.
Er wollte sich das Geld später zurückholen. Effi hatte keine Sorgen
wegen des Geldes. Sie stimmte ihrem Vater fröhlich zu. Für Effi war
ihr Aussehen wichtiger, wenn sie und ihre Mutter im Hotel essen.
Sie dachte weniger an die schönen Modegeschäfte.

Der Vetter Briest war auch in Berlin. Er war ein junger Leutnant
und sehr lustig. Er las gerne die „Fliegenden Blätter". Das war eine
Zeitschrift mit Witzen. Er hatte viel Zeit für die beiden. Sie trafen sich oft
beim berühmten Café Kranzler am Fenster. Manchmal gingen sie auch
ins Café Bauer. Nachmittags besuchten sie den Zoo. Dort schauten sie
sich die Giraffen an. Vetter Briest sagte, die Giraffen sehen aus wie die
alten Damen ohne Mann. Jeden Tag hatten sie ein Programm.
Eines Tages gingen sie in die Nationalgalerie. Dort wollte Vetter Briest
seiner Cousine Effi ein Bild zeigen. Das Bild heißt „Insel der Seligen".
Auf dem Bild sind nackte Frauen zu sehen. Sie baden zusammen mit
Männern. Die Cousine meinte: ‚Nach deiner Hochzeit kannst du so was
nicht mehr machen.' Er wollte Effi ärgern. Die Tante gab ihm deshalb
einen Schlag mit dem Fächer. Aber sie lächelte dabei freundlich.
Er durfte also weiter machen.

Alle drei hatten eine schöne Zeit zusammen. Vetter Briest konnte die
Damen unterhalten. Er konnte auch Streit schnell beenden. Mutter und
Tochter hatten manchmal andere Meinungen. Nur beim Einkaufen nicht.
Effi sagte zu allem Ja. Sie kümmerte sich nicht um den Preis.
Ihre Mutter fand das nicht schlimm. Sie dachte: ‚Effi interessiert sich eben
nicht so sehr für diese Dinge. Effi träumt lieber und freut sich mehr über
einen Gruß von einer Prinzessin als über viele neue Sachen.'

Das stimmte nicht ganz. Effi interessierte sich nicht so sehr für normale

Dinge. Beim Einkaufen wollte sie nur das Schönste. Sie wollte nur
das Allerbeste. Sonst wollte sie lieber gar nichts. Alles musste ganz
besonders sein.

Kapitel 4

Effis Vetter hieß Dagobert. Die Damen fuhren zurück nach Hohen-Cremmen. Er kam zum Abschied zum Bahnhof. Sie hatten eine schöne Zeit. Sie mussten ihre Zeit in Berlin nicht mit Tante Therese verbringen. Sie hatten sich die ganze Zeit vor ihr versteckt. Aber mit Vetter Dagobert war es anders. Denn er brachte Mutter und Tochter zum Lachen. Die gute Laune blieb bis zum Schluss. Jetzt beim Abschied lud Effi Dagobert zu ihrer Hochzeit ein. Er soll mit Freunden kommen. Nach verschiedenen Aufführungen soll getanzt werden.

Effi sagte: „Du musst daran denken: Mein erster großer Ball kann auch mein letzter sein. Nur die besten sechs Tänzer werden ausgewählt. Mit dem frühen Zug kannst du dann zurückfahren." Der Vetter sagte, dass er kommt. Dann gingen sie auseinander.

Die beiden Damen kamen mittags an ihrer Bahnstation an. Sie fuhren dann noch eine halbe Stunde nach Hohen-Cremmen. Briest war sehr froh, seine Frau und Tochter wieder zu sehen. Er stellte viele Fragen. Er hörte aber oft nicht auf die Antworten. Er erzählte lieber selber etwas dazu: „Ihr habt von der Nationalgalerie und der ‚Insel der Seligen' gesprochen. Wir hatten hier auch so eine Geschichte. Unser Inspektor Pink und die Gärtnersfrau. Offenbar haben Pink und die Gärtnersfrau ebenso Spaß miteinander gehabt wie auf der Insel der Seligen. Vielleicht haben sie sich geküsst oder so. Ich musste Pink deshalb leider entlassen. Solche Dinge passieren oft zur Erntezeit. Pink war sonst gut. Aber hier hat er einen Fehler gemacht. Aber genug davon; Diener Wilke wird schon ungeduldig."

Beim Essen hörte Briest besser zu. Er mochte, dass seine Tochter sich mit Vetter Dagobert verstand. Sie hatten sich vor Tante Therese

versteckt; das fand er nicht so gut. Aber eigentlich freute er sich.
Er mochte kleine Streiche. Und Tante Therese fand er in Wirklichkeit
lächerlich. Er hob sein Glas und trank mit Frau und Tochter. Nach
dem Essen zeigte man ihm die schönen Einkäufe. Er fand sie interessant.
Er fand die Rechnung sehr teuer. Aber das war für ihn dann in
Ordnung. Er sagte, alles sieht gut aus. Er dachte: Sie können zu Ostern
nach Rom fahren. Sie könnten ihre Hochzeitsreise nach 18 Jahren
endlich machen. Er fragte seine Frau Luise. Frau von Briest machte eine
Handbewegung wie „Ach was!" Aber ihm war es egal.

Das war Ende August. Der Hochzeitstag war am 3. Oktober. Also bald. Im
großen Haus, in der Kirche und in der Schule machte man sich
bereit für die große Party vor der Hochzeit. Jahnke wollte etwas
Besonderes machen. Er ließ Effis Freundinnen, seine Töchter Bertha
und Hertha als Lining und Mining auftreten. Lining und Mining sind
Geschwister, die der Dichter Fritz Reuter erfunden hat. Jahnke mochte
Reuter sehr. Die beiden sprachen Plattdeutsch. Käthchen von Heilbronn
ist ein Drama von Heinrich von Kleist. Käthchen heiratet nach einigem
Hin und her am Ende den Grafen Wetter von Strahl. Hulda sollte das
Käthchen von Heilbronn spielen, Leutnant Engelbrecht Graf von Strahl.
Es sollten Innstetten und Effi sein. Das war Niemeyers Idee. Er war
zufrieden mit seiner Arbeit. Alle fanden es gut. Nur Briest nicht.
Das stimmt nicht. „Innstetten ist ein guter Mensch. Aber die Familie
Briest ist eine alte Familie. Die Innstettens sind auch alt. Aber nicht so
wichtig wie die Briests. In dem Theaterstück soll keiner aussehen wie Effi.
Diese Person sagt immer ‚Hoher Herr'. Ihr Mann ist kein geheimer
Adeliger. Das passt also nicht."

Briest blieb lange Zeit dabei. Erst nach der zweiten Theaterprobe
änderte er seine Meinung. Das Mädchen im Stück trug ein enges
Samtkleid. Briest sagte, es sieht gut aus. Das war fast so, als würde er
aufgeben. Effi wusste nichts von diesen Dingen. Sie wollte auch nichts

davon wissen. Sie wollte sich überraschen lassen.

Für Effi war das Ganze wie ein Theaterstück. Aber schöner als das
Stück ‚Aschenbrödel‘. Das hatte sie in Berlin gesehen. Sie hätte gerne
mitgespielt. Sie wollte dem Lehrer einen Streich spielen. Sie fand
das Ende von ‚Aschenbrödel‘ sehr schön. Sie sprach oft so. Sie war
fröhlicher als früher. Aber ihre Freundinnen hatten Geheimnisse.
Das mochte sie nicht. Sie wollte ihre Freundinnen mehr bei sich haben.
Sonst müsste sie sich um sie sorgen und sich schämen. Effi machte
Witze darüber. Sie kümmerte sich nicht viel um ihre eigene Hochzeit.
Ihre Mutter dachte darüber nach. Aber sie machte sich keine Sorgen.

Effi dachte lieber über ihre Zukunft nach. Sie erzählte oft von ihrem zu-
künftigen Leben in Kessin. Ihre Mutter fand das lustig. Effi hatte eine
komische Vorstellung von dem Leben dort in Hinterpommern.
Vielleicht tat sie das auch extra. Sie glaubte, Kessin ist ein sehr kalter Ort.
Dort hört es nie auf kalt zu sein.

Frau von Briest sagte: „Heute kam das letzte Kleid von einem
Modehaus in Berlin.“ Sie saß mit Effi am Tisch. Dort lagen schon viele
Tücher und immer weniger Zeitungen. „Effi, hast du jetzt alles?
Wenn du noch etwas willst, sag es jetzt. Dein Vater hat gut verkauft.
Er ist sehr froh.“

„Er ist immer fröhlich“, sagte Effi.

„Sehr fröhlich“, sagte ihre Mutter. „Das müssen wir nutzen.
Sag, was du willst. In Berlin wolltest du noch etwas.“

„Ja, Mama, was soll ich sagen? Ich habe hier alles. Aber ich ziehe weit
in den Norden. Ich freue mich auf Nordlichter und helle Sterne.
Ich hätte gern einen Pelz gehabt.“

„Aber Effi, das ist doch Unsinn. Du ziehst ja nicht nach Russland.“

„Ich bin auf dem Weg dorthin.“

„Ja, das ist die Richtung. Aber was bedeutet das? Aber wenn du willst, kannst du einen Pelz haben. Ich sage dir aber, dass ich es nicht gut finde. Ein Pelz ist für ältere Leute. Selbst deine Mutter ist noch zu jung dafür. Und wenn du mit 17 Jahren einen Pelz trägst, denken die Leute, es ist ein Kostümfest.“

Das Gespräch war am 2. September. Sie hätten weitergesprochen. Aber es war Sedantag. Der Sedantag war ein Feiertag. Er erinnert an die Schlacht von Sedan. Danach regierte in Deutschland der Kaiser. Trommel- und Pfeifenmusik unterbrach sie. Effi hatte erst von dem Umzug gehört und dann vergessen. Sie lief schnell weg vom Tisch. Sie lief am Teich vorbei zu einem kleinen Balkon. Der Balkon war an einer Mauer gebaut. Man kam über sechs schmale Stufen nach oben. Effi war schnell oben. Die Schulkinder kamen mit ihrem Lehrer. Ein kleiner Junge mit einem Stock führte sie an. Er sah aus, als ob er eine wichtige Aufgabe hatte. Effi winkte mit ihrem Taschentuch. Der Junge grüßte mit seinem Stock zurück.

Eine Woche später saßen die Mutter und ihre Tochter wieder im Garten. Sie arbeiteten wieder. Es war ein sehr schöner Tag. Um die Sonnenuhr blühte noch eine Blume namens Sonnenwende. Eine leichte Brise wehte. Sie brachte den Duft zu ihnen.

„Ach, ich fühle mich so gut“, sagte Effi. „So glücklich. Ich stelle mir den Himmel nicht schöner vor. Vielleicht gibt es im Himmel gar nicht so schöne Blumen.“

„Aber Effi, du sollst so etwas nicht sagen“, sagte die Mutter.

„Das hast du von deinem Vater. Er nimmt nichts ernst. Neulich sagte er
sogar, Niemeyer sehe aus wie Lot. Lot ist eine Figur aus der Bibel.
Er hatte zwei Töchter. Er musste mit seiner Familie fliehen. Sie sollten
nie zurückschauen. Lots Frau tat das trotzdem. Sie erstarrte zur
Salzsäule. „Das geht zu weit. Und was soll das heißen? Briest weiß gar
nicht, wie Lot aussah. Und es ist sehr unhöflich gegenüber Hulda.
Zum Glück hat Niemeyer nur eine Tochter. Sonst wäre es noch
schlimmer. Aber mit ‚Lots Frau‘ hat er recht. Die Frau des Pastors hat
uns den Sedantag verdorben. Na ja. Was war denn außer dem Pelz?
Sag mir, was du dir noch wünschst.“

„Nichts, Mama.“

„Wirklich nichts?“

„Nein, wirklich nichts, ganz ernst. Aber wenn es doch etwas sein sollte.“

„Nun.“

„Es müsste ein japanischer Bettschirm sein. Schwarz mit goldenen
Vögeln. Alle Vögel haben lange Schnäbel. Vielleicht noch eine Lampe
für unser Schlafzimmer. Mit rotem Licht.“

Frau von Briest sagte nichts.

„Siehst du, Mama, du sagst nichts. Du schaust, als hätte ich etwas
Falsches gesagt.“

„Nein, Effi, nichts Falsches. Vor deiner Mutter sicher nicht. Ich kenne
dich. Du bist fantasievoll. Du denkst gern an die Zukunft. Je bunter, desto
besser für dich. Doch eine Lampe hast du in Berlin gesehen. Jetzt willst
du einen Bettschirm mit Tieren haben. Alles im Licht einer roten Lampe.

Alles wie in einem Märchen. Du möchtest eine Prinzessin sein.“

Effi nahm die Hand ihrer Mama und küsste sie. „Ja, Mama, das stimmt.“

„Ja, so bist du. Ich weiß das. Aber wir müssen im Leben vorsichtig sein.
Besonders wir Frauen. In Kessin lachen die Leute über solche Dinge.
Denn hier in dem kleinen Ort gibt es nicht viel. Manche Leute
mögen einen nicht. Bei roten Lampen und so etwas reden sie dann
von schlechter Erziehung. Manche sagen noch Schlimmeres.“

„Also nichts aus Japan und keine Lampe. Aber ich hatte mir gedacht,
alles in Rot zu sehen.“

Frau von Briest war gerührt. Sie stand auf und küsste Effi.
„Du bist ein Kind. Du denkst schön und träumerisch. Aber das echte
Leben ist anders. Manchmal ist dunkel besser als hell.“

Effi wollte etwas sagen. Aber da kam Wilke mit Briefen. Einer war von
Innstetten aus Kessin. „Ach, von Geert“, sagte Effi. Sie steckte den Brief
weg und sprach weiter.

„Ich darf doch das Klavier schräg ins Zimmer stellen. Das ist mir
wichtiger als ein Kamin. Geert hat mir einen Kamin versprochen.
Und dein Bild stelle ich auf eine Staffelei. Ohne dich kann ich nicht sein.
Ich werde euch vermissen. Vielleicht schon auf der Reise. In Kessin ganz
bestimmt. Dort gibt es keine Soldaten und keinen Arzt. Aber es ist ein
Badeort. Vetter Briests Verwandte fahren oft nach Warnemünde.
Warum sollten sie nicht auch mal nach Kessin kommen? Das klingt nach
Militär. Das findet Geert gut. Dann kommt er mit und wohnt bei uns.
Jemand hat mir erzählt, die Leute in Kessin haben ein großes Schiff.
Das Schiff fährt zweimal in der Woche nach Schweden. Auf dem Schiff
gibt es einen Tanzabend mit Musik. Dagobert tanzt sehr gut.“

„Wer?“

„Dagobert.“

„Ich dachte, du sprichst über Innstetten. Aber wir sollten lesen,
was er geschrieben hat. Du hast den Brief noch.“

„Stimmt, ich habe ihn fast vergessen.“ Sie öffnete den Brief und las ihn
schnell.

„Effi, sagst du nichts? Du lächelst nicht. Er schreibt doch immer lustige
Briefe.“

„Er schreibt wie ein Vater. Das will ich nicht. Er ist älter und ich bin jung.
Ich will ihm sagen: Geert, überleg‘, was besser ist.“

„Er sagt sicher auch, dass Jung sein besser ist. Er ist ein guter Mann
und kennt die Jugend. Er kann auch jung bleiben. Dann habt ihr eine gute
Ehe.“

„Ja, Mama, das glaube ich auch. Aber ich mag den Gedanken an eine gute
Ehe nicht so sehr.“

„Das ist typisch für dich. Was willst du denn?“

„Alle Menschen sollen gleich behandelt werden. Ich mag aber auch
Zärtlichkeit und Liebe. Papa sagt, Liebe ist eigentlich Quatsch. Wenn es
keine Liebe gibt, will ich reich sein. Ich möchte ein edles Haus haben.
Dort soll Prinz Friedrich Karl zur Jagd kommen. Oder der alte Kaiser soll
kommen und nett zu allen Damen sein. In Berlin möchte ich zum Hofball
gehen. Ich möchte auch in die Oper gehen und ganz nah an der großen
Loge sitzen. Bei den Reichen und Vornehmen.“

„Meinst du das ernst oder sagst du das nur so?“

„Nein, Mama, das meine ich ernst. Liebe ist mir am wichtigsten.
Aber danach möchte ich Glanz und Ehre haben. Dann möchte ich Spaß
haben und immer etwas Neues erleben. Ich möchte lachen oder weinen.
Ich mag keine Langeweile.“

„Wie hast du es dann hier bei uns ausgehalten?“

„Ach, Mama, warum fragst du das? Im Winter kommen die
Verwandten und bleiben lange. Das ist manchmal nicht schön.
Tante Gundel und Tante Olga finden mich frech. Tante Gundel
hat es mir sogar gesagt. Aber sonst war ich hier immer glücklich.
Sehr glücklich.“

Effi weinte sehr. Sie küsste die Hände ihrer Mama. Sie kniete vor ihr.
„Steh auf, Effi“, sagte die Mama. „Du bist jung und bald verheiratet.
Das macht dich unsicher. Aber jetzt lies‘ den Brief vor. Oder hat er
Geheimnisse?“

Jetzt lachte Effi auf einmal. „Geheimnisse!“ Effi und stand schnell auf.
„Er schreibt nichts Geheimes. Ich könnte es überall zeigen.
Geert ist ja ein Landrat.“

„Lies, lies.“

„Er beginnt immer mit ‚Liebe Effi‘“, sagte sie.
„Manchmal nennt er mich ‚kleine Eva‘.“

„Lies jetzt vor.“

Effi las vor: „Liebe Effi! Unsere Hochzeit ist bald. Deine Briefe sind

selten. Ich suche immer in der Post nach Briefen mit deiner Schrift.
Aber ich finde meistens nichts. Handwerker machen unser Haus schön
für dich. Das meiste passiert, wenn wir reisen. Der Tapezierer Madelung
ist lustig. Ich erzähle dir bald mehr von ihm. Ich bin so glücklich mit dir,
meine süße kleine Effi. Mir ist es hier zu heiß. Unsere Stadt wird immer
leiser und leerer. Der letzte Gast vom Schwimmbad ist weg.
Er schwamm bei neun Grad. Die Schwimmmeister hatten Angst,
er könnte krank werden. Sie denken, dann mögen die Leute unser
Schwimmbad nicht mehr. Ich bin lieber bald mit dir in Venedig.
Wir fahren dann zum Lido oder nach Murano. Der Lido ist der Strand.
In Murano gibt es Perlen und schönen Schmuck. Den schönsten Schmuck
bekommst du. Liebe Grüße an deine Eltern und einen dicken Kuss für
dich von deinem Geert."

Effi legte den Brief zurück in den Umschlag.

„Das ist ein schöner Brief", sagte Frau von Briest.
„Er erzählt nicht zu viel und nicht zu wenig."

„Ja, er hat das richtige Maß."

„Effi, darf ich dich etwas fragen? Möchtest du, dass der Brief mit mehr
Liebe geschrieben wäre? Oder sogar mit zu viel Liebe?"

„Nein, Mama. Das möchte ich wirklich nicht. So ist es besser."

„So ist es besser? Das klingt komisch. Du bist so anders.
Und du hast vorhin geweint. Ist etwas los? Ist noch Zeit zu reden?
Liebst du Geert nicht?"

„Warum nicht? Ich liebe Hulda, Bertha und Hertha. Ich liebe auch den
alten Niemeyer. Ich liebe alle, die nett zu mir sind. Geert wird mich auch

gut behandeln. Er will mir Schmuck in Venedig kaufen. Aber ich mag
keinen Schmuck. Ich klettere und schaukle lieber. Ich mag sogar, wenn
etwas abreißen würde und ich falle. Ich werde ja nicht davon sterben.“

„Liebst du deinen Vetter Briest?“

„Ja, er macht mich immer froh.“

„Willst du lieber Vetter Briest heiraten?“
„Heiraten? Nein. Denkst du das? Dagobert ist noch jung.
Geert ist ein Mann. Er ist schön. Er wird eine bedeutende Person.
Mit ihm kann ich mich zeigen.“

„Effi, das freut mich. Aber du willst doch noch etwas sagen.“

„Vielleicht.“

„Dann sag‘ es.“

„Mama, Geert ist älter. Aber das ist nicht schlimm.
Vielleicht ist es sogar gut. Er ist nicht so richtig alt und er sieht gut aus.
Er ist gesund und stark. Ich mag ihn sehr. Er könnte nur ein bisschen
anders sein.“

„Wie anders, Effi?“

„Ich weiß nicht genau. Aber lach‘ mich nicht aus. Ich habe erst
kürzlich etwas gehört. Es war im Haus des Pastors. Wir sprachen über
Innstetten. Plötzlich machte der alte Niemeyer eine ernste Miene.
Er sagte mit Respekt: „Ja, der Baron! Er ist ein Mann mit starkem
Charakter und Einstellungen.“

„Das ist er, Effi.“

„Ja. Und ich glaube, Niemeyer sagte sogar, er habe auch feste Regeln.
Das ist noch wichtiger. Aber ich habe keine. Mama, das macht mir
deshalb Angst. Er ist so nett und geduldig mit mir. Aber ich habe Angst
vor ihm.“

Kapitel 5

Die Feier in Hohen-Cremmen war vorbei. Alle Gäste waren abgereist.
Auch das Brautpaar. Es ist schon am Abend der Hochzeit weggefahren.

Der Polterabend hat allen gefallen. Am meisten den Schauspielern.
Hulda war der Liebling aller jungen Offiziere. Sowohl die Husaren aus
Rathenow als auch Geerts Kameraden vom Alexanderregiment waren
begeistert. Alles lief gut. Besser als erwartet. Nur Bertha und Hertha
haben extra laut geweint. Deshalb konnte man Jahnkes plattdeutsche
Gedichte kaum verstehen. Aber das war nicht so schlimm. Einige Leute
mochten die beiden mit ihren roten Locken sogar noch mehr als vorher.

Vetter Briest hatte großen Erfolg. Er spielte einen Verkäufer und
brachte einen Koffer für die Braut. Der Koffer ist für ihre Reise nach
Italien gedacht. Der Koffer war in Wirklichkeit eine große Schachtel
voller Süßigkeiten.

Bis drei Uhr nachts ist getanzt worden. Der alte Briest war sehr
fröhlich und sprach viel. Er sprach über alte Bräuche bei Hochzeiten.
Er erzählte, andere Mädchen ziehen bei ihrer Hochzeit ihre Strümpfe aus.
Seine Frau sagte, er soll vorsichtig sein mit seinen Worten.
Vor Frauen sagt man so etwas nicht. Das kann er bei seiner Jagdpartie
erzählen. Vater sagte, so ein Abend und eine Jagdpartie ist fast dasselbe.
Seine Tochter hat heute geheiratet. Der Hochzeitstag war schön.
Deshalb ist er glücklich.

Pastor Niemeyer hat sehr schöne Dinge gesagt. Ein Gast aus Berlin
meinte auf dem Weg vom Gottesdienst zur Hochzeitsfeier, in unserem
Land gibt es viele kluge Menschen. Das liegt an unseren Schulen und
unserer Philosophie. Er sagte, Niemeyer war früher ein einfacher

Dorfpfarrer. Jetzt spricht er aber so klug wie ein Hofprediger.
Niemeyer hat mehr Gefühl als jemand mit Namen Kögel. Dieser Kögel
hat weniger Gefühl. Aber im Leben hat man oft Probleme, wenn man
Gefühle zeigt. Ein anderer Mann stimmte ihm zu. Er sagte, zu viel
Gefühl ist wirklich ein Problem. Dann sagte er, er will später eine
Geschichte erzählen.

Am Tag nach der Hochzeit war das Wetter schön und sonnig.
Es war aber schon kühl. Es war ja Oktober. Briest hatte gerade mit
seiner Frau gefrühstückt. Dann stand er auf und wärmte sich an der
Glut im Kaminfeuer. Frau von Briest hatte Handarbeit in den Händen.
Sie setzte sich näher an den Kamin. Diener Wilke räumte den
Frühstückstisch ab. Sie sagte zu ihm: „Wilke, machen Sie den Saal fertig.
Dann bringen Sie bitte die Torten rüber. Die Nusstorte zu der
Pastorfamilie Niemeyer und die kleinen Kuchen zu den Jahnkes.
Passen Sie gut auf die Gläser auf. Vor allem die sehr dünnen.“

Briest rauchte seine dritte Zigarette. Er sah zufrieden aus.
Er sagte, Hochzeiten machen Spaß. Nur nicht die eigene.

„Ich verstehe nicht, Briest. Warum sagst du das? Ich dachte du mochtest
unsere Hochzeit. Oder nicht?“

„Luise, ich habe Spaß gemacht. Du hast das nicht verstanden.
Aber ich bin dir nicht böse. Wir sollten nicht über uns reden.
Wir hatten keine Hochzeitsreise. Dein Vater wollte das nicht.
Aber Effi macht jetzt eine. Dafür kann man sie beneiden. Sie fuhren
um 10 Uhr ab. Sie müssen jetzt bei Regensburg sein. Innstetten erzählt
ihr bestimmt dort von der Walhalla. Innstetten ist ein guter Mann.
Aber er liebt Kunst sehr. Und unsere Effi liebt die Natur sehr.
Hoffentlich ärgert sie das nicht.“

„Jeder Mann ärgert seine Frau ein bisschen. Und mit Kunst ärgern ist nicht das Schlimmste.“

„Nein, sicher nicht. Wir müssen nicht darüber streiten. Es ist ein weites Feld. Die Menschen sind auch sehr unterschiedlich. Du hättest auch gut zu Innstetten gepasst. Besser als Effi. Aber jetzt ist es zu spät.“

„Das ist nett von dir. Aber es stimmt nicht. Es ist nun mal so passiert. Er ist nicht mein Mann geworden. Jetzt ist er mein Schwiegersohn. Es bringt nichts, über alte Sachen zu reden.“

„Ich wollte dich nur fröhlich machen.“

„Das ist nett. Aber ich bin schon fröhlich.“

„Und auch gut gelaunt?“

„Ich glaube schon. Aber du sollst meine Laune nicht schlecht machen. Also, was willst du noch? Du willst doch irgendetwas.“

„Ja … hat dir Effi gefallen? Hat dir der Abend gefallen? Sie war so eigenartig: mal Kind, mal erwachsen. Und nicht besonders bescheiden. Vielleicht weiß sie nicht von den Vorteilen mit Innstetten. Oder liebt sie ihn vielleicht nicht richtig? Das wäre schlecht. Denn er kann sich ihre Liebe nicht kaufen.“

Frau von Briest sagte nichts und zählte die Stiche auf ihrem Stickbild.

Sie sagte: „Das ist das Klügste, was ich von dir seit langem gehört habe. Auch ich hatte Zweifel. Aber wir können beruhigt sein.“

„Hat sie dir alles erzählt?“

„Das glaube ich nicht. Sie will reden. Aber sie will nicht alles sagen.
Sie ist offen und geheimnisvoll zugleich."

„Ich stimme dir zu. Aber wie weißt du das? Sie hat doch nichts gesagt?"
„Sie hat nicht alles erzählt. Sie redet nicht über alles. Manchmal erzählt
sie ein bisschen mehr über sich. Das ist mir wichtig."

„Und wann hat sie das gesagt?"

„Es war vor drei Wochen. Wir saßen im Garten und arbeiteten an
Sachen für die Hochzeit. Wilke brachte einen Brief. Sie steckte ihn weg.
Ich musste sie später daran erinnern. Dann las sie ihn, ohne eine Miene
zu verziehen. Ich hatte ein bisschen Angst. Ich wollte eigentlich wissen,
was los ist."

„Das stimmt, das stimmt."

„Was meinst du?"

„Ich meine nur ... Aber das ist egal. Rede weiter. Ich höre zu."

„Also fragte ich sie ganz direkt. Ich tat so, als würde ich einen
Witz machen. Ich fragte, ob sie lieber Vetter Briest heiraten will.
Er hatte ihr in Berlin viel Aufmerksamkeit geschenkt".

„Und?"

„Du hättest sie sehen sollen. Sie hat nur gelacht. Sie sagte, der Vetter
sei ein großer Junge in Uniform. Sie kann so jemanden nicht lieben oder
heiraten. Dann sprach sie über Innstetten. Plötzlich war er für sie der
beste Mann".

„Und wie verstehst du das?"

„Sehr einfach. Sie ist klug und lebhaft. Fast leidenschaftlich.
Vielleicht deshalb ist sie nicht wirklich auf Liebe aus.
Nicht auf echte Liebe. Sie spricht darüber. Sogar überzeugend.
Sie hat irgendwo gelesen, Liebe ist das Beste und Schönste."

„Sie hat das vielleicht nur von Hulda gehört. Aber sie fühlt nicht viel
dabei. Es kann alles noch passieren. Ihre Freundin Hulda ist sehr
gefühlvoll. Vielleicht plappert sie es ihr nach. Gott soll ihr Liebe geben.
Aber jetzt ist es noch nicht so."

„Und was ist jetzt? Was hat sie?"

„Sie macht zwei Dinge: Sie will Spaß haben.
Aber sie will auch erfolgreich sein."

„Das kann sein. Dann bin ich beruhigt."

„Ich nicht. Innstetten will erfolgreich sein. Er ist kein Streber.
Er ist zu edel dafür. Er will mehr als jetzt. Und dann wird sie sich auch
erfolgreich fühlen."

„Na gut."

„Ja, das ist gut! Aber das ist nur die Hälfte. Sie wird erst mal zufrieden
sein. Aber was ist mit ihrem Spaß und Abenteuer? Ich glaube nicht.
Innstetten wird sie nicht gut unterhalten. Er wird sie nicht langweilen.
Denn er ist sehr schlau. Aber er wird auch keine Späße machen.
Und er wird sich nicht richtig kümmern. Das wird eine Zeit lang ohne
Probleme gehen. Aber irgendwann wird Effi es merken und sich ärgern.
Ich weiß nicht, was dann passiert."

„Sie ist weich. Aber auch stark. Sie wird immer alles in Ordnung
finden.“

Wilke kam herein. Er hatte alle Sachen von der Feier durchgezählt.
Alles ist da. Nur ein Weinglas war kaputt. Hulda hatte damit mit dem
Leutnant zu fest angestoßen.

„Hulda schläft immer viel, auch unter dem Holunderbaum.
Sie ist albern. Ich verstehe nicht, warum Nienkerken sie mag.“

„Ich verstehe ihn gut.“

„Er wird sie aber nicht heiraten?“

„Nein.“

„Warum dann?“

„Das ist eine lange Geschichte, Luise.“

Das war am Tag nach der Hochzeit. Drei Tage später kam eine Karte
aus München. Die Namen waren kurz geschrieben. „Liebe Mama!
Heute war ich in der Pinakothek. Geert wollte noch woanders hin.
Ich weiß, wie es heißt. Aber ich weiß nicht wie man es schreibt.
Aber ich will ihn nicht fragen. Er ist sehr nett zu mir und erklärt mir alles.
Es ist schön hier, aber anstrengend. In Italien wird es leichter sein.
Wir sind im Hotel ‚Vier Jahreszeiten‘. Geert sagt, draußen ist Herbst,
aber ich bin wie Frühling. Das finde ich schön. Er ist sehr aufmerksam.
Ich muss immer aufpassen. Besonders wenn er etwas sagt oder erklärt.
Er kennt sich sehr gut aus und muss nichts nachschauen. Er spricht gerne
über euch. Besonders über Mama. Hulda findet er zu zart, aber er mag
den alten Niemeyer sehr. Viele Grüße von eurer sehr begeisterten Effi.

Aber jetzt bin ich müde."

Jeden Tag kamen Postkarten. Aus Innsbruck, Verona, Vicenza
und Padua. Jede Karte begann mit: „Heute Vormittag haben wir die
berühmte Galerie hier besucht". Oder es geht um eine Arena oder
eine Kirche namens „Santa Maria" mit einem besonderen Namen.

Aus Padua kam auch ein richtiger Brief:
„Gestern waren wir in Vicenza. Man muss Vicenza sehen wegen des
Architekten Palladio. Er hat in Vicenza einige Häuser gebaut. Geert sagt,
alles Moderne kommt von ihm, aber nur in der Baukunst. In Padua hat
er im Hotel ein paar Mal ‚Er liegt in Padua begraben' gesagt. Ich wusste
nicht, was das bedeutet. Das ist aus Goethes Theaterstück ‚Faust'.
Er weiß das. Das ist mir egal. Er ist sehr nett zu mir, nicht eingebildet
und auch nicht alt. Meine Füße tun noch immer weh. Das viele Gucken
und Stehen vor den Bildern ist anstrengend. Aber es muss sein.
Ich freue mich auf Venedig.

Wir bleiben fünf Tage oder vielleicht eine ganze Woche. Geert hat mir
von den Tauben auf dem Markusplatz erzählt. Man kann dort Erbsen
kaufen und die Tauben damit füttern. Es gibt Bilder davon. Auf den
Bildern sind schöne blonde Mädchen. Geert sagt: Die sehen aus wie
Hulda. Da denke ich an die Mädchen von Jahnke. Ich wünsche mir,
ich könnte mit ihnen auf unserem Hof sitzen. Wir würden auf einer
Wagendeichsel sitzen und unsere Tauben füttern. Ihr sollt die
Pfauentaube mit dem großen Kropf nicht schlachten. Ich möchte
sie wiedersehen. Hier ist es so schön. Es soll auch das Schönste sein.
Eure glückliche, müde Effi."

Frau von Briest hat den Brief laut gelesen und sagte:

„Das arme Kind. Sie hat Heimweh."

„Ja", sagte Briest, „sie hat Heimweh. So etwas passiert immer auf Reisen."

„Warum sagst du das jetzt? Du hättest es stoppen können. Aber du bist immer erst schlau, wenn es zu spät ist. Wie wenn ein Kind in einen Brunnen fällt. Und dann decken die Leute den Brunnen ab."

„Ach, Luise, erzähl mir nicht solche Geschichten. Effi ist unser Kind. Aber seit dem 3. Oktober ist sie die Baronin Innstetten. Ihr Mann ist auf Hochzeitsreise. Ich kann ihn nicht stoppen. Denn er ist verheiratet."

„Also gibst du es jetzt zu."

„Du hast immer gesagt, Frauen sind frei."

„Das stimmt. Warum sprichst du jetzt darüber?
Das Thema ist zu kompliziert."

Kapitel 6

Im November waren sie in Capri und Sorrent bei Neapel in Italien. Dann war Innstettens Urlaub vorbei. Er kam pünktlich zurück. Er kam am 14. November früh in Berlin an. Vetter Briest holte ihn und Effi ab. Sie hatten zwei Stunden Zeit. Er schlug vor, sie sollten das St.-Privat-Panorama besuchen. Danach sollten sie zusammen frühstücken. Sie sagten ja. Um Mittag waren sie wieder am Bahnhof. Sie verabschiedeten sich mit Handschlag. Effi winkte aus dem Zug. Dann setzte sie sich und schloss die Augen. Manchmal gab sie Innstetten die Hand.

Die Fahrt war schön. Der Zug kam pünktlich in Klein-Tantow an. Von dort führte eine Straße nach Kessin. Das war zwei Meilen entfernt. Im Sommer fahren die Leute dorthin oft mit einem alten Schiff auf dem Fluss Kessine. Im Winter fuhr es nicht. Deshalb hat Innstetten seinem Kutscher Kruse eine Nachricht geschickt. Er soll um fünf Uhr am Bahnhof Klein-Tantow sein. Er soll bei gutem Wetter einen offenen Wagen nehmen.

Das Wetter war gut. Kruse wartete mit dem offenen Wagen am Bahnhof. Er sagte Hallo zu den Leuten, die ankommen. „Ist alles klar, Kruse?", fragte Innstetten. „Ja, Herr Landrat", sagte Kruse.

„Dann steig' ein, Effi", sagt Innstetten. Effi stieg ein. Ein Mann vom Bahnhof legte einen kleinen Koffer zum Kutscher. Innstetten sagte, „der Rest des Gepäcks soll später kommen." Dann stieg er auch ein. Er bat jemanden um Feuer für seine Zigarre. „Los geht's, Kruse!", rief er.

Sie fuhren über die Gleise und den Bahndamm hinunter und an einem Gasthaus vorbei. Das Gasthaus hieß ‚Zum Fürsten Bismarck'. An dieser Stelle teilte sich der Weg. Einer ging nach Kessin.

Der andere nach Varzin. Vor der Gaststätte stand ein Mann mit Pelz
und Pelzmütze. Als der Herr Landrat vorbeifuhr, zog der Mann die
Mütze ab. „Wer war das?", fragte Effi. Sie fand alles sehr interessant und
war deshalb fröhlich. „Er sieht aus wie ein Starost." Ein Starost ist eine
wichtige Person in einem Dorf. Effi sagte: „Eigentlich habe ich noch
nie einen Starosten gesehen."

„Das macht nichts, Effi. Das stimmt. Er sieht aus wie ein Starost.
Er ist halb Pole und heißt Golchowski. Er ist wichtig bei Wahlen
oder bei einer Jagd. Ich traue ihm nicht. Er hat vielleicht schlechte
Dinge getan. Er tut aber so wie ein Diener. Bei Leuten aus Varzin
möchte er sich fast auf die Erde werfen. Der Fürst mag ihn auch nicht.
Aber wir können nicht schlecht mit ihm sein. Wir brauchen ihn. Er hat
viel Einfluss hier und kennt sich mit Wahlen aus. Er ist auch reich.
Und er leiht Geld zu hohen Zinsen. Das tun Polen sonst nicht."

„Er sah aber gut aus."

„Ja, er sieht gut aus. Viele Leute hier sehen gut aus. Mehr Gutes kann man
nicht über sie sagen. Die Leute vom Land sehen normal und mürrisch
aus. Sie sind nicht so höflich. Aber sie sagen klar Ja oder Nein. Man kann
sich auf sie verlassen. Hier ist alles unsicher."

„Warum erzählst du mir das? Ich muss jetzt hier mit ihnen leben."

„Du nicht. Du wirst nicht viel mit ihnen zu tun haben. Die Stadt und
das Land sind sehr unterschiedlich. Du wirst nur die Leute aus der Stadt
kennenlernen, unsere Kessiner."

„Unsere Kessiner. Machst du Witze, oder sind sie wirklich gut?"

„Ich sage nicht, dass sie wirklich gut sind. Aber sie sind anders als die anderen. Sie sind nicht wie die Leute vom Land."

„Warum ist das so?"

„Weil sie ganz andere Menschen sind. Sie haben andere Vorfahren und
Beziehungen. Die Leute im Landesinneren sind Kaschuben. Vielleicht
hast du von ihnen gehört. Sie leben hier schon sehr lange. Aber die
Leute an der Küste sind anders. Sie sind von weit hergekommen.
Sie kümmern sich nicht viel um das Landesinnere. Sie haben andere
Dinge zu tun. Sie brauchen Kaufleute. Sie handeln mit der ganzen Welt.
Deshalb findest du bei ihnen Menschen aus vielen Ländern. Auch in
unserem kleinen Kessin gibt es solche Menschen."

„Das ist ja toll, Geert. Du nennst Kessin sonst immer ‚Nest'. Aber hier gibt
es eine ganz neue Welt. Viele exotische Dinge, oder? So meinst du das,
nicht wahr?" Er nickte.

„Eine ganz neue Welt", sagte Effi. „Vielleicht gibt es hier einen
Schwarzen, einen Türken oder sogar einen Chinesen."

„Ja! Es gibt einen Chinesen. Du kannst gut raten. Es könnte sein,
dass wir einen haben. Aber der eine Chinese hier ist tot. Er liegt auf einem
kleinen Platz neben dem Friedhof begraben. Wenn du keine Angst hast,
zeige ich dir sein Grab. Es ist zwischen den Dünen. Nur Seegras liegt da
herum. Und ein paar Blumen. Und man hört immer das Meer. Es ist sehr
schön und auch gruselig."

„Ja, gruselig. Ich möchte mehr darüber wissen. Aber lieber doch nicht.
Sonst habe ich schlechte Träume. Hoffentlich schlafe ich heute Nacht gut
und sehe keinen Chinesen an meinem Bett."

„Das wird nicht passieren."

„Nein. Das wird nicht passieren.“

„Das klingt interessant. Du willst mir sagen, dass Kessin spannend ist.
Aber du übertreibst vielleicht. Gibt es viele fremde Leute in Kessin?“
„Ja, sehr viele. Die Stadt ist voll von Familien von weit her.“

„Das ist seltsam. Erzähl mir mehr, aber nichts Gruseliges.
Ich finde, Chinesen sind immer etwas gruselig.“

„Ja, das sind sie.“ Geert lachte. „Aber die anderen Leute sind anders.
Sie sind höflich, aber denken viel an Geld. Sie haben oft unsichere
Geschäfte. Man muss aufpassen. Aber sie sind nett. Ich zeige dir eine
Liste von ihnen.“

„Ja, Geert, mach das.“

„Zum Beispiel wohnt ganz nah bei uns der Maschinenführer
Macpherson. Er ist ein echter Schotte.“

„Trägt er auch einen Rock wie die Schotten?“

„Nein, zum Glück nicht. Er ist ein kleiner Mann. Seine Familie wäre nicht
stolz auf ihn. In Macphersons Haus lebt auch ein alter Arzt.
Er heißt Beza und ist ein Barbier aus Lissabon. Dort kommt auch der
berühmte General de Meza her. Beza und Meza klingen ähnlich.
Am Kai bei den Schiffen gibt es einen Goldschmied. Er heißt Stedingk
und kommt aus Schweden. Es gibt dort auch wichtige Leute mit diesem
Namen. Dann gibt es noch Doktor Hannemann. Er kommt aus
Dänemark und war auf Island. Er hat ein Buch über einen Vulkan
geschrieben.“

„Das ist doch toll! Darüber kann man bestimmt sechs Geschichten

schreiben. Es war hier erst langweilig. Aber jetzt ist es schon aufregend.
Und in einer Stadt am Meer gibt es doch auch Kapitäne und andere
Leute?"

„Ja, wir haben einen Kapitän. Er war ein Pirat unter schwarzer Flagge."
„Was sind schwarze Flaggen?"

„Das sind Piraten. Sie sind weit weg in Asien und der Südsee unterwegs.
Aber er ist wieder zurück und benimmt sich anständig. Er ist lustig."

„Ich hätte Angst vor ihm."

„Das musst du nicht. Du musst nie Angst haben.
Auch nicht, wenn ich weg bin. Wir haben ja Rollo."

„Rollo?"

„Ja, Rollo. Du denkst vielleicht an einen Herzog. Aber unser Rollo ist ein
Hund. Ein Neufundländer. Er ist schön und mag mich. Er wird auch dich
mögen. Rollo erkennt gute Menschen. Mit ihm bist du sicher.
Niemand kann dir was tun. Aber schau, der Mond ist aufgegangen."

Effi hat zugehört und war ein bisschen ängstlich. Jetzt schaut sie
zum Mond. Er ist groß und kupferfarben. Er steht hinter Bäumen.
Sein Licht fällt auf Wasser. Vielleicht ist es ein Meersteil.

Effi ist verwirrt. „Ja, Geert, es ist schön. Aber es wirkt auch gruselig."

„In Italien hatte ich nie so ein Gefühl. Nicht einmal in Venedig.
Dort war auch Wasser, Sumpf und Mondlicht. Ich dachte, die Brücke
bricht. Aber es war nicht so unheimlich. Warum ist das so?
Ist es, weil es hier im Norden ist?"

Innstetten lachte. „Wir sind hier weiter im Norden als bei dir
zuhause in Hohen-Cremmen. Hier kommt so schnell kein Eisbär hin.
Du bist vielleicht nervös von der Reise. Und dann das Panorama und
die Geschichte vom Chinesen."

„Du hast mir keine Geschichte erzählt."

„Nein, ich habe nur von ihm gesprochen. Aber ein Chinese ist schon
eine Geschichte."

„Ja", lachte sie.

„Und bald ist es vorbei. Siehst du das kleine Haus mit Licht?
Das ist eine Schmiede. Dort biegt der Weg ab. Nach der Kurve
siehst du den Turm von Kessin. Oder besser gesagt beide."

„Es gibt zwei Türme?"

„Ja. Das ist die katholische Kirche von Kessin."

Eine halbe Stunde später hielt der Wagen vor dem Haus des Landrats.
Es war ein einfaches, altes Haus mit Holzbalken. Die Vorderseite zeigt
auf die Hauptstraße zu den Seebädern. Die Seite zeigte auf einen
Wald zwischen der Stadt und den Dünen. Der Wald heißt „Plantage".
Das alte Fachwerkhaus war nur Innstettens Privathaus.
Sein Landratsamt war gegenüber auf der anderen Straßenseite.

Kruse, der Kutscher, musste gar nicht laut mit der Peitsche knallen,
um anzukommen. Alle im Haus hatten aus den Fenstern geschaut.
Schon standen alle auf der Schwelle. Der Hund Rollo lief gleich um
den stehenden Wagen. Innstetten half seiner Frau aus dem Wagen.
Dann ging er mit ihr ins Haus. Die Diener grüßten sie freundlich.

Im Hausflur folgten alle dem Paar. Das Hausmädchen half der Frau, ihren Mantel auszuziehen. Sie wollte auch die gefütterten Stiefel ausziehen. Aber Innstetten sagte: „Ich stelle dir jetzt alle vor, die hier wohnen. Nur Frau Kruse ist nicht da. Sie ist wahrscheinlich bei ihrem schwarzen Huhn." Alle lächelten.

„Wir sprechen nicht mehr über Frau Kruse. Hier ist mein Freund Friedrich. Er war mit mir an der Uni. Wir hatten damals Spaß, nicht wahr, Friedrich? Das ist Johanna. Sie kommt aus der gleichen Gegend wie du. Das ist Christel. Sie kocht unser Essen. Sie kocht gut. Und das ist mein Hund Rollo. Wie geht es dir, Rollo?"

Rollo bellte vor Freude, als er seinen Namen hörte. Er legte seine Pfoten auf die Schulter seines Herrn.

„Rollo, ist gut. Schau, hier ist meine Frau! Ich habe ihr von dir erzählt. Ich sagte, du bist ein schönes Tier und wirst sie beschützen."

Dann setzte sich Rollo vor Innstetten und schaute neugierig zu der jungen Frau auf. Als sie ihm die Hand gab, leckte er sie ab. Effi sah sich schon die ganze Zeit um. Sie war beeindruckt von allem. Sie war auch geblendet von so viel Licht. Vorne im Flur brannten vier oder fünf Lampen an der Wand. Die Lampen waren einfach und aus Weißblech. Aber sie spiegelten. Das machte das Licht noch heller.

Zwei Lampen mit roten Tüchern waren ein Geschenk von Niemeyer. Sie standen auf einem Tisch zwischen zwei Schränken. Vor den Lampen war alles für Tee bereit. Das Teelicht war schon an. Aber es gab noch mehr seltsame Dinge. Drei Balken teilten die Decke im Flur in drei Teile. An einem Balken hing ein Schiff mit Segeln und Kanonen. Weiter weg sah man einen großen Fisch in der Luft. Effi berührte den Fisch mit ihrem Schirm. Da bewegte sich der Fisch.

„Was ist das, Geert?“, fragte sie.

„Das ist ein Haifisch.“

„Und das da hinten? Das sieht aus wie eine große Zigarre.“

„Das ist ein junges Krokodil. Aber morgen kannst du dir alles besser anschauen. Jetzt trinken wir Tee. Du wirst frieren. Es war unterwegs sehr kalt.“

Geert gab Effi seinen Arm. Die Mädchen gingen weg. Nur Friedrich und Rollo kamen mit. Sie gingen in das Zimmer des Hausherrn.

Effi war überrascht von dem Zimmer. Aber schon zeigte Innstetten ihr ein anderes Zimmer. Es war noch größer und hatte einen Blick auf den Hof und Garten. „Das ist dein Zimmer, Effi“, sagte er. „Friedrich und Johanna haben es eingerichtet. Ich finde es gut. Ich hoffe, es gefällt dir auch.“

Effi gab ihm einen Kuss.

„Ich bin so ein kleines Ding und du machst alles so schön für mich. Das Klavier und der Teppich, ich glaube, er kommt aus der Türkei. Und das Becken mit den kleinen Fischen und der Tisch mit Blumen. Überall ist es schön.“

„Ja, Effi, das ist für dich“, sagte Innstetten. „Du bist jung, hübsch und nett. Das haben die Leute hier auch schon bemerkt. Aber für den Tisch mit Blumen bin ich nicht verantwortlich. Friedrich, woher kommt der Tisch?“

„Vom Apotheker Gieshübler. Er hat auch eine Karte dagelassen.“

„Ah, Gieshübler, Alonzo Gieshübler“, sagte Innstetten und gab Effi die

Karte mit dem ungewöhnlichen Vornamen.

„Von Gieshübler muss ich dir noch erzählen. Er hat einen Doktortitel.
Aber er mag es nicht, wenn man ihn so nennt. Er denkt, das ärgert
andere Doktoren. Er hat wahrscheinlich Recht. Du wirst ihn bald
kennenlernen. Er ist sehr wichtig hier. Er ist klug und besonders.
Aber vor allem ist er ein guter Mensch. Das ist das Wichtigste.
Aber jetzt lassen wir das. Wir setzen uns und trinken Tee.
Wo wollen wir sitzen? Hier bei dir oder bei mir?
Mehr Platz haben wir nicht. Mein Haus ist klein.“

Sie setzte sich schnell auf ein kleines Sofa. „Heute bleiben wir hier.
Heute bist du mein Gast. Oder so: den Tee bei mir, das Frühstück
bei dir? Das wäre doch gerecht. Mal sehen, wo es mir besser gefällt.“

„Das ist eine Frage für morgens und abends.“

„Ja. Mal schauen, wie wir uns dazu einstellen.“

Sie lachte, lehnte sich an ihn und wollte ihm die Hand küssen.

„Nein, Effi, bitte nicht, nicht so. Du musst nicht zu mir aufschauen.
Das tun die Leute in Kessin. Für dich bin ich ...“

„Was denn?“

„Das sage ich lieber nicht.“

Kapitel 7

Am nächsten Morgen wachte Effi auf. Da war es schon hell.
Sie wusste erst gar nicht, wo sie war.

Sie war in Kessin im Haus des Landrats Innstetten. Sie war seine Frau,
Baronin Innstetten. Sie setzte sich auf und schaute sich um.
Am Abend vorher war sie zu müde. Sie hatte sich nicht genau
umgesehen. Sie konnte vom Bett aus gut sehen. Das Zimmer sah ein
bisschen fremd und altmodisch aus. Zwei Säulen hielten die Decke oben.
Grüne Vorhänge trennten den Schlafbereich ab. In der Mitte
gab es keinen Vorhang. Zwischen zwei Fenstern hing ein hoher Spiegel.
Rechts davon stand ein großer schwarzer Ofen. Der Ofen wurde von
außen geheizt. Sie hatte das am Abend vorher bemerkt. Sie spürte die
Wärme vom Ofen.

Es war schön, im eigenen Haus zu sein. Sie fühlte sich wohler als auf der
ganzen Reise. Auch wohler als in Sorrent. Aber wo war Innstetten? Alles
war still. Niemand war da. Sie hörte eine große Uhr ticken. Manchmal
hörte sie ein Geräusch im Ofen. Vielleicht legte jemand Holz nach.

Sie erinnerte sich wieder. Geert sprach gestern Abend von einer Klingel.
Sie fand den Klingelknopf neben ihrem Kissen und drückte ihn.
Dann kam Johanna ins Zimmer.

„Sie haben gerufen?“

„Ach, Johanna, ich habe wohl zu lange geschlafen. Wie spät ist es?“

„Es ist neun Uhr.“

„Und der Herr …?" Sie konnte nicht einfach „mein Mann" sagen.

„Der Herr war sehr leise. Ich habe nichts gehört."

„Ja, er ist leise. Und Sie haben tief geschlafen. Nach der langen Reise."

„Ja, das habe ich. Ist der Herr immer so früh wach?"

„Ja, immer. Er mag nicht lange schlafen.
Sein Zimmer muss warm sein und der Kaffee fertig."

„Hat er schon gefrühstückt?"

„Aber nein!"

Effi hätte das nicht fragen brauchen. Denn ihr Mann frühstückt ohne
sie nicht. Deshalb warteten alle auf sie. Das war ihr unangenehm.
Sie wollte ihren Fehler wiedergutmachen. Sie stand auf und setzte sich vor
den großen Spiegel. Dann redete sie weiter: „Ich verstehe. Ich bin auch
immer früh aufgestanden. Das war wichtig bei meinen Eltern. Sonst wird
der Tag unordentlich. Aber der Herr wird es mir hoffentlich nicht
übel nehmen. Ich konnte letzte Nacht lange nicht schlafen. Ich hatte auch
ein bisschen Angst."

„Was mussten Sie hören, gnädige Frau? Was war es?"

„Über mir war ein seltsames Geräusch. Es war nicht laut, aber
deutlich. Wie wenn jemand mit langen Kleidern über den Boden geht.
Ich dachte, ich sehe kleine weiße Schuhe. Als ob jemand oben leise tanzt."
Johanna schaute Effi heimlich im Spiegel an. Da konnte sie Effi besser
beobachten. Dann sagte Johanna: „Das kommt von oben aus dem Saal.
Wir hören das in der Küche auch. Aber jetzt hören wir es nicht mehr.

Wir haben uns daran gewöhnt."

„Ist das etwas Besonderes?"

„Nein, überhaupt nicht. Wir wussten erst nicht, woher das Geräusch kam.
Der Prediger war verwirrt. Aber Doktor Gieshübler hat nur
gelacht. Jetzt wissen wir es. Es sind die Gardinen. Der Saal ist ein
bisschen feucht und muffig. Deshalb sind die Fenster immer offen.
Der Wind schleift die Gardinen über den Boden. Das Geräusch klingt
wie seidene Kleider. Das haben Sie richtig bemerkt."

„Warum nimmt man die Gardinen nicht ab? Oder man könnte sie
kürzen. Das Geräusch ist seltsam und stört. Johanna, gib mir bitte das
kleine Tuch. Tupfe damit meine Stirn. Oder nimm' den Erfrischer aus
meiner Tasche. Das fühlt sich gut an und erfrischt mich. Ich gehe jetzt
rüber.
Ist er noch da oder schon weg?

„Der Herr war schon weg, glaube ich, im Amt. Aber er ist seit einer Viertelstunde zurück. Friedrich wird dann das Frühstück bringen."

Johanna verließ das Zimmer. Effi schaute in den Spiegel. Dann ging
sie über den Flur zu Geert. Geert saß an seinem großen Schreibtisch.
Er mochte den Schreibtisch. Denn er stammte aus seinem Elternhaus.

Effi umarmte und küsste ihn sofort.

Innstetten sagte: „Bist du schon da?"

„Du sagst schon. Weil ich so lange geschlafen habe?
Du willst mich ärgern."

Innstetten schüttelte den Kopf. Effi entschuldigte sich. „Ich komme
morgens nie zu spät. Später am Tag schon eher. Ich bin nicht immer
pünktlich. Aber ich schlafe nicht lange. Meine Eltern haben mich dazu
erzogen.“

„Nicht nur dazu. Sie haben dich in alle gut erzogen, meine süße Effi.“
„Du bist nett. Weil wir noch frisch verheiratet sind. Aber eigentlich
nicht mehr frisch. Um Himmels willen, Geert. Daran habe ich noch
nicht gedacht. Wir sind schon über sechs Wochen verheiratet.
Sechs Wochen und einen Tag. Du willst gar nicht was Nettes sagen.
Du sagst die Wahrheit.“

In diesem Moment kam Friedrich und brachte Kaffee.
Der Frühstückstisch stand schräg vor einem kleinen Sofa. Beide setzten
sich hin. „Der Kaffee schmeckt sehr gut“, sagte Effi. Sie sah sich im
Zimmer um. „Das ist wie Hotelkaffee oder wie in Florenz bei Bottegone.
Weißt du noch, mit Blick auf den Dom? Darüber muss ich meiner
Mutter schreiben. So guten Kaffee hatten wir zuhause in Hohen-
Cremmen nicht. Geert, ich merke jetzt erst, wie vornehm ich jetzt bin.
Bei uns war alles einfach.“

„Unsinn, Effi. Euer Zuhause war auch sehr vornehm.“

„Und wie du wohnst. Papa kaufte einen neuen Waffenschrank und einen
Büffelkopf und hängte ein Bild von Wrangel auf. Dann war er sehr stolz.
Aber dein Haus ist edel. Unser Haus in Hohen-Cremmen ist einfach
und normal. Ich kann es nicht damit vergleichen. Gestern Abend hatte
ich viele Gedanken dazu.“

„Und welche Gedanken, Effi?“

„Ja, welche. Du darfst aber nicht lachen. Ich hatte ein Bilderbuch.

Darin saß ein Fürst mit einem Turban auf einem roten Kissen.
Hinter ihm waren viele Waffen und Tierfelle an der Wand.
Dein Haus sieht genauso aus. Mit gekreuzten Beinen siehst du
aus wie der Fürst."

„Effi, du bist ein wunderbarer, lieber Mensch.
Ich will dir so oft wie möglich das zeigen."
„Keine Sorge. Wir haben ja noch viel Zeit. Ich bin erst 17 und will noch
nicht sterben."

„Aber nicht vor mir sterben. Wenn ich sterbe, würde ich dich am
liebsten mitnehmen. Ich möchte dich nicht anderen überlassen.
Was denkst du?"

„Ich muss darüber nachdenken. Oder nein. Lassen wir das. Ich rede
nicht gern über den Tod. Ich bin für das Leben. Und jetzt sag mir,
wie leben wir hier? Du hast mir von der Stadt und dem Land erzählt.
Aber wie werden wir hier leben? Es ist anders als in Hohen-Cremmen
und Schwantikow. Aber wir brauchen auch Freunde und Gesellschaft
in ,gutem Kessin', wie du sagst. Gibt es hier bekannte Familien?"

„Nein, meine liebe Effi. Hier wirst du enttäuscht sein. Es gibt ein paar
Adlige in der Nähe. Aber in der Stadt gibt es niemanden."

„Niemanden? Das glaube ich nicht. Es gibt 3000 Menschen hier.
Unter ihnen muss es wichtige Leute geben. Nicht nur kleine Leute
wie der Barbier Beza."

Innstetten lachte. „Ja, es gibt wichtige Leute. Aber es ist nicht viel mit
ihnen los. Wir haben einen Prediger, einen Richter, einen Rektor und
einen Lotsenführer. Es gibt etwa zwölf solcher Leute. Gute Menschen.
Und schlechte Musiker. Und sonst gibt es nur Konsuln."

„Konsuln sind doch etwas Besonderes und Wichtiges. Sie machen mir
fast Angst. Konsuln haben doch ein Bündel Stöcke mit einer Axt drin.“

„Nein, Effi. Die mit den Stöcken heißen Liktoren.“

„Stimmt, die heißen Liktoren. Aber Konsuln sind auch sehr wichtig.
Brutus war ein Konsul.“

„Ja, Brutus war ein Konsul. Aber unsere Konsuln sind anders.
Sie handeln mit Zucker und Kaffee. Oder sie verkaufen Orangen
für zehn Pfennig das Stück.“

„Das kann nicht sein.“

„Doch. Das sind kleine, schlaue Händler. Wenn Schiffe aus anderen
Ländern kommen und Hilfe brauchen, helfen sie. Sie geben Ratschläge.
Sie helfen Schiffen aus Holland oder Portugal. Dann werden sie
Vertreter dieser Länder. Wir haben so viele Konsuln in Kessin wie
Botschafter in Berlin. An Feiertagen hissen wir deshalb Flaggen aus
vielen Ländern. Bei Sonnenschein siehst du viele Flaggen auf den
Dächern. Du siehst Flaggen von Europa, Amerika und China.“

„Du machst Witze, Geert. Aber vielleicht hast du Recht. Ich finde das
alles wunderbar. Unsere Städte in Havelland sind nicht so bunt.
Wenn wir den Geburtstag des Kaisers feiern, gibt es nur schwarz,
weiß und etwas rot. Aber das ist nicht so bunt wie die vielen Flaggen,
von denen du redest. Ich finde, hier ist alles so anders. Alles macht
mich staunen. Gestern Abend sah ich das seltsame Schiff im Flur.
Dann sah ich noch den Hai und das Krokodil. Dein Zimmer ist auch so.
Es sieht aus wie bei einem indischen Fürsten.“

„Glückwunsch. Dann bist du die Fürstin.“

„Und dann der Saal oben mit den langen Vorhängen.“

„Aber Effi, was weißt du über den Saal?“

„Nichts weiter. Letzte Nacht bin ich aufgewacht. Ich hatte etwas gehört.
Als ob jemand tanzt und leise Musik spielt. Ich habe es Johanna erzählt.
Deshalb habe ich so lange geschlafen. Sie sagte, es kommt von
den langen Vorhängen im Saal. Wir sollten die Vorhänge kürzen.
Oder wir schließen die Fenster. Es wird bald stürmisch.
Mitte November ist es immer so.“

Innstetten schwankte. Er hatte keine Antwort. Er sagte lieber nichts.

„Effi, wir wollen die langen Vorhänge oben kürzer machen.
Aber es ist nicht dringend. Vielleicht hilft es nicht. Vielleicht ist
etwas anderes das Problem. Vielleicht ist es der Schornstein oder
Würmer im Holz oder ein Iltis. Hier gibt es Iltisse. Du musst erst
einmal unser Haus kennen lernen. Ich zeige dir in einer Viertelstunde
alles. Dann machst du dich fertig. Aber nur ein bisschen. Denn du
siehst schon gut aus. Mach dich fertig für unseren Freund Gieshübler.
Es ist schon zehn Uhr vorbei. Er kommt um elf Uhr oder spätestens
mittags. Er wird dir sehr höflich zu dir sein. Das macht er immer so.
Er ist ein guter Mann und wird bestimmt auch dein Freund.“

Kapitel 8

Es war jetzt schon nach elf Uhr. Aber Gieshübler war noch nicht da.
„Ich kann nicht länger warten", sagte Geert. Er musste zur Arbeit.
„Sei nett zu Gieshübler. Dann wird alles gut. Er darf sich nicht unwohl
fühlen. Manchmal ist er aufgeregt. Dann kann er nichts sagen oder sagt
komische Sachen. Mach' ihn fröhlich. Dann spricht er viel. Du schaffst
das. Ich komme nicht vor drei Uhr zurück. Wir haben viel zu tun.
Wir beide müssen noch über den Saal oben nachdenken. Es ist aber
wahrscheinlich besser, alles so zu lassen."

Innstetten ging weg und ließ seine junge Frau allein. Sie saß im
Fensterwinkel und schaute nach draußen. Sie stützte ihren linken Arm
auf ein Brett. Die Straße war normalerweise voller Menschen auf dem
Weg zum Strand. Aber jetzt im November war sie leer. Nur ein paar arme
Kinder liefen vorbei. Effi dachte aber nicht an Einsamkeit. Sie dachte an
die seltsamen Dinge im Haus. Sie hatte mit der Küche angefangen.
Der Herd in der Küche war sehr modern. Ein elektrischer Draht lief bis
ins Mädchenzimmer. Das war alles neu gemacht worden. Innstetten hatte
ihr alles gezeigt. Sie war sehr erfreut. Sie waren von der Küche in den Flur
gegangen. Vom Flur gingen sie in den Hof. Der Hof war eher ein schmaler
Gang. In den Gebäuden am Hof war alles für den Haushalt. Rechts waren
die Zimmer für die Mädchen und Bedienten. Dort war auch ein Lager.
Links war die Wohnung vom Kutscher Kruse. Neben der Wohnung lagen
der Pferdestall und die Garage. Über der Wohnung waren die Hühner.
Eine Klappe am Dach war für die Tauben.

Effi sah sich das alles genau an. Sie fand es interessant. Aber etwas
anderes fand sie noch spannender. Sie ging mit Innstetten zurück ins
Haus. Sie stiegen eine Treppe hoch. Die Treppe war schief und alt.
Der Flur oben war hell und sah nett aus. Man konnte gut nach draußen

sehen. Auf einer Seite sah man eine Windmühle auf einem Hügel.
Auf der anderen Seite sah man einen breiten Fluss. Der Fluss sah schön
aus. Effi konnte nicht anders, als ihre Freude zu zeigen. „Ja, sehr schön,
sehr hübsch", sagte Innstetten. Er ging nicht weiter darauf ein. Dann
öffnete er eine große Tür. Sie führte in einen großen Raum. Der Raum
ging durch das ganze Stockwerk. Vorne und hinten waren Fenster offen.
Lange Vorhänge bewegten sich im Wind. In der Mitte einer Wand war ein
Kamin mit einer großen Platte. An der gegenüberliegenden Wand hingen
Metallleuchter. Jeder hatte zwei Stellen für Kerzen. Sie sahen aus wie die
im Flur, aber waren schmutzig. Effi war ein bisschen enttäuscht. Sie sagte
das auch. Sie wollte lieber die Zimmer auf der anderen Seite des Flurs
sehen. „Da ist noch weniger", sagte Innstetten. Aber er öffnete die Türen.
Es gab vier Zimmer mit je einem Fenster. Alle waren gelb und leer.
In einem Zimmer standen drei alte Stühle. An einem Stuhl klebte ein
kleines Bild. Es zeigte einen Chinesen in blauer Jacke und gelben Hosen
mit einem flachen Hut. Effi sah es und fragte: „Was soll der Chinese?"

Innstetten war überrascht von dem Bild. Er wusste nichts davon.
„Das haben Christel oder Johanna hingeklebt. Nur zum Spaß.
Es kommt aus einem Buch." Effi fand das auch. Sie wunderte sich.
Innstetten nahm das so ernst. Als ob es wichtig wäre. Dann schaute
sie noch einmal in den Saal. Der Saal war leider leer. „Wir haben unten
nur drei Zimmer", sagte sie. „Bei Besuch haben wir ein Problem.
Wir könnten doch aus dem Saal zwei Gästezimmer machen.
Das wäre gut für Mama. Sie könnte hinten schlafen. Sie hätte Sicht
auf den Fluss und die Molen. Vorne hätte sie Sicht auf die Stadt
und die Windmühle. Bei uns zu Hause haben wir auch eine Mühle.
Was meinst du dazu? Mama kommt vielleicht nächsten Mai."

Innstetten sagte zu allem Ja. Aber am Ende sagte er: „Alles gut.
Aber besser geben wir Mama ein Zimmer im Landratsamt. Dort ist
die ganze erste Etage leer. Wie hier. Und dort hat sie mehr Ruhe."

Das war der Gang durchs Haus. Dann hatte Effi sich angezogen.
Sie war nicht so schnell fertig wie Innstetten glaubte. Jetzt saß sie in dem
Zimmer ihres Mannes. Sie dachte über den kleinen Chinesen nach.
Sie dachte auch über Gieshübler nach. Der war immer noch nicht da.
Vor 15 Minuten war ein Mann vorbeigegangen. Er hatte einen kurzen,
schicken Mantel an. Er trug auch einen hohen, glatten Hut. Er sah zu
Effis Fenster herüber. Aber das war bestimmt nicht Gieshübler.
Vielleicht war es der Gerichtspräsident. Effi hatte mal so einen Mann
bei ihrer Tante gesehen. Dann fiel ihr ein, dass es in Kessin ja nur einen
Richter gab.

Effi dachte noch darüber nach. Da kam der Mann wieder vorbei.
Er hat wohl nur eine Runde gedreht. Kurz danach kam Friedrich.
Er meldete Apotheker Gieshübler an.

„Bitte lassen Sie ihn herein.“

Effi war aufgeregt. Sie fühlte sich noch arm und jung. Jetzt bekam
sie zum ersten Mal Besuch und war Hausfrau. Aber sie sollte auch
eine wichtige Frau der Stadt sein.

Friedrich half Gieshübler, seinen Pelzmantel auszuziehen. Dann machte
er die Tür wieder auf. Effi gab dem Mann die Hand. Er wirkte unsicher.
Er küsste ihre Hand schnell. Effi schien ihm gleich sehr zu gefallen.

„Mein Mann hat mir schon von Ihnen erzählt. Aber ich empfange Sie
im Zimmer meines Mannes. Er ist gerade im Büro. Er kann jeden
Moment zurückkommen. Wollen Sie bitte mit mir in ein anderes
Zimmer kommen?“

Gieshübler ging mit Effi in ein anderes Zimmer. Dort zeigte sie ihm einen
Sessel und setzte sich selbst auf ein Sofa. Sie sagte: „Ich habe mich sehr

über die Blumen und Ihre Karte gefreut. Ich fühlte mich gleich nicht
mehr fremd hier. Ich habe das meinem Mann Innstetten erzählt.
Er meinte, wir würden gute Freunde werden.“

„Das hat er gesagt? Der gute Landrat. Sie sind beide sehr nett.
Ich kenne Ihren Mann und jetzt kenne ich Sie auch.“

„Hoffentlich finden Sie mich nicht zu toll. Ich bin noch sehr jung.
Und jung zu sein...“

„Ach, sagen Sie nichts gegen das Jungsein. Junge Leute machen Fehler.
Aber sie sind trotzdem schön und liebenswert. Und ältere Leute sind
oft nicht so toll. Man hat keinen Mut mehr. Ich kann nicht über junge
Leute sprechen. Ich war eigentlich nie jung. Leute wie ich sind immer alt.
Das ist sehr traurig. Man hat keinen Mut mehr. Sonst würde man junge
Frauen zum Tanz auffordern. Aber das ist dann peinlich.
Und dann vergehen die Jahre. Man wird alt. Und dann war das Leben
arm und leer.“

Effi gab ihm die Hand. „Sie sollten so etwas nicht sagen.
Wir Frauen sind doch nicht böse.“

„Nein, sicher nicht.“

Effi sagte weiter: „Ich habe nicht viel erlebt. Ich war meistens auf dem
Land. Aber wir mögen alles Liebenswerte. Und ich sehe, Sie sind anders
als andere. Wir Frauen sehen so etwas schnell. Vielleicht liegt es auch am
Namen. Unser alter Pastor Niemeyer hat das immer gesagt.
Besonders der Vorname ist wichtig. Alonzo Gieshübler, das klingt nach
einer neuen Welt. Alonzo ist ein romantischer Name, ein besonderer
Name.“

Gieshübler lächelte sehr zufrieden. Er legte seinen hohen Hut weg.
„Ja, Sie sind eine gute Frau. Sie haben recht.“

„Oh, ich verstehe. Ich habe von den Konsuln gehört. Kessin hat viele
davon. Und im Haus des spanischen Konsuls hat Ihr Vater eine
Kapitänstochter getroffen. War sie eine schöne Frau aus Andalusien?
Die sind immer schön.“

„Ganz genau, meine gute Frau. Meine Mutter war wirklich schön.
Es ist komisch, dass ich das sage. Ihr Mann kam ja vor drei Jahren
hierher. Da sah sie noch gut aus. Er wird es bestätigen. Ich sehe mehr
aus wie die Gieshüblers. Wir sind einfache Leute. Aber ganz in Ordnung.
Wir leben schon seit vier Generationen hier. Seit hundert Jahren.
Aber als Apotheker ist man niemals adelig.“

„Sonst hätten Sie ein Recht darauf. Ich glaube Ihnen das sofort.
Uns alten Familien fällt das leicht. Mein Vater und meine Mutter
haben mich so erzogen. Wir schätzen jeden guten Menschen.
Es macht nichts, woher er kommt. Ich komme aus der Familie Briest.
Ein Briest hat mal einen Angriff vor einer großen Schlacht geführt.
Vielleicht wissen Sie davon.“

„Ja, gnädige Frau, das kenne ich gut.“

„Ich bin also eine Briest. Mein Vater hat mir oft gesagt: Effi (so heiße ich),
hier ist es wichtig. Als Froben sein Pferd tauschte, war er edel.
Als Luther sagte, ‚ich muss das jetzt einfach tun, Gott hat es mir gesagt‘,
war er noch edler. Und ich glaube, Herr Gieshübler, Innstetten hatte recht.
Wir werden gute Freunde sein.

Gieshübler war schon beinahe verliebt. Er wollte am liebsten für sie
kämpfen und sterben wie ein spanischer Held. Aber das ging nicht.

Sein Herz klopfte stark. Er stand auf und fand zum Glück sofort
seinen Hut. Er musste schnell weg. Er küsste ihr noch mal die Hand
und sagte kein Wort mehr.

Kapitel 9

So war Effis erster Tag in Kessin.

Innstetten gab Effi einige Tage Zeit. Sie sollte sich einrichten.
Sie sollte Briefe schreiben. Die Briefe waren für ihre Mutter und ihre
Freundinnen, Hulda und die Zwillinge. Dann begannen sie, Leute
in der Stadt zu besuchen. Es regnete stark. Sie fuhren in einer Kutsche.
Dann besuchten sie Leute auf dem Land. Das dauerte länger.
Jeden Tag konnten sie nur eine Person besuchen. Sie besuchten
zuerst die Familie Borcke. Dann fuhren sie zu anderen Familien.
Sie machten ihre Pflichtbesuche. Und dann noch mehr Besuche.
Einer war beim alten Baron von Güldenklee.

Für Effi waren alle Besuche gleich. Die Leute waren mittelmäßig.
Ihre Freundlichkeit war nicht sicher. Sie sprachen über Bismarck
und die Kronprinzessin. Aber sie schauten eigentlich nur Effis Kleidung
an. Einige fanden ihr Kleid zu auffällig. Andere fanden es nicht passend
genug. Sie hielten Effi für eine Berlinerin. Denn sie achtete auf
Äußerlichkeiten. Und bei wichtigen Themen fühlte sie sich unsicher.

In Rothenmoor und anderen Orten dachten die Leute, sie glaube nicht
an Gott. Manche fanden, sie denke zu viel. Andere sagten sogar:
„Die glaubt nicht an Gott." Eine ältere Frau erklärte ihr, Gott hat alles
geschaffen. Aber ihre Tochter Sidonie sagte streng: „Sie glaubt nicht an
Gott und das bleibt so." Die Mutter hatte Angst vor ihrer Tochter und
sagte nichts mehr.

Diese Rundfahrten dauerten zwei Wochen. Am 2. Dezember kamen sie
spät abends zurück. Der letzte Besuch war bei den Güldenklees. Dort
musste Innstetten über Politik reden. Der alte Güldenklee sprach von

früher. Er erinnerte an einen anderen 2. Dezember. Damals gab es
Kämpfe in Paris. Napoleon war beteiligt. Er hat einen Fehler gemacht.
Aber er war der richtige Mann dafür. Güldenklee fand: Jeder bekommt,
was er verdient. Aber Napoleon wollte Deutschland einfach angreifen.
Das war frech. Er hat dafür bezahlt. Gott oben lässt sich nicht auslachen.
Er steht zu uns. Güldenklee meinte: „Er hat nur das gemacht, was seine
Frau ihm gesagt hat."

Innstetten fand: Das muss nicht schlimm sein. Und Napoleon hatte ja
auch Erfolge. Er sagte: „Seien Sie nicht zu hart zu ihm. Wer ist schon
Chef im eigenen Haus? Niemand. Ich mache vielleicht auch bald das,
was meine neue Frau mir sagt. Napoleons Frau hatte ihn in der Hand.
Er machte, was sie wollte. Aber vielleicht sind mächtige Frauen auch gut."
Er schaute vorsichtig zu seiner Frau. „Wenn es die richtige Frau ist.
Aber diese Eugenie war so eine bestimmte Dame. Sie hatte noch eine
Liebesgeschichte mit einem jüdischen Bankier. Aber so tun, als wären
sie besser als andere! Eugenie war leicht zu haben. Sie lebte in einer Stadt
wie Babylon. Ich will nicht mehr sagen. Ich respektiere deutsche Frauen.
Entschuldigung, dass ich so etwas vor Ihnen sage." Er meinte Effi.
So ging die Unterhaltung. Sonst sprachen sie über einfache Themen.

Jetzt waren Innstetten und Effi wieder zu Hause. Sie redeten noch eine
halbe Stunde. Die Mädchen im Haus schliefen schon. Es war fast
Mitternacht. Innstetten ging im Zimmer hin und her. Er trug einen
kurzen Mantel und weiche Schuhe. Effi hatte noch ihre Kleidung für
Besuche an. Fächer und Handschuhe lagen neben ihr. „Ja", sagte
Innstetten, „wir sollten diesen Tag feiern. Aber ich weiß nicht, wie.
Soll ich Musik spielen? Oder dich durch den Flur tragen?
Wir müssen etwas machen. Denn das war der letzte Besuch."

„Gott sei Dank", sagte Effi. „Wir haben jetzt Ruhe. Das ist schon ein Fest.
Gib mir einen Kuss. Aber daran denkst du nicht. Du warst still auf dem

Weg. Du hast nur geraucht.“

„Ich werde mich bessern. Wie findest du die Leute hier? Magst du die
einen mehr als die anderen? Sind die Borckes besser als die Grasenabbs?
Oder magst du den alten Güldenklee? Er hat nett über Eugenie
gesprochen.“

„Das stimmt doch gar nicht, Herr von Innstetten! Und Du redest auch
schlecht über andere! Ich sehe eine neue Seite an dir.“

Innstetten redete einfach weiter. „Unser Adel redet immer nur Gutes.
Auch wenn es nicht stimmt. Aber sag‘ mal: Wie findest du die wichtigen
Leute in der Stadt? Wie findest du den Club? Das ist wichtig. Ich habe
dich mit dem Richter gesehen. Er ist ein feiner Mann. Er könnte nett sein.
Er redet leider nur von seinen Kriegserlebnissen. Und seine Frau! Sie
spielt gut Karten und hat schöne Kleidung. Also nochmal, Effi.
Wie wird es dir in Kessin gehen? Wirst du dich hier wohl fühlen?
Ich will ins Parlament gewählt werden. Dafür brauche ich viele Stimmen
für mich. Du kannst zu allen nett sein. Dann wählen sie mich vielleicht.
Wirst du mir helfen? Oder willst du lieber allein sein?“

„Ich will lieber allein sein. Oder ich arbeite in der Apotheke. Sidonie
mag mich dann vielleicht weniger. Aber das schaffe ich. Ich muss diesen
Kampf kämpfen. Es kommt auf Gieshübler an. Es klingt komisch.
Aber mit ihm kann ich reden. Er ist der einzige nette Mensch hier.“

„Das stimmt“, sagte Innstetten. „Du triffst gute Entscheidungen.“

„Hätte ich sonst dich?“, sagte Effi und nahm seinen Arm.

Das war am 2. Dezember. Eine Woche später war der Fürst Bismarck
in Varzin. Deshalb hat Innstetten bis Weihnachten noch sehr viel zu tun.

Sie hatten sich in Versailles getroffen. Seitdem mochte der Fürst ihn.
Er lud ihn oft mit Gästen zum Essen ein. Aber auch allein.
Auch die Frau von Bismarck mochte ihn.

Am 14. wurde Innstetten eingeladen. Es lag Schnee. Deshalb wollte
Innstetten die lange Fahrt zum Bahnhof im Schlitten machen.
„Warte nicht auf mich, Effi. Ich kann vor Mitternacht nicht zurück sein.
Es wird wohl zwei Uhr oder später. Ich werde dich nicht stören.
Pass gut auf dich auf und bis morgen früh.“

Dann fuhr er weg. Die Pferde liefen schnell durch die Stadt zum
Bahnhof.

Effi war fast zwölf Stunden allein. Arme Effi. Wie sollte sie den Abend
verbringen? Früh ins Bett gehen war keine gute Idee. Sie könnte
aufwachen und nicht mehr schlafen. Sie könnte auf Geräusche hören.
Am liebsten wollte sie sehr müde werden. Dann schläft sie immer fest.
Sie schrieb einen Brief an ihre Mutter. Dann besuchte sie Frau Kruse.
Frau Kruse war verrückt. Auf ihrem Schoß saß immer ein schwarzes
Huhn. Sie war sehr traurig. Effi wollte nett sein. Aber Frau Kruse schaute
nur vor sich hin. Effi ging wieder. Sie fragte noch, ob Frau Kruse etwas
braucht. Frau Kruse sagte nein.

Es wurde Abend und das Licht war an. Effi stand am Fenster ihres
Zimmers. Sie sah auf den Wald. Auf den Bäumen lag glitzernder Schnee.

Sie schaute nur aus dem Fenster. Sie bemerkte nicht das Geschehen
im Zimmer. Sie drehte sich um. Da stand auf einmal ein Tablett auf
dem Tisch. Friedrich hatte es gebracht „Ach so. Abendessen.
Dann muss ich mich hinsetzen.“ Aber sie hatte keinen Hunger.
Sie stand auf und las nochmal den Brief an ihre Mutter. Sie fühlte sich
sehr allein. Sie wünschte sich ihre Freundinnen herbei, die Zwillinge

von Jahnke oder sogar Hulda. Die war oft traurig und sprach über ihre
Erfolge. Effi glaubte nicht ganz an diese Erfolge. Aber jetzt wollte sie
am liebsten zuhören. Sie wollte ein bisschen Klavier spielen.
Aber es machte sie noch trauriger. Dann dachte sie: „Ich lese lieber".
Sie nahm ein dickes rotes Reisebuch. Es war alt. Vielleicht aus
Innstettens Zeit als Leutnant. „Das beruhigt mich. Ich will nur nicht
die Karten ansehen. Die mag ich nicht."

Sie öffnete das Buch auf Seite 153. Sie hörte das Ticken der Uhr
nebenan. Vor dem Schlafzimmer lag Rollo der Hund. Er war schon lange
dort. Wie jeden Abend. Sie fühlte sich dann nicht allein.
Sie fühlte sich besser und fing an zu lesen. Sie las über die „Eremitage".
Das ist ein Schloss bei Bayreuth. Bayreuth erinnerte sie an den
berühmten Komponisten Richard Wagner. Der hatte dort eine eigene
Oper. Sie las weiter: In der Eremitage gibt es viele Bilder. Ein Bild ist
schon sehr alt. Es zeigt eine Frau mit strengem Gesicht und einer
großen Halskrause. Vielleicht eine Markgräfin aus dem 15. Jahrhundert.
Oder die Gräfin von Orlamünde. Das Bild zeigt auf jeden Fall die
„weiße Frau". Die kannte sie.

„Das war ein Treffer", sagte Effi. Sie legte das Buch weg.
„Ich möchte jetzt ruhiger werden. Ich will als erstes von der ‚weißen Frau'
lesen. Ich habe schon immer Angst vor ihr. Aber trotzdem möchte ich
weiterlesen."

Effi machte das Buch wieder auf und las weiter: „Das alte Bild ist
wichtig in der Geschichte der Familie Hohenzollern. Und im Schloss
Eremitage. Es hängt an einer unsichtbaren Tür in der Wand.
Dahinter geht eine Treppe nach oben. Der Kaiser Napoleon hatte hier
einmal geschlafen. Da kam die ‚weiße Frau' aus dem Bild heraus.
Sie ging auf sein Bett zu. Napoleon erschrak sehr. Er rief seinen Helfer.
Er sprach dann immer schlecht über dieses Schloss."

„Ich werde vom Lesen nicht ruhiger“, sagte Effi. „Gleich kommt
bestimmt noch eine Geschichte über den Keller. Dort ist der Teufel
auf einem Weinfass weggeritten. In Deutschland gibt es viele solche
Geschichten. In einem Reiseführer stehen sie alle drin. Ich mache
lieber die Augen zu. Ich stelle mir dann meinen Polterabend vor.“
Die Zwillinge weinten vor Aufregung. Vetter Briest sagte:
„Tränen führen ins Paradies. Er war nett und lustig. Aber ich? Ich bin hier.
Ich bin keine große Dame. Meine Mutter hätte hierher gepasst.
Sie hätte alles geregelt. Und sie würde Sidonie Grasenabb bewundern.
Aber ich? Ich bin ein Kind und bleibe es. Manche sagen, das ist gut.
Ich bin mir nicht sicher. Man sollte zu seinem Zuhause passen.“

Friedrich kam und räumte den Tisch ab. „Wie spät ist es, Friedrich?“

„Es ist fast neun Uhr, gnädige Frau.“

„Gut. Schicken Sie mir Johanna.“

„Ja, gnädige Frau.“

„Johanna, ich will schlafen gehen. Es ist noch früh. Aber ich fühle
mich allein. Bitte schicken Sie den Brief ab. Wenn Sie zurück sind,
gehe ich schlafen. Auch wenn es nicht so spät ist.“

Effi nahm die Lampe und ging ins Schlafzimmer. Rollo lag auf der
Matte. Er sah Effi und stand auf. Er machte Platz für sie. Er berührte ihre
Hand mit seinem Fell. Dann legte er sich wieder hin.

Johanna ging zum Landratsamt. Sie wollte dort den Brief einwerfen.
Sie hatte es nicht eilig. Sie redete lieber mit Frau Paaschen. Frau Paaschen
ist die Frau vom Amtsdienst. Sie sprachen über die junge Frau.

„Wie ist sie denn?“, fragte Frau Paaschen.

„Sehr jung“, sagte Johanna.

„Das ist gut“, sagte Frau Paaschen. „Junge Frauen schauen oft in
den Spiegel. Sie machen sich schön. Sie achten nicht auf andere.
Manche würden sie gerne küssen. Deshalb sind sie sehr zufrieden.“

„Ja“, sagte Johanna. „Meine letzte Herrin war so.
Aber die neue Herrin ist anders.“

„Ist ihr Mann sehr liebevoll?“, fragte Frau Paaschen.

„Oh ja, sehr“, sagte Johanna. „Sie kennen ihn ja.“

„Aber er lässt sie oft allein.“

„Ja, liebe Paaschen“, sagte Johanna. „Der Fürst kommt ja.
Und er ist der Landrat. Vielleicht will er noch einen besseren Beruf.“

„Sicher will er das“, sagte Frau Paaschen. „Er wird es schaffen.
Er ist was Besonderes. Paaschen sagt das auch. Er kennt die Leute.“

Effi saß vor dem Spiegel und wartete. Johanna kam zurück und Effi
sagte: „Johanna, du warst lange weg.“

Johanna antwortete: „Entschuldigung. Ich habe Frau Paaschen
getroffen und wir haben geredet. Hier ist es immer so still. Es ist schön,
jemanden zum Reden zu haben. Christel redet nicht viel und Friedrich
ist auch sehr still. Frau Paaschen ist neugierig und irgendwie anders.
Aber bei ihr kann ich immer etwas Neues hören.“

Effi seufzte und sagte: „Ja, Johanna. Das ist gut.“

Johanna sagte: „Sie haben so schönes Haar. So lang und weich.“

Effi antwortete: „Ja, es ist weich. Aber weiches Haar bedeutet auch
einen weichen Charakter.“

Johanna sagte: „Das stimmt. Ein weicher Charakter ist besser als ein
harter. Ich habe auch weiches Haar.“

Effi sagte: „Ja, Johanna. Und du hast blondes Haar.
Männer mögen das oft.“

Johanna sagte: „Das ist unterschiedlich.
Manche mögen auch schwarzes Haar.“

Effi lachte und sagte: „Ja, das habe ich auch gemerkt. Vielleicht ist es
auch anders. Blonde Menschen haben oft helle Haut. Sie auch, Johanna.
Ich glaube, viele Menschen mögen Sie. Ich bin jung, aber das weiß ich.
Ich hatte eine Freundin. Sie war sehr blond. Heller als Sie.
Ihr Vater war Prediger.“

„Na dann …“

„Johanna, was meinen Sie mit ‚na dann‘? Das klingt komisch.
Sie mögen doch Predigertöchter? Meine Freundin war hübsch.
Viele Soldaten mochten sie. Sie hatte immer schöne Kleidung an.
Ein schwarzes Samtoberteil und eine Blume. Eine Rose oder eine
andere Blume. Aber ihre Augen standen weit heraus. Sie waren groß.
Ihr Name war Hulda Niemeyer. Wir waren nicht sehr eng befreundet.
Aber ich würde gerne lange mit ihr reden. Hier auf dem kleinen Sofa.
Ich vermisse das sehr und habe Angst.“

„‚Ach, das geht vorbei‘, sagen Sie, gnädige Frau. Wir hatten das alle.“

„Ihr hattet das alle? Was heißt das, Johanna?“

„Sie haben Angst. Ich kann auch hier schlafen. Ich nehme eine Matte und einen Stuhl. Dann schlafe ich hier bis morgen früh. Oder bis der Herr wieder da ist.“

„Er will mich nicht stören. Er hat es mir versprochen.“

„Oder ich setze mich einfach in die Ecke vom Sofa.“

„Ja, das könnte gehen. Aber nein, es geht nicht. Ich soll keine Angst haben. Der Herr darf es nicht wissen. Er mag das nicht. Er will mich mutig und stark haben wie er selbst. Aber ich bin oft nicht so stark. Ich muss mich zusammenreißen und ihm gefallen. Aber ich habe ja Rollo. Der Hund liegt vor der Tür.“

Johanna nickt zu jedem Wort. Dann macht sie das Licht am Nachttisch an. Sie nimmt die Lampe. „Braucht die Frau noch etwas?“

„Nein, Johanna. Sind die Fensterläden zu?“

„Nur angelehnt, Frau. Sonst ist es zu dunkel und stickig.“

„Gut. Gut.“

Johanna ging weg. Effi stieg ins Bett und deckte sich zu. Sie ließ das Licht an. Sie wollte noch nicht schlafen. Sie wollte weiter an ihren Polterabend denken. Und an ihre Hochzeitsreise. Sie wollte alles noch mal erleben.

Sie stellte es sich anders vor. Sie kam in Verona an. Sie suchte das Haus
von Romeo und Julia, das berühmteste Liebespaar aller Zeiten.
Sie war sehr müde. Die Kerze im kleinen Silberleuchter brannte herunter.
Dann ging die Kerze aus. Effi schlief fest. Plötzlich schrie sie laut auf.
Sie hörte ihren eigenen Schrei. Sie hörte auch Rollo bellen. Es klang
laut und ängstlich. Effi hatte große Angst. Sie konnte nicht rufen.
Etwas huschte an ihr vorbei. Die Tür zum Flur sprang auf. Aber dann
kam Rollo zu ihr. Er legte seinen Kopf in ihre Hand. Er legte sich auf den
Teppich vor ihrem Bett. Effi drückte dreimal die Klingel.
Schnell kam Johanna. Johanna hatte keine Schuhe an. Sie hatte ein Kleid
über dem Arm. Sie hatte ein großes Tuch über Kopf und Schulter.

„Johanna, Sie sind da. Ich bin so froh.“

„Was ist passiert, gnädige Frau? Sie haben geträumt.“

„Ja, ich habe geträumt. Aber es war auch noch etwas anderes.“

„Was denn, gnädige Frau?“

„Ich habe tief geschlafen. Plötzlich bin ich aufgewacht und habe
geschrien. Vielleicht war es ein Albtraum. Albträume sind in meiner
Familie. Mein Vater hat sie auch. Er macht uns Angst damit. Nur meine
Mutter sagt immer, er soll sich beruhigen. Aber das ist leicht gesagt.
Ich bin also aufgewacht und habe geschrien. Ich habe mich im Dunkeln
umgesehen. Etwas ist an meinem Bett vorbeigestrichen. Genau dort,
wo du jetzt stehst, Johanna. Dann war es weg. Ich glaube, es war...“

„Was denn, gnädige Frau?“

„Wenn ich genau nachdenke ... ich möchte es nicht sagen, Johanna.
Aber ich glaube, es war der Chinese.“

„Der von oben?“ Johanna versuchte zu lachen. „Unser kleiner Chinese?
Das ist doch nur ein Aufkleber oben an dem Stuhl. Sie haben nur
geträumt. Sogar noch wach.“

„Ich würde es gerne glauben. Aber der Hund hat gebellt. Er muss es also
auch gesehen haben. Dann ging die Tür auf. Rollo wollte mich retten.
Ach, meine liebe Johanna, es war schrecklich. Und ich bin so allein und
so jung. Ich will jemand, wo ich weinen kann. Aber ich bin so weit weg
von zu Hause... Ach, von zu Hause...“

„Der Herr kann jede Stunde kommen.“

„Nein, er soll nicht kommen. Er soll mich nicht so sehen. Er könnte
mich auslachen. Das würde ich ihm nie vergeben. Es war sehr schlimm,
Johanna. Sie müssen hierbleiben. Aber lassen Sie Christel und Friedrich
schlafen. Niemand soll es wissen. Oder ich könnte Frau Kruse holen.
Sie schläft nicht. Sie sitzt die ganze Nacht herum. Nein, nein, sie ist
auch so eine. Sie darf nicht kommen. Johanna, Sie bleiben allein hier.
Öffnen Sie ein bisschen das Fenster. Ich brauche Luft und Licht.“

Johanna machte es, und Effi schlief bald tief.

Kapitel 10

Innstetten kam um sechs Uhr morgens zurück. Er ging leise in sein Zimmer. Er machte es sich gemütlich und ließ sich nur von Friedrich zudecken.

„Wecke mich um neun!"

Um neun wurde er geweckt. Er stand schnell auf und sagte:
„Bring das Frühstück!"

„Die Frau schläft noch."

„Aber es ist schon spät. Ist etwas passiert?"

„Ich weiß es nicht. Aber Johanna musste im Zimmer der Frau schlafen."

„Schicke Johanna her."

Johanna kam. Sie sah frisch und rosig aus. Sie hatte trotz der komischen Nacht gut geschlafen.

„Was ist mit der Frau passiert? Friedrich sagt, es ist etwas passiert und du hast woanders geschlafen."

„Ja, Herr Baron. Die Frau hat schnell dreimal geklingelt.
Ich dachte, es ist wichtig. Und das war es auch. Sie hat vielleicht geträumt. Oder es war etwas anderes."

„Was für ein anderes?"

„Der Herr weiß es.“

„Ich weiß nichts. Aber es muss aufhören. Wie ging es der Frau?“

„Sie war sehr aufgeregt. Sie hielt das Halsband von Rollo fest.
Rollo stand neben ihrem Bett. Das Tier hatte auch Angst.“

„Was hat sie geträumt? Oder was hat sie gehört oder gesehen?
Was hat sie gesagt?“

„Etwas ist an ihr vorbeigeschlichen.“

„Was? Wer?“

„Der von oben. Aus dem Saal oder der kleinen Kammer.“

„Das ist Unsinn. Ich will das nicht mehr hören.
Und du bist bei meiner Frau geblieben?“

„Ja, Herr Baron. Ich habe neben ihr auf dem Boden geschlafen.
Ich musste ihre Hand halten. Dann ist sie eingeschlafen.“

„Und sie schläft noch?“

„Ja, ganz fest.“

„Das macht mir Sorgen, Johanna. Man kann sich im Bett erholen.
Man kann aber auch krank werden. Wir müssen sie sanft wecken.
Sie soll sich nicht erschrecken. Friedrich soll das Frühstück nicht
bringen. Ich warte auf sie. Seien Sie vorsichtig.“

Eine halbe Stunde später kam Effi. Sie sah sehr blass aus und lehnte

sich an Johanna. Sie sah Innstetten. Da lief sie zu ihm und umarmte ihn.
Sie weinte und sagte: „Ach Geert, du bist wieder hier. Jetzt ist alles gut.
Du musst bleiben. Du darfst mich nicht allein lassen."

„Meine liebe Effi", sagte Innstetten. „Ich lasse dich nicht zum Spaß
allein. Ich muss arbeiten. Ich kann nicht einfach sagen, ich komme nicht,
weil du allein bist. Das wäre peinlich für uns beide. Aber trink' erst mal
einen Kaffee."

Effi trank ihren Kaffee und fühlte sich besser. Dann nahm sie wieder
die Hand ihres Mannes und sagte: „Du hast recht. Es geht nicht anders.
Und wir wollen ja im Beruf noch besser werden. Ich will das sogar mehr
als du."

Innstetten lachte. „So sind alle Frauen."

„Also gut. Du gehst weiter zu den Einladungen. Ich bleibe hier und
warte auf meinen wichtigen Mann. Ich denke an Hulda unter dem
Holunderbaum. Wie mag es ihr gehen?"

„Hulda geht es immer gut. Aber was wolltest du noch sagen?"

„Ich will sagen: Ich bleibe hier. Auch allein. Wenn du immer wegmusst.
Aber nicht in diesem Haus. Wir sollten umziehen. Es gibt schöne
Häuser am Bollwerk. Eines ist zwischen den Häusern von Konsul
Martens und Konsul Grützmacher. Und eines am Markt, gegenüber von
Gieshübler. Warum ziehen wir nicht dorthin? Warum bleiben wir hier?
In Berlin ziehen Familien um. Wegen lautem Klavierspiel.
Oder Schwaben. Oder einer unfreundlichen Hausmeisterin.
Wenn sie das für solche kleinen Dinge tun…"

„Kleine Dinge? Hausmeisterin? Sag das nicht."

„In Berlin geht das. Dann geht es auch hier. Du bist Landrat.
Die Leute tun dir gerne einen Gefallen. Viele sind dir sogar dankbar.
Gieshübler würde uns sicher helfen. Er hat Mitleid mit mir. Also, Geert,
sollen wir dieses spukige Haus verlassen? Das Haus mit dem...“
„Mit dem Chinesen, meinst du. Siehst du, Effi, man kann das schlimme
Wort sagen. Ohne dass er auftaucht. Du hast etwas an deinem Bett
gesehen. War es der kleine Chinese? Die Mädchen haben ihn an einen
Stuhl geklebt. Hatte er einen blauen Rock? Hatte er einen flachen Hut
mit einem glänzenden Knopf?“

Sie nickte.

„Also war es ein Traum oder eine Täuschung. Hat dir Johanna gestern
von einer Hochzeit erzählt?“

„Nein.“

„Gut. Aber du denkst, hier ist etwas seltsam. Und das Krokodil macht dir
Angst. Am ersten Abend fandest du das Krokodil toll.“

„Ja, damals.“

„Effi, ich kann unser Haus nicht verkaufen oder tauschen.
Die Leute würden es komisch finden: Du hast Angst.
Und ich verkaufe deshalb das Haus. Das wäre peinlich.“

„Geert, gibt es keine Geister?“

„Vielleicht. Man kann daran glauben oder auch nicht. Aber manche
finden es sogar lustig. Sie finden den Hausgeist besser als ihr
Familienwappen. In der Luft gibt es kleine Keime, die gefährlich sind.
Manche Leute glauben, dass Geister echt sind. Du hast Angst vor

Geistern. Das überrascht mich. Denn du bist aus einer wichtigen
Familie. Wichtige Familien mögen oft ihre Geister. So wie sie ihr
Familienzeichen mögen."

Effi sagt nichts. „Effi, warum sagst du nichts?"

„Was soll ich sagen? Ich habe dir zugestimmt und war nett.
Aber du könntest netter zu mir sein. Ich wollte, dass du mir hilfst.
Aber ich soll mich nur nicht lächerlich machen. Das hilft mir nicht viel.
Du widersprichst dir auch. Du glaubst selber an Geister. Und ich soll
stolz auf unseren Familiengeist sein. Aber das bin ich nicht.
Ich mag unser Familienwappen mehr. Wir Briests waren immer nett.
Deshalb spukt es bei uns auch nicht."

Es gab fast noch mehr Streit. Aber Friedrich kam herein.
Er brachte der Frau einen Brief. „Von Herrn Gieshübler.
Der Bote wartet auf eine Antwort."

Plötzlich war Effi nicht mehr sauer. Sie fühlte sich gut. Sie sah sich
den Brief an. Es war nur eine kleine Nachricht. Die Adresse stand schön
geschrieben darauf. Statt eines Siegels war ein kleines Bild drauf.
Es zeigte eine Harfe mit einem Stab oder Pfeil. Sie gab die Nachricht
ihrem Mann. Er fand sie auch schön. „Jetzt lies", sagte er.

Effi machte die Nachricht auf und las: „Sehr geehrte Frau, liebe Frau
Baronin! Darf ich Ihnen einen Gruß schicken? Und darf ich Sie um etwas
bitten? Eine alte Freundin von mir kommt heute mit dem Zug.
Sie kommt aus unserer Stadt Kessin. Ihr Name ist Marietta Trippelli.
Sie bleibt bis morgen hier. Am 17. will sie in Petersburg sein.
Dort gibt sie Konzerte bis Mitte Januar. Fürst Kotschukoff lädt sie ein.

Frau Trippelli hat mir versprochen, heute Abend zu mir zu kommen.

Sie wird Lieder singen, die ich aussuche. Sie sagt, es ist nicht schwer für sie. Wollen Sie heute Abend zu dem Musikabend kommen? Um sieben Uhr. Ihr Mann wird auch kommen. Das glaube ich sicher. Er wird mich unterstützen. Nur Pastor Lindequist (er spielt Klavier) und Frau Pastorin Trippel sind da. Mit freundlichen Grüßen, A. Gieshübler."
Innstetten fragte: „Gehen wir hin?"

„Ja", sagte Effi. „Das wird mir guttun. Ich kann Gieshübler nicht absagen. Das ist ja seine erste Einladung."

„Gut. Friedrich, bitte sagen Sie Mirambo, wir kommen."
Friedrich ging weg.

Effi fragte: „Wer ist Mirambo?"

„Der echte Mirambo ist ein Räuber in Afrika. Ich weiß nicht, ob du das kennst", sagte Innstetten. „Unser Mirambo arbeitet für Gieshübler. Er trägt heute Abend einen Anzug und weiße Handschuhe."

Effi fühlte sich besser nach diesem Gespräch. Innstetten wollte, dass sie sich wohl fühlt: „Ich bin froh, dass du ja gesagt hast. Du hast schnell und ohne zu zögern geantwortet. Jetzt habe ich noch einen Vorschlag für dich. Du hast noch die Nacht im Kopf. Das passt nicht zu dir.
Das soll weggehen. Frische Luft ist das Beste dafür. Das Wetter ist schön frisch und mild. Es weht kaum Wind. Was hältst du davon, eine lange Fahrt zu machen? Nicht nur kurz durch den Park. Wir fahren mit dem Schlitten. Wir haben Glöckchen dabei und weiße Decken. Später um vier Uhr ruhst du dich aus. Um sieben gehen wir zu Gieshübler und hören Trippelli."

Effi nahm seine Hand. „Du bist so nett, Geert. Und so verständnisvoll. Ich kam dir sicher kindisch vor. Erst hatte ich Angst. Dann wollte ich aus

dem Haus heraus. Und dass du den Fürsten wegschickst. Das ist noch
schlimmer. Aber eigentlich lustig. Denn er hat die Macht über uns.
Auch über mich. Eigentlich bin ich ehrgeizig. Deshalb habe ich dich
geheiratet. Aber Spaß beiseite. Ich liebe dich wirklich sehr.“

Sie lachte laut. „Und wohin fahren wir?“, fragte sie. Innstetten war still.
„Ich dachte, wir fahren zum Bahnhof. Aber wir machen einen Umweg.
Dann fahren wir auf der Hauptstraße zurück. Wir essen am Bahnhof.
Oder besser bei Golchowski. Dort ist eine Gaststätte ‚Zum Fürsten
Bismarck‘. Wir sind dort vorbeigekommen, als wir ankamen. Es ist gut,
dort zu essen. Ich spreche dort mit dem Verwalter. Er ist nicht so nett.
Aber sein Gasthaus ist ordentlich. Sein Essen ist noch besser.
Die Leute hier verstehen viel vom Essen und Trinken.“

Es war elf Uhr. Um zwölf Uhr kam Kruse mit dem Schlitten. Effi stieg ein.
Johanna wollte Decken und Pelze bringen. Aber Effi wollte frische Luft.
Sie nahm nur eine doppelte Decke. Innstetten sagte zu Kruse:
„Wir fahren zum Bahnhof. Wir waren heute schon mal dort.
Die Leute werden sich wundern. Aber das ist egal. Wir fahren an der
Plantage vorbei. Dann links zum Kirchturm von Kroschentin. Lassen Sie
die Pferde schnell laufen. Um eins müssen wir am Bahnhof sein.“

So fuhren sie los. Über den Dächern der Stadt lag Rauch. Es war kaum
Wind. Utpatels Mühle drehte sich langsam. Effi und die anderen fuhren
schnell daran vorbei. Sie kamen nah am Friedhof vorbei. Dort wuchsen
Sträucher durch das Gitter. Ihre Spitzen berührten Effi. Schnee fiel auf
ihre Decke. Auf der anderen Seite des Weges war ein kleiner Platz.
Dort stand nur eine junge Kiefer.

„Liegt da jemand begraben?“, fragte Effi.

„Ja, der Chinese.“

Effi erschrak. Aber sie blieb ruhig und fragte weiter: „Unser Chinese?"

„Ja, unser. Er konnte nicht auf dem normalen Friedhof liegen.
Kapitän Thomsen war sein Freund. Er kaufte diesen Platz und begrub
ihn hier. Es gibt auch einen Grabstein. Das war alles vor meiner Zeit hier.
Aber die Leute reden noch darüber."

„Also gibt es eine Geschichte dazu. Du hast heute Morgen schon
etwas gesagt. Ich will wissen, was es ist. Sonst habe ich weiter Angst.
Erzähl' mir die Wahrheit. Die Wahrheit macht mir weniger Angst
als meine Gedanken."

„Gut, Effi. Ich wollte nicht darüber reden.
Aber jetzt passt es. Es ist eigentlich nichts Besonderes."

„Es ist mir egal. Fang einfach an."

„Das ist nicht so leicht. Der Anfang ist immer am schwersten.
Auch bei Geschichten. Dann fange ich mit Kapitän Thomsen an."

„Gut."

„Also, Thomsen war lange Zeit Kapitän. Er verkaufte Reis in Shanghai
und Singapur. Er war rund sechzig Jahre alt. Da kam er hierher.
Vielleicht war er hier geboren. Jetzt war er wieder da. Er verkaufte sein
altes Schiff. Er bekam nicht viel Geld dafür. Dann kaufte er ein Haus.
Wir wohnen jetzt in diesem Haus. Er hatte draußen in der Welt viel
Geld verdient. Deshalb ist hier das Krokodil, der Hai und das Schiff.
Also Thomsen war jetzt hier. Er war ein sehr ordentlicher Mann und
beliebt. Auch beim Bürgermeister Kirstein und beim damaligen Pastor
in Kessin. Der Pastor kam aus Berlin und war kurz vor Thomsen
hierhergezogen. Der hatte viele Gegner."

„Das glaube ich. Ich merke das auch. Die Leute hier sind so streng.
Sie finden sich selbst gerecht. Das ist wohl typisch für Pommern.“

„Ja und nein. An manchen Orten sind die Leute nicht streng
und alles geht durcheinander. Schau, Effi! Direkt vor uns ist der
Kirchturm von Kroschentin. Sollen wir gar nicht zum Bahnhof fahren
und lieber zur alten Frau von Grasenabb? Sidonie ist eh nicht da.
Wir könnten es versuchen.“

„Wieso? Schlittenfahren ist wie Fliegen. Ich fühle mich frei und ohne
Angst. Und jetzt soll ich lieber alten Leuten Hallo sagen? Sie könnten
sich auch überrascht fühlen. Nein, das will ich nicht. Ich will lieber
die Geschichte weiter hören. Wir waren bei Kapitän Thomsen.
Ich stelle mir ihn als Dänen oder Engländer vor. Sehr sauber,
mit weißem Kragen und weißer Kleidung.“

„Genau. Und Thomsen hatte eine junge Frau dabei. Sie war etwa
zwanzig Jahre alt. Es war wohl seine Enkelin. Aber sie war noch sehr jung.
Und da war auch der Chinese. Der liegt jetzt zwischen den Dünen
begraben. Wir sind gerade an seinem Grab vorbeigekommen.“

„Gut, gut.“

„Der Chinese war Thomsens Diener. Aber Thomsen mochte ihn wie
einen Freund. Das ging ein Jahr lang so. Dann sollte Thomsens Enkelin
Nina einen Kapitän heiraten. Das war Thomsens Wunsch. Es gab eine
große Hochzeit. Ein Pastor aus Berlin hat das Paar verheiratet.
Müller Utpatel und Gieshübler waren eingeladen. Auch viele Kapitäne
mit ihren Familien waren da. Es war eine lustige Feier. Abends gab es
Tanz. Die Braut tanzte mit vielen Gästen. Auch mit dem Chinesen.
Danach war die Braut verschwunden. Niemand wusste, wo sie war oder
was passiert ist.

Zwei Wochen später war der Chinese tot. Thomsen kaufte ein Grab.
Der Chinese wurde dort begraben. Der Pastor aus Berlin sagte:
Der Chinese war ein guter Mensch. Er kann auf dem normalen
Friedhof begraben werden. Der Pastor sollte das nicht sagen.
Der Chinese war fremd. Und kein Christ. Es war zu gewagt und nicht
passend. Das ist meine Meinung. Auch Niemeyer findet das. Der Pastor
hieß Trippel. Alle waren dann gegen ihn. Zum Glück starb er bald.
Er hätte eh seinen Job verloren. Die Leute in der Stadt und die
Verwaltung waren gegen ihn. Genau wie du.“

„Trippel? Ist er mit der Frau Pastor Trippel verwandt?
Wo wir heute Abend hinfahren?“

„Ja, er war ihr Mann. Er ist der Vater von Trippelli.“

Effi lachte. „Von Trippelli! Jetzt verstehe ich das. Sie ist ja in Kessin
geboren. Gieshübler hat das geschrieben. Also ist sie gar nicht
die Tochter eines italienischen Konsuls. Wir haben hier viele
ausländische Namen. Und sie ist wirklich deutsch und heißt Trippel.
Aber Tripelli klingt so italienisch.“

„Sie war sehr fleißig. Sie hat das Singen ein paar Jahre in Paris gelernt.
Dort traf sie auch den russischen Fürsten Kotschukoff. Russische
Fürsten haben keine Vorurteile. Kotschukoff nannte sie Tripelli.
Das klingt nach einer italienischen Sängerin. Gieshübler brachte sie
dann nach Paris. Dort lebt sie und hat Erfolg.“

„Mensch Geert! Das ist alles so spannend! Mein Leben in Hohen-
Cremmen war so normal. Nie etwas Besonderes.“

Innstetten nahm ihre Hand und sagte: „Denk‘ nicht so, Effi.
Hier spukt es vielleicht. Aber so ein tolles Leben kann auch ein Spuk sein.

Der Preis für ein aufregendes Leben wie die Trippelli ist oft das Glück.
Du liebst doch dein Hohen-Cremmen sehr und hängst daran. Aber du
machst auch oft Witze darüber. Aber ruhige Tage in Hohen-Cremmen
sind auch was Schönes.“

„Ja, ja“, sagte sie. „Ich verstehe. Ich höre nur gerne von anderen Dingen.
Dann möchte ich dabei sein. Aber du hast recht. Und es stimmt.
Ich sehne mich nach Ruhe und Frieden.“

Innstetten zeigte mit dem Finger auf sie. „Meine liebe Effi,
das denkst du dir nur aus. Immer Träume, mal so, mal so.“

Kapitel 11

Die Fahrt ging genau nach Plan. Um ein Uhr kam der Schlitten beim
Gasthaus Zum Fürsten Bismarck an. Golchowski war froh, den Landrat
zu sehen und machte ein gutes Mittagessen. Zum Schluss kamen
Nachtisch und Wein aus Ungarn. Innstetten rief den Wirt herbei.
Er sollte sich zu ihnen setzen und zu erzählen. Golchowski konnte
das gut. Er wusste alles, was in der Gegend passierte.

Sidonie Grasenabb ist wieder für vier Wochen verreist. Frau von
Palleske musste ihre Dienerin entlassen. Es gab ein Problem.
Der alte Fraude ist krank. Er ist angeblich ausgerutscht.
Aber es war ein Schlaganfall. Sein Sohn kommt bald.
Dann sprachen sie über ernstere Dinge. Sie sprachen über Varzin.
Denn dorthin kommt bald Fürst Bismarck. Golchowski fand es seltsam.
Der Fürst mag kein Papier. Aber er macht eine Papiermühle.
Innstetten sagte. „Das Leben ist voller Widersprüche. Auch ein Fürst kann
das nicht ändern." Golchowski stimmte zu. Sie hätten weiter über den
Fürsten gesprochen. Aber dann hörten sie das Signal einer nahenden
Bahn. Innstetten sah auf die Uhr. „Welcher Zug kommt, Golchowski?"

„Das ist der Schnellzug nach Danzig. Er hält hier nicht an. Ich gehe
trotzdem hoch und zähle die Wagen. Manchmal sehe ich jemanden,
den ich kenne. Hinter meinem Hof geht eine Treppe zum Bahndamm
hoch. Dort ist das Wärterhaus Nummer 417."

„Oh, das ist toll", sagte Effi. „Ich schaue gerne Zügen zu."

„Dann müssen wir jetzt gehen, gnädige Frau."

Die drei gingen los. Oben standen sie neben dem Wärterhaus in einem

Garten. Der Garten war voller Schnee. Aber es gab eine Stelle ohne
Schnee. Dort stand schon der Bahnwärter. Er hielt eine Fahne in der
Hand. Der Zug fuhr schnell über die Gleise. Er fuhr am Häuschen und
am Garten vorbei. Effi war aufgeregt. Sie bekam deshalb fast nichts mit.
Sie schaute nur dem letzten Wagen nach. Auf dem Wagen saß ein
Bremser.

„Um sechs Uhr fünfzig ist der Zug in Berlin", sagte Innstetten.
„Eine Stunde später können die Leute in Hohen-Cremmen ihn hören.
Nur der Wind muss aus der richtigen Richtung kommen.
Möchtest du mitfahren, Effi?"

Sie antwortete nicht. Er sah sie an. Er bemerkte er eine Träne in
ihrem Auge.

Effi hatte Sehnsucht, als der Zug vorbeifuhr. Sie fühlte sich fremd,
obwohl es ihr gut ging. Sie hatte sich gerade noch über etwas gefreut.
Aber dann merkte sie, was ihr fehlte. Dort lag Varzin. Dort sah man
den Kirchturm von Kroschentin. Und dort den von Morgenitz.
Dort wohnten die Grasenabbs und die Borckes. Die Bellings und
die Briests waren weit weg. „Ja, die!"

Innstetten hatte recht. Denn Ihre Stimmung änderte sich schnell.
Sie sah alles Vergangene in einem schönen Licht. Der Zug fuhr in die
Ferne. Davon bekam sie Sehnsucht. Aber bald fühlte sie sich wieder
besser. Sie konnte nicht lange traurig sein. Auf der Heimfahrt sah sie die
untergehende Sonne. Alles sah schön und frisch aus. Zurück in Kessin
fühlte sie sich fast zu froh. Vielleicht auch wegen dem Duft im Haus.

Innstetten und seine Frau kamen pünktlich. Aber sie waren trotzdem
die Letzten. Pastor Lindequist, die alte Frau Trippel und Frau Trippelli
waren schon da. Herr Gieshübler war sehr vornehm angezogen.

Er war sehr aufgeregt. Er stellte einige Leute gegenseitig vor: Baron und
Baronin Innstetten, Frau Pastor Trippel und Fräulein Marietta Trippelli.
Pastor Lindequist stand lächelnd daneben.

Fräulein Trippelli war über dreißig Jahre alt. Sie wirkte ein bisschen
wie ein Mann. Sie war lustig. Sie saß auf dem besten Platz auf dem Sofa.
Nach der Vorstellung ging sie zu einem Stuhl mit hoher Lehne.
Sie sprach mit Effi über das Sofa. Sie sagt: In dem Sofa versinkt man.
Denn das Sofa ist sehr alt nicht mehr gut. Dann stehen die Knie hoch.
Gieshübler hat es nicht neu gemacht. Er ist nett und auch stur.
Die Trippelli sprach sehr freundlich und sicher. Sie sagte zu Effi:
„Du bist die Baronin Innstetten. Ich bin die Trippelli."

Gieshübler mochte die Trippelli sehr. Er fand sie sehr talentiert.
Aber auch nicht sehr fein. Gieshübler mochte feine Dinge.
Er sagte zu ihr: „Liebe Marietta, Sie reden so nett. Aber bei meinem
Sofa liegen Sie falsch. Jeder Kenner kann das sehen. Sogar ein Mann
wie Fürst Kotschukoff."

Die Trippelli antwortete: „Bitte, Gieshübler, sprechen wir nicht über ihn.
Sonst findet Effi mich komisch. Ich bin nicht stolz darauf, bei diesem
Fürsten zu sein. Er ist nicht so wichtig. Und ich sage immer,
was ich denke.

Kotschukoff ist mein Freund und ein guter Kamerad. Aber er kennt sich
nicht mit Kunst aus. Er weiß auch nichts über Musik. Trotzdem macht
er Musik für die Kirche. Viele russische Adlige machen das. Kotschukoff
versteht auch nichts von Einrichtung und Tapeten. Er findet einfach alles
Bunte und Teure schön."

Innstetten fand das lustig. Pastor Lindequist war sehr zufrieden.
Der alten Frau Trippel war ihre Tochter Marietta peinlich. Gieshübler

wollte das Gespräch beenden. Er dachte: Sie soll lieber singen.
Egal was. Ein gutes oder schlechtes Lied. Gieshübler sagte zu Marietta:
„Das Essen ist um acht Uhr. Wir haben noch Zeit." Er fragte sie:
Willst du vor oder nach dem Essen singen?"

„Ich bitte dich, Gieshübler! Du kennst dich doch aus. Mit vollem Bauch
kann man nicht singen. Also erst die Musik und dann das Eis."

„Darf ich Ihnen Musiknoten bringen, Marietta?"

„Ja, bitte. Aber welche? Und sie müssen für Altstimme sein."

„Ich werde die richtigen Noten finden."

Er suchte in einem Schrank nach Noten. Die Trippelli rückte ihren Stuhl
näher zu Effi.

„Ich bin gespannt, was er holt", sagte sie.

Effi fühlte sich etwas unwohl. „Vielleicht Stücke von Gluck. Etwas
Dramatisches. Sie sollten auf der Bühne sein, nicht nur Konzerte geben.
Sie haben Ausstrahlung und eine tolle Stimme. Ich habe noch nicht viel
davon erlebt. Nur in Berlin. Da war ich noch jung. Aber ich denke an
‚Orpheus' oder ‚Chrimhild' oder die ‚Vestalin'."

Die Trippelli schüttelte den Kopf. Sie sah sehr nachdenklich aus.
Sie antwortete nichts. Da kam Gieshübler zurück. Er brachte viele
Notenhefte mit. Die Trippelli blätterte schnell durch die Hefte.
„Erlkönig... ah, nein; Bächlein, laß' dein Rauschen sein ... Aber
Gieshübler, Sie sind wie ein Murmeltier. Sie haben lange geschlafen.
Und hier sind Balladen von Loewe; auch nicht neu. Glocken von Speyer ...
Ach, immer dieses Ding-Dong. Das macht keinen Spaß mehr.

Aber hier, Ritter Olaf'... das ist gut." Dann stand sie auf. Der Pastor spielte
Klavier und sie sang ‚Ritter Olaf'. Sie sang sehr schön und alle klatschten.

Sie fanden noch mehr solche Musik. Stücke aus „Der fliegende
Holländer" und „Zampa", dann „Der Heideknabe". Sie sang alles
wunderbar und ruhig. Effi war ganz hin und weg von den Liedern.

Nach ‚Der Heideknabe' sagte die Tripelli: „Jetzt ist es genug." Sie sagte
das sehr deutlich. Niemand bat mehr um ein Lied. Effi am wenigsten.
Die Tripelli saß dann wieder neben Effi. Die sagte nur: „Ich bin
Ihnen so dankbar! Das klingt alles so schön. Sie singen sehr sicher.
Ich bewundere am meisten Ihre Ruhe. Ich selbst bin sehr empfindlich.
Bei einer kleinen Geistergeschichte fange ich an zu zittern.
Ich muss mich dann lange wieder beruhigen. Aber Sie erzählen so
tolle Geschichten. Dabei bleiben Sie immer fröhlich und entspannt."

„Ja, liebe Frau. Das ist Kunst. Auch im Theater ist das so. Aber ich will
nicht im Theater arbeiten. Da reden die anderen schlecht über dich.
Meine Kolleginnen sagen: Man gewöhnt sich daran. Sogar auf der
Bühne sind die Schauspieler gemein zueinander."

„Ich verstehe das nicht. Aber zum Beispiel Ihre Geistergeschichte in ‚Olaf'.
Nach einem schlechten Traum bin ich sehr ängstlich. Oder wenn jemand
über meinem Kopf tanzt oder Musik macht. Dabei ist gar niemand da.
Manchmal geht jemand an meinem Bett vorbei. Dann erschrecke ich sehr.
Ich kann das tagelang nicht vergessen."

„Ja, liebe Frau, das kann sein. Aber es ist erfunden oder geträumt.
Ein Geist in einem Lied macht mir deshalb keine Angst. Aber ein
Gespenst in meinem Zimmer wäre wirklich unangenehm. Das mag
keiner."

„Haben Sie so etwas schon erlebt?“

„Ja, das habe ich. Sogar bei Kotschukoff zuhause. Dieses Mal will ich
woanders schlafen. Vielleicht lieber bei der englischen Dienerin.
Sie ist eine Christin. Bei ihr ist man sicher.“

„Glauben Sie, dass so etwas möglich ist?“

„Liebe Frau, ich habe viel erlebt. In Russland oder in Rumänien.
Da wird man ständig herumgeschubst. Es gibt viele schlechte
Menschen. Und dann passieren auch andere Dinge.“

Effi hörte zu.

„Ich komme aus einer modernen Familie. Nur meine Mutter war
wie früher. Mein Vater sagte mir einmal: ‚Mane, an der Psychologie
ist etwas dran.‘ Und er hatte recht. Überall lauern Gefahren.
Das werden Sie noch sehen.“

Gieshübler kam herüber. Er wollte Effi zum Essen begleiten.
Innstetten ging mit Marietta. Dann kamen Pastor Lindequist
und Frau Trippel.

Kapitel 12

Sie verließen das Haus spät. Kurz nach zehn Uhr sagte Effi zu
Gieshübler, es sei Zeit zu gehen. Fräulein Trippelli musste schon um
sechs Uhr aufstehen. Aber Fräulein Trippelli brauchte nicht viel Schlaf.
Sie sagte: Ich brauche Applaus und viel Geld. Sie kann im Zug schlafen.
Sie muss ihr Kleid dabei nicht ausziehen. Ihre Brust und Lunge müssen
frei sein; aber besonders ihr Herz. Es kommt nicht auf die Länge des
Schlafes an. Ein kurzer guter Schlaf ist besser als fünf Stunden
schlechter Schlaf. In Russland schläft man gut, trotz starkem Tee.
Vielleicht liegt es an der Luft oder am späten Essen oder weil man
so verwöhnt wird. In Russland gibt es keine Sorgen.
In Geldsachen ist es sogar besser als in Amerika.

Effi dachte gar nicht mehr ans Aufbrechen. Plötzlich war es schon
Mitternacht. Sie trennten sich fröhlich und freundlich. Der Weg nach
Hause war weit. Aber Pastor Lindequist wollte ein Stück mitgehen.
Er meinte: Ein Spaziergang unter den Sternen hilft den Wein vergessen.

Auf dem Weg wollten alle über die Trippelli reden. Effi hatte sich viel
von ihr gemerkt. Dann sprach der Pastor. Er hatte Trippelli nach ihrer
Meinung zur Kirche gefragt. Sie glaubte nur an die orthodoxe Kirche.
Ihr Vater sei anders gewesen. Er glaubte fast nichts und mochte den
Chinesen sehr. Deshalb hat er ihn auch begraben.

Tripellis Nichtglauben sei privater Luxus. In einem öffentlichen
Beruf geht das nicht. Das würde sie quälen. Innstetten fand das lustig.
Er sprach über die Gefahren des öffentlichen Lebens. Er sagt: Glauben
wird da verordnet. Moral aber kann man trotzdem haben. Trippelli
hatte geantwortet: Ich bin nicht gefährdet. Höchstens meine Stimme.

Sie sprachen noch einmal über den Abend mit Trippelli. Drei Tage
später bekam Effi ein Telegramm von Trippelli aus Petersburg.
Sie ist dort gut angekommen. Prinz Kotschukoff war am Bahnhof.
Er liebte sie mehr denn je. Sie dankte für die Gastfreundschaft.
Sie grüßte auch Herrn Baron Innstetten.

Innstetten war sehr glücklich darüber. Effi konnte das nicht begreifen.

„Ich verstehe dich nicht, Geert.“

„Du verstehst die Sängerin Trippelli nicht. Sie ist so echt. Und so ehrlich.“

„Ist das alles nur Theater?“

„Was denn sonst? Alles ist unecht. Alle Leute hier und dort.
Der Gieshübler und der Prinz geben ihr Geld.“

Der Musikabend bei Gieshübler war im Dezember.
Danach begannen die Weihnachtsvorbereitungen. Effi hatte viel zu tun.
Darüber war sie froh. Sie musste deshalb nicht so viel grübeln.
Am Tag vor Weihnachten bekam sie Geschenke von ihren Eltern.
Auch kleine Dinge waren dabei: Äpfel und warme Sachen für Arme
und Beine. Hulda schrieb nur kurz. Sie sagte, sie muss noch eine
Decke für einen Freund stricken. Effi glaubte das nicht.
Hulda würde den Freund nur erfinden.

Dann kam Weihnachten. Innstetten hat für seine junge Frau einen
Baum aufgestellt. Der Baum leuchtete schön. Oben schwebte ein
kleiner Engel. Darunter stand eine Krippe mit schönen Bildern und
Texten. Einer der Texte spricht von einem Ereignis im nächsten Jahr.
Effi las es und wurde rot. Sie wollte Innstetten danken. Aber plötzlich
wurde ein Geschenk vor die Tür gestellt. Es war eine große Kiste

voller Sachen. Darin war eine kleine Kiste mit japanischen Bildern,
Nüsse und Mandeln. Dazu gibt es einen Zettel:
Drei Könige kamen zum Heiligen Christ,
einer war ein dunkelhäutiger König –
Ein kleiner dunkelhäutiger Apotheker
kommt heute mit Gewürzen,
aber er bringt Nüsse und Mandeln
statt Weihrauch und Myrrhe.

Effi liest es mehrmals und freut sich. Sie sagt: „Die Geschenke von
einem guten Menschen tun gut. Findest du nicht auch, Geert?"
Geert sagt: „Ja, das stimmt. Das ist das Einzige, was Freude macht
oder machen sollte. Denn man hat auch Probleme im Leben. Ich auch.
Aber man ist, wie man ist."

Am ersten Feiertag gingen alle in die Kirche. Am zweiten Tag waren
alle bei Familie Borcke. Nur Familie Grasenabb kam nicht.
Denn Sidonie war nicht da. Das fanden viele komisch. Manche sagten:
Sie hätten erst recht kommen sollen; gerade weil sie nicht da ist.

An Silvester gab es einen Ball. Effi musste dort hin und wollte auch.
Sie freute sich darauf, viele Leute zu sehen. Johanna hatte viel zu tun.
Sie musste Effi für den Ball fertig machen. Herr Gieshübler schickte
Blumen. Herr Innstetten musste noch weg, weil Scheunen gebrannt
hatten.

Im Haus war es sehr ruhig. Christel hatte nichts zu tun und saß müde am
Herd. Effi ging in ihr Schlafzimmer. Dort setzte sie sich an einen kleinen
Schreibtisch. Sie wollte ihrer Mutter schreiben. Sie hatte ihr nur mit einer
Karte für Weihnachten gedankt. Effi hatte schon lange nichts mehr von
sich hören lassen.

„Kessin, 31. Dezember. Liebe Mama! Ich werde dir jetzt einen
langen Brief schreiben. Ich habe dir lange nicht geschrieben.
Die Karte zählt nicht. Das letzte Mal bereitete ich Weihnachten vor.
Jetzt ist Weihnachten vorbei. Innstetten und mein Freund Gieshübler
wollten mir den Heiligen Abend schön machen. Aber ich fühlte mich ein
bisschen allein und vermisste euch. Ich sollte dankbar und glücklich sein.
Doch ich fühle mich oft allein. Früher habe ich über Huldas Traurigkeit
gelacht. Jetzt bin ich selbst traurig und muss weinen. Aber Innstetten darf
das nicht sehen. Es wird vielleicht besser, wenn unser Zuhause lebendiger
wird. Und das wird passieren, liebe Mama. Ich habe es ja angedeutet.
Jetzt ist es sicher. Innstetten freut sich jeden Tag darüber. Ich bin auch
glücklich, weil dann mehr Leben um mich ist. Geert nennt es mein
‚liebes Spielzeug‘. Das Wort ist richtig. Aber es stört mich. Dann weiß
ich immer: Ich bin selbst noch jung und fast noch ein Kind.

Ich muss immer an etwas denken. Geert findet das nicht normal.
Es macht mich oft unwohl. Aber es soll mich eigentlich glücklich
machen. Liebe Mama, die Damen Flemming haben viele Fragen gestellt.
Aber ich fühlte mich unvorbereitet. Ich glaube, ich habe blöde
Antworten gegeben. Das hat mich geärgert. Sie tun so interessiert.
Aber es ist nur Neugier. Das ist unangenehm. Denn ich muss noch lange
warten. Ich glaube bis in den Sommer. Dann musst du kommen.
Oder ich komme zu dir. Es muss mir dann nur besser gehen. Ich freue
mich darauf und auf die Luft in Hohen-Cremmen. Hier ist es oft kalt.
Ich möchte ins Luch fahren. Da ist alles rot und gelb. Ich stelle mir vor,
wie das Kind nach den Blumen greift. Es wird fühlen, dass es dort
hingehört. Aber das sage ich nur dir. Innstetten darf das nicht wissen.

Ich muss mich bei dir entschuldigen. Aber unser Haus ist nicht so
gastfreundlich. Ich komme lieber mit dem Kind nach Hohen-Cremmen.
Ich melde mich heute schon an. Ich lade dich nicht nach Kessin ein.
Kessin hat jeden Sommer viele Badegäste. Dort gibt es Schiffe mit vielen

Flaggen. Es gibt sogar ein Hotel in den Dünen. Unser Haus ist hübsch und besonders. Aber es ist eigentlich kein richtiges Haus. Es ist eher eine Wohnung für zwei Personen. Wir haben nicht mal ein Esszimmer. Das ist für Besuch schlecht. Im ersten Stock haben wir noch Räume. Einen großen Saal und vier kleine Zimmer. Aber sie sehen nicht einladend aus. Ich würde sie Abstellkammer nennen. Nur ein paar Stühle stehen da. Sie machen einen seltsamen Eindruck. Du denkst vielleicht: Das kann man ändern. Aber wir können es nicht ändern. Denn unser Haus ist ein Spukhaus. Jetzt kennst du die Wahrheit.

Bitte antworte mir nicht auf diese Nachricht. Ich zeige Innstetten immer deine Briefe. Er würde dann meine Gedanken kennen. Und sich sehr ärgern. Ich hätte es auch nicht geschrieben. Denn ich war viele Wochen ruhig und hatte keine Angst mehr. Aber Johanna sagt: Die Angst kommt manchmal wieder. Besonders wenn neue Leute ins Haus kommen. Ich will dich nicht gefährden. Oder dass du dich unwohl fühlst. Heute will ich dir nicht viel über die Sache erzählen. Es geht um einen alten Kapitän. Er war oft in China. Seine Enkelin wollte einen Mann hier heiraten. Aber sie verschwand am Tag der Hochzeit. Das ist allerhand. Aber noch wichtiger ist etwas anderes. Ein junger Chinese war auch da. Der Vater hatte ihn aus China mitgebracht. Er war Diener und Freund des alten Mannes. Der junge Chinese ist dann sofort gestorben. Er liegt neben dem Friedhof begraben. Neulich bin ich dort vorbeigefahren. Ich habe schnell weggeschaut. Ich dachte, ich sehe ihn auf dem Grab sitzen.

Liebe Mama, ich habe einmal etwas Schreckliches erlebt. Ich schlief fest und Innstetten war weg. Ich möchte so etwas nicht noch einmal erleben. Das Haus ist schön. Aber auch unheimlich. Ich kann dich nicht einladen. Innstetten hat sich nicht richtig verhalten. Er sagte, eine Baronin glaubt nicht an Spuk. Aber manchmal glaubt er selbst daran. Er ist nicht nett und verständnisvoll genug zu mir. Johanna und

Frau Kruse sagen, es gibt wirklich Spuk. Frau Kruse ist die Frau unseres Kutschers. Sie sitzt immer in einem Zimmer mit einem schwarzen Huhn auf dem Schoß. Das macht mir auch Angst. Deshalb möchte ich zu euch kommen. Hoffentlich bald. Es gibt viele Gründe dafür.

Heute Abend ist Silvesterball. Gieshübler ist ein netter Mensch.
Er hat mir Blumen geschickt. Vielleicht werde ich tanzen.
Unser Arzt sagt, das geht. Innstetten ist auch einverstanden.
Grüße Papa und alle Lieben von mir. Alles Gute für das neue Jahr.
Deine Effi.

Kapitel 13

Der Silvesterball ging bis zum frühen Morgen. Viele Leute fanden
Effi toll. Die Blumen kamen aus Gieshüblers Gewächshaus. Nach dem
Ball änderte sich nicht viel. Es gab wenig Kontakt zu den Nachbarn.
Sie besuchten wieder viele Leute. Dann sollten die Leute zu ihnen
kommen. Das fand Effi total langweilig. Innstetten stimmte ihr zu.

Die Leute redeten über Familie, Kinder und Landwirtschaft.
Das war noch in Ordnung. Aber beim Thema „Kirche" wurde Effi
ungeduldig. Sie dachte dann an Niemeyer. Der war immer bescheiden.
Er konnte eine wichtige Kirchenposition bekommen.

Effi kam mit den Familien Borcke, Flemming und Grasenabb nicht gut
klar. Nur mit Sidonie Grasenabb. Ohne Gieshübler wäre es für Effi oft
nicht schön gewesen. Er kümmerte sich oft um sie. Sie war ihm dankbar.
Gieshübler las auch gern Zeitung. Er leitete einen Kreis für Zeitschriften.
Fast jeden Tag brachte Mirambo von ihm einen großen weißen
Umschlag zu Effi. Darin waren Zeitungen. Die wichtigen Stellen waren
markiert. Manchmal mit einer dünnen Linie. Manchmal mit einem
dicken Strich und einem Ausrufe- oder Fragezeichen.

Er brachte ihr nicht nur Geschenke. Er schickte auch Feigen und Datteln.
Und Schokolade in glänzendem Papier mit einem roten Band. Manchmal
brachte er schöne Blumen aus seinem Gewächshaus. Dann redeten sie
nett miteinander. Er hatte viele liebe Gefühle für sie. Manchmal wie ein
Vater, manchmal wie ein Onkel, Lehrer oder Bewunderer. Effi war davon
sehr berührt. Sie schrieb oft darüber nach Hause. Ihre Mutter machte
dann Spaß über ihre „Liebe zu dem Goldmacher". Aber Effi fand das
nicht lustig. Es machte sie fast traurig. Denn ihr fehlte in der Ehe solche
netten Worte, neue Ideen und kleine Geschenke.

Ihr Mann Innstetten war nett und gut. Aber er war nicht total verliebt.
Er dachte: Ich liebe Effi. Das reicht. Deshalb bemühte er sich nicht weiter.
Es ging immer zur Nachtzeit. Er sagte dann: „Ich muss noch eine
schwierige Sache erledigen". Er ging dann in sein eigenes Zimmer.
Die Tür blieb offen. So konnte Effi ihn hören. Sie hörte das Rascheln
der Papiere oder das Kratzen seiner Feder. Das war aber auch alles.
Rollo kam und legte sich vor sie auf den Teppich. Er wollte nach ihr
schauen. Aber sonst schaute keiner nach ihr. Dann beugte sie sich zu
ihm und sagte leise: „Ja, Rollo, wir sind allein."

Um neun Uhr kam Innstetten zum Tee. Er hatte meistens eine
Zeitung dabei. Er sprach über die Probleme des Fürsten Bismarck.
Besonders mit seinem Gegner Eugen Richter. Innstetten fand dessen
Verhalten und Worte sehr mies. Dann sprach er über Auszeichnungen
für die falschen Leute. Zuletzt sprach er über Wahlen. Und dass die Leute
in dieser Gegend noch Respekt hatten. Danach sollte Effi Klavier spielen.
Am liebsten Musik von Wagner. Er mochte Wagner sehr.
Aber Wagner mochte keine Juden. Deshalb fanden viele seinen
Geschmack merkwürdig. Entweder mochte Innstetten auch keine Juden.
Oder die Musik beruhigte ihn einfach. Vielleicht war beides richtig.
Um zehn Uhr war Innstetten müde. Er zeigte Effi ein bisschen
Zuneigung. Aber sie nicht so richtig.

Der Winter ging vorbei. Im April fing es im Garten an zu grünen.
Das machte Effi glücklich. Sie konnte den Sommer kaum erwarten.
Sie freute sich auf Spaziergänge am Strand und auf die Badegäste.

Effi dachte zurück an den Abend mit Trippelli und den Silvesterball.
Das waren die Höhepunkte. Denn die Monate danach waren nicht so toll.
Sie waren langweilig. Sie schrieb ihrer Mama: Ich habe mich fast an den
Spuk gewöhnt. Sie wollte so eine schreckliche Nacht nicht wieder erleben.
Aber sie fand das Alleinsein fast schlimmer. Manchmal wollte sie sogar

den Spuk zurück. Aber nicht zu heftig und nicht zu nah.

Das schrieb Effi im Februar. Jetzt war es fast Mai. Draußen in der
Plantage hörte man wieder Vögel. Nun kamen auch die Störche zurück.
Einer flog über ihr Haus. Dann setzte er sich auf eine Scheune.
Das war sein alter Platz.

Effi hat öfter nach Hohen-Cremmen geschrieben. In einem Brief schrieb
sie über den neuen Landwehrbezirkskommandeur: „Er war schon fast
vier Wochen da. Aber vielleicht geht er auch wieder weg. Das ist eine
wichtige Frage. Du wirst darüber lachen. Aber ich wäre froh.
Ich komme mit dem Adel hier nicht klar. Vielleicht ist es meine Schuld.
Aber das ist egal.

Wir suchen lange einen neuen Kommandeur. Er soll uns Trost und
Hilfe bringen. Der alte Kommandeur war schlimm. Er hatte schlechte
Manieren und oft kein Geld. Wir fanden ihn schrecklich. Anfang
April hörten wir von Major von Crampas. Das ist der Name des
‚Nachfolgers. Wir waren sehr froh. Jetzt kann in Kessin nichts
Schlimmes mehr passieren. Aber es scheint wieder nicht gut zu laufen.
Denn Crampas ist verheiratet und hat zwei Kinder. Sie sind zehn und
acht Jahre alt. Seine Frau ist ein Jahr älter als er; also etwa 45 Jahre alt.
Das ist zu alt für eine Freundin. Sie könnte meine Mutter sein.
Das ist schade. Frau von Crampas ist auch oft schlecht gelaunt
und eifersüchtig. Ihr Mann hat wohl viele Frauen gekannt.
Er ist ein Frauenheld. Das finde ich albern. Er hatte sogar mal ein Duell
wegen solcher Sachen. Dabei wurde sein linker Arm schwer verletzt.
Die Operation war aber erfolgreich.

Herr und Frau von Crampas haben uns vor zwei Wochen besucht.
Es war unangenehm. Frau von Crampas hat ihren Mann genau
beobachtet. Es wurde richtig peinlich. Crampas kann sehr fröhlich und

wild sein. Das hat Effi gemerkt. Besonders als er mit Innstetten allein war.
Sie habe ihre Gespräche von meinem Zimmer aus gehört. Später habe ich
auch mit ihm gesprochen. Er ist sehr höflich und einfühlsam. Innstetten
kannte ihn aus dem Krieg. Sie begegneten sich oft bei Graf Gröben in
Paris. Meine liebe Mama, das hätte ein neuer Anfang in Kessin sein
können. Der Major hat keine Vorurteile. Aber seine Frau ist das Problem.
Ohne sie geht es nicht. Aber mit ihr auch nicht."

Effi hatte Recht. Sie kam dem Ehepaar Crampas nicht näher.
Man sah sich mal bei Familie Borcke. Oder kurz am Bahnhof.
Oder bei einem Ausflug zum Wald mit dem Namen
„Der Schnatermann". Es blieb bei kurzen Grüßen.

Im Juni begann die Saison. Effi war darüber froh. Es gab noch nicht
viele Badegäste. Aber die Vorbereitungen waren eine Abwechslung.
Im Park baute man ein Karussell auf. Die Bootsfahrer machten ihre
Boote schön. Jede Wohnung bekam neue Gardinen. Die feuchten
Zimmer wurden gereinigt und gelüftet.

In Effis Haus war viel los. Sie warteten auf jemand Besonderen.
Die verrückte Frau Kruse wollte helfen. Aber Effi hatte Angst vor ihr.
Sie sagte zu Geert: „Bitte lass Frau Kruse nichts machen. Ich mache
mir schon genug Sorgen." Christel und Johanna sollten helfen.
Innstetten versprach es. Er wollte Effi ablenken. Er sprach nicht mehr
über die Vorbereitungen.

Innstetten fragte sie nach dem neuen Badegast. Er war fast der erste.

„Ein Mann?", fragte Effi.

„Nein, eine Frau", sagte Innstetten. „Sie war schon öfter hier.
Sie kommt früh. Weil sie einen vollen Strand nicht mag."

Effi konnte das verstehen. Sie fragte, wer die Frau ist.

„Die Witwe vom Beamten Rode", antwortete Innstetten.
Effi dachte, Witwen von Beamten sind arm.

Innstetten lachte. Er sagte: „Das stimmt eigentlich. Aber Frau Rode ist
eine Ausnahme. Sie hat mehr Geld als nur ihre Rente. Sie bringt immer
viel Gepäck mit. Mehr als nötig. Sie scheint eine besondere Frau zu sein.
Ein bisschen seltsam, oft krank. Und sie hat Probleme beim Gehen.
Sie traut sich selbst nicht und hat immer eine ältere Dienerin dabei.
Diese Dienerin ist stark. Sie kann sie schützen oder bei einem Unfall
sogar tragen. Jetzt hat sie eine neue Dienerin. Die ist auch stark und klein.
So wie Trippelli, nur noch stärker."

„Oh, die habe ich schon gesehen. Sie hat schöne braune Augen.
Die schauen so treu und voller Hoffnung. Aber sie ist ein bisschen
dumm."

„Ja, das stimmt."

Das Gespräch hatten Innstetten und Effi Mitte Juni. Danach kamen
jeden Tag mehr Leute in die Stadt. Man ging dann immer zum Hafen und
wartete auf das Schiff. Effi konnte nicht mitgehen. Innstetten hatte keine
Zeit. Aber sie freute sich über die volle Straße zum Strand und das Hotel
voller Menschen. Im Winter war alles leer. Sie beobachtete das Geschehen
oft aus ihrem Fenster. Ihre Dienerin Johanna stand neben ihr und
beantwortete ihre Fragen. Denn Johanna kannte viele Gäste.
Die meisten kamen jedes Jahr. Deshalb kannte Johanna ihre Namen,
Manchmal wusste sie Geschichten über sie.

Effi fand das sehr unterhaltsam. Es machte ihr Spaß. Am Johannistag
kam kurz vor elf Uhr ein besonderer Wagen in die Stadt. Normalerweise

fahren viele Droschken mit Familien und Koffern dort. Aber an diesem
Tag kam ein schwarzer Wagen mit Trauerkutschen. Er hielt vor einem
Haus gegenüber vom Haus des Landrats. Die Frau Rode war gestorben.
Ihre Verwandten aus Berlin kamen schnell. Sie beschlossen, sie in
Kessin zu begraben. Also nicht in Berlin. Effi stand am Fenster und
schaute zu. Die Verwandten waren zwei Neffen mit ihren Frauen.
Sie waren um die vierzig Jahre alt und sahen gesund aus. Die Neffen
trugen gute Anzüge. Sie wirkten geschäftsmäßig. Aber das passte.
Die Frauen zeigten den Leuten in Kessin ihre Trauer. Sie trugen lange
schwarze Schleier bis zum Boden. Die bedeckten ihre Gesichter.

Der Sarg wurde auf einen Wagen gelegt. Oben auf dem Sarg lagen
Blumen und ein Palmzweig. Zwei Ehepaare stiegen in Kutschen.
Herr Lindequist fuhr mit dem ersten Paar. Hinter der zweiten Kutsche
ging die Vermieterin. Neben ihr ging eine Frau. Sie hatte der Toten
geholfen. Diese Frau war sehr aufgeregt. Sie war vielleicht nicht wirklich
traurig. Die Vermieterin weinte sehr stark. Aber in Wirklichkeit dachte
sie an mehr Geld. Sie konnte die Wohnung ja noch einmal vermieten.

Effi ging in ihren Garten und nicht mit dem Trauerzug. Sie wollte den
traurigen Anblick vergessen. Aber das klappte nicht. Sie wollte lieber
spazieren gehen. Viel Bewegung ist gut für sie. Das hat ihr Arzt gesagt.

Johanna war auch im Garten. Sie gab ihr einen Umhang, einen Hut
und einen Regenschirm. Effi sagte „bis später". Sie ging aus dem Haus
und lief zum Wald. Dort führte ein Weg zum Strand und zum Hotel.
Unterwegs standen Bänke. Effi setzte sich auf jede Bank. Das Laufen
machte sie müde. Es war ja auch heiß. Sie sah die vorbeifahrenden Wagen
und Damen. Da fühlte sie sich besser. Sie wollte freudige Dinge sehen.

Nach dem Wald kam ein sehr sandiger Weg ohne Schatten. Zum Glück
lagen dort Bretter zum Gehen. Sie erreichte müde und gut gelaunt das

Strandhotel. Im Hotel aßen die Leute Mittag. Aber draußen war es
ruhig. Das gefiel ihr. Sie bestellte ein Glas Sherry und eine Flasche
Wasser. Sie schaute auf das Meer. Es glänzte in der Sonne. Die Wellen
brachen am Ufer. „Dort drüben ist Bornholm und dahinter Wisby",
dachte sie. Darüber hatte ihr Jahnke früher tolle Geschichten erzählt.
Sie dachte: Hinter Wisby liegt Stockholm. Dort gab es mal ein großes
Unglück. Dann kommen große Flüsse. Dann kommt das Nordkap.
Und dann die Mitternachtssonne. Sie wollte das alles sehen. Aber dann
fiel ihr wieder ein, was bald passiert. Sie bekam Angst. Sie dachte:
Es ist falsch zu träumen. Vielleicht passiert deswegen etwas Schlimmes.
Vielleicht sterben das Baby und ich selbst. Dann kommen keine Wagen
zu unserem Haus. Ich will nicht hier sterben. Ich will nicht hier
begraben werden. Ich will nach Hohen-Cremmen zurück. Pastor
Lindequist in Kressin ist nett. Aber Pastor Niemeyer zuhause mag
ich lieber. Niemeyer hat mich getauft und verheiratet.
Niemeyer soll mich dann auch begraben.

Sie weinte darüber. Dann lachte sie aber wieder. Sie ist ja noch
am Leben. Sie ist erst siebzehn Jahre alt. Und Niemeyer ist
siebenundfünfzig.

Sie hörte Geräusche im Esszimmer. Es klang wie rutschende Stühle.
Vielleicht wollten die Leute schon gehen. Sie wollte niemanden treffen.
Sie stand schnell auf. Sie wollte einen anderen Weg in die Stadt nehmen.
Der Weg führte an einem Friedhof vorbei. Das Tor zum Friedhof war
offen. Sie ging hinein.

Hier blühte alles. Schmetterlinge flogen über die Gräber. Und Möwen
hoch am Himmel. Es war still und schön. Sie wollte bei den ersten
Gräbern bleiben. Aber die Sonne war zu heiß. Sie ging lieber in eine
schattige Ecke. Die Weiden und Eschen warfen Schatten. Am Ende des
Weges sah sie ein frisches Grab. Darauf lagen Kränze. Neben dem Grab

war eine Bank. Auf der Bank saß eine Frau. Effi hatte sie schon mal gesehen. Effi war gerührt. Die Frau saß in der heißen Sonne. Seit der Beerdigung waren zwei Stunden vergangen.

Effi sagte: „Sie sitzen in der Sonne. Das ist hier zu heiß. Sie können einen Sonnenstich bekommen."

„Das wäre gut", sagte die Frau.

„Warum das?"

„Dann wäre ich auch tot."

„Man soll so was nicht sagen. Auch wenn man traurig ist. Und oder jemand sehr Liebes gestorben ist. Hatten Sie die Verstorbene lieb?"

„Ich? Nein."

„Aber Sie sind traurig. Das muss einen Grund haben."

„Ja, das hat es."

Effi fragte: „Kennen Sie mich?"

„Ja. Sie sind die Frau Landrätin von nebenan. Ich habe mit der alten Frau über Sie gesprochen. Zuletzt konnte sie nicht mehr sprechen. Sie bekam schlecht Luft. Es war wohl Wasser in ihrer Lunge. Aber sie sprach vorher immer viel. Sie war eine echte Berlinerin. War sie eine gute Frau? Nicht wirklich. Das wäre gelogen. Jetzt ist sie tot. Man soll nichts Schlechtes über Tote sagen. Sie hat ihre Ruhe. Aber sie war nicht nett. Sie war streitsüchtig und geizig. Sie hat nicht für mich gesorgt.
Ihre Verwandten kamen gestern aus Berlin. Sie haben sich bis spät in

die Nacht gestritten. Die sind auch nicht nett. Sie sind gierig und hart.
Sie haben mir meinen Lohn gegeben. Aber nur weil sie mussten.

In sechs Tagen ist ein Vierteljahr vorbei. Sonst hätte ich weniger
bekommen oder gar nichts. Sie haben mir nichts freiwillig gegeben.
Sie haben mir einen kaputten Fünfmarkschein gegeben. Damit kann
ich nach Berlin zurückfahren. Ich kann nur in der vierten Klasse fahren.
Ich muss wohl auf meinem Koffer sitzen. Aber ich will nicht zurück
nach Berlin. Ich will bis zu meinem eigenen Tod hierbleiben.
Ich wollte meine Ruhe. Aber es ist wieder nichts. Ich muss mich wieder
herumstoßen lassen. Ich bin auch noch katholisch. Ich habe es satt.
Ich würde am liebsten bei der alten Frau liegen. Sie soll am besten
weiterleben und ich sterben. Die bösen Menschen leben immer am
längsten!“

Sie war fertig mit reden. Da schaute Rollo sie an und legte seinen Kopf
auf ihre Knie. Er hat Effi die ganze Zeit begleitet. Plötzlich war die Frau
anders. „Oh wie schön. Das Tier mag mich. Es schaut mich freundlich an
und legt seinen Kopf auf meine Knie. Ich habe lange nicht so etwas erlebt.
Wie heißt du denn? Du bist ein toller Hund.“

„Rollo“, sagte Effi.

„Rollo, das ist ein ungewöhnlicher Name. Aber der Name ist nicht
wichtig. Ich habe auch einen ungewöhnlichen Vornamen.“

„Wie heißen Sie denn?“ - „Ich heiße Roswitha.“ „Das ist ein seltener
Name.“

„Ja, genau, gnädige Frau, das ist ein katholischer Name. Ich bin
Katholikin. Aus dem Eichsfeld. Und Katholikin zu sein macht alles
noch schwerer. Viele Menschen wollen keine Katholiken sein.

Sie sagen, Katholiken müssen oft in die Kirche gehen. Sie müssen alles
Böse beichten. Aber da sagen sie gar nicht alles. Ich habe das oft gehört.
Erst als ich in Giebichenstein gearbeitet habe. Und dann in Berlin.
Ich war eine schlechte Katholikin. Ich glaube nicht mehr. Vielleicht geht
es mir deshalb schlecht. Man sollte an seinem Glauben festhalten und
mitmachen.“

„Roswitha“, sagte Effi und setzte sich neben sie. „Was wollen Sie jetzt
machen?“

„Ach, gnädige Frau. Ich habe keine Ahnung. Ich möchte eigentlich nur
hier sitzen bleiben. Bis ich auch sterbe. Das wäre mir am liebsten.
Die Leute würden dann denken: Die hat die alte Frau sehr geliebt.
Wie ein treuer Hund. Die bleiben auch manchmal am Grab und sterben
selber dort. Aber das ist falsch. Für so eine alte Frau stirbt man nicht.
Ich kann nicht leben. Deshalb will ich sterben.“

„Ich möchte Ihnen eine Frage stellen, Roswitha. Mögen Sie Kinder?
Waren Sie schon mal bei kleinen Kindern?“

„Ja, das war ich. Das ist das Beste und Schönste für mich. Die alte Frau
aus Berlin ist tot. Sie kann mich jetzt bei Gott beschuldigen. Sich um so
eine alte Frau zu kümmern ist viel Arbeit. Aber ein kleines, süßes Kind
zu betreuen bereitet viel Freude. In Halle war ich Kinderfrau bei einer
Direktorin. Später habe ich Zwillinge mit der Flasche aufgezogen.
Ich kenne mich gut mit Kindern aus.“

„Roswitha, Sie sind gut und treu. Sie sind sehr direkt. Aber das ist in
Ordnung. Ich vertraue Ihnen. Kommen Sie mit mir? Vielleicht hat Gott
Sie mir geschickt. Bald bekomme ich ein Baby. Das Baby wird dann
Pflege brauchen. Vielleicht muss es auch besonders betreut werden.
Es soll aber alles gut verlaufen. Wollen Sie mit mir kommen?

Ich werde mich nicht in Ihnen täuschen."

Roswitha stand schnell auf. Sie nahm die Hand der jungen Frau
und küsste sie. „Es gibt einen Gott im Himmel. Immer bei großer Not
kommt Hilfe. Sie werden sehen, liebe Frau, das klappt. Ich bin sehr
ordentlich und habe gute Zeugnisse. Die zeige ich Ihnen.

Ich habe Sie schon gesehen. Und da dachte ich: „Für diese junge Frau
möchte ich gerne arbeiten." Und jetzt wird es wahr. Oh mein Gott,
oh heilige Maria, hätte mir das jemand gesagt! Wir haben zusammen die
alte Frau begraben. Aber dann gingen die Verwandten weg und ließen
mich hier allein."

„Manchmal passieren überraschende Dinge, Roswitha.
Auch gute Dinge. Und jetzt gehen wir. Rollo wird schon unruhig
und will zum Tor."

Roswitha war sofort bereit. Sie ging noch einmal zum Grab.
Sie murmelte etwas und machte ein Kreuz. Dann gingen sie den
schattigen Weg zurück zum Tor des Friedhofs.

Auf der anderen Seite war ein eingezäuntes Grab mit einem weißen Stein.
Der Stein glänzte in der Sonne. Effi konnte jetzt ruhiger hinschauen.
Der Weg führte eine Weile durch Dünen. Dann kamen sie an Utpatels
Mühle vorbei und erreichten den Rand eines kleinen Waldes.
Sie bogen links ab und gingen auf einer Allee mit Namen „Reeperbahn".
Dann waren sie fast zuhause angekommen, am Haus des Landrats.

Kapitel 14

In weniger als einer Viertelstunde erreichten sie das Haus.

Roswitha kam in den kühlen Flur. Sie sah viele seltsame Dinge.
Sie konnte nicht klar denken. Effi sagte zu ihr: „Roswitha, gehen Sie
in dieses Zimmer. Hier schlafen wir. Ich gehe jetzt zu meinem Mann.
Er arbeitet im großen Haus nebenan. Ich will Sie bei unserem Kind
haben. Das sage ich ihm jetzt. Er muss zustimmen. Wenn er ja sagt,
ziehen Sie hier ein. Dann schlafen Sie bei mir. Wir kommen bestimmt
gut miteinander aus.“

Innstetten fand Effis Idee gut. Er sagte: „In ihrem Zeugnis steht ja wohl
nichts Schlimmes. Dann nehmen wir sie. Meistens ist jemand mit einem
netten Gesicht wirklich nett.“ Effi war froh. Es gab also keine Probleme.
Sie sagte: „Jetzt habe ich keine Angst mehr.“

„Wovor hast du Angst, Effi?“

„Ach, das weißt du doch. Aber manchmal sind Gedanken
das Schlimmste.“

Roswitha zog noch am gleichen Tag um. Sie brachte ihre Sachen ins neue
Haus. Sie richtete sich im kleinen Bett ein. Am Ende des Tages war sie
müde. Sie ging früh ins Bett und schlief sofort ein. Effi fragte am nächsten
Morgen: „Haben Sie gut geschlafen? Haben Sie etwas gehört?

„Was denn?“, fragte Roswitha.

„Och, nichts. Ich meine Geräusche. Wie wenn jemand fegt oder über den
Boden rutscht.“

Roswitha lachte. Das gefiel Effi sehr. Effi war streng protestantisch aufgewachsen. Man konnte an ihr nichts Katholisches bemerken. Sonst hätte sie sich erschrocken. Aber nach ihrer Meinung schützt Katholizismus besser vor Geistern. Deshalb hat sie Roswitha auch eingestellt.

Effi gewöhnte sich schnell an Roswitha. Effi hörte gerne Geschichten. Die Geschichten von der verstorbenen geizigen Frau des Beamten waren sehr interessant. Johanna hörte auch gerne zu. Bei lustigen Stellen lachte Effi. Johanna lächelte dann nur. Effi mochte so dumme Geschichten. Das wunderte Johanna. Da fühlte sich Johanna schlauer als Effi. So gab es keinen Streit. Roswitha war eine lustige Person. Johanna war nicht neidisch auf sie. Sie war ja auch nicht neidisch auf Rollo.

Eine fröhliche und angenehme Woche ging vorbei. Effi hatte weniger Angst vor dem Kommenden. Es war ja noch nicht so weit. Am neunten Tag war alles anders. Alle liefen umher. Innstetten war besonders aufgeregt. Am Morgen des 3. Juli stand ein Babybett neben Effis Bett. Doktor Hannemann sagte zu Effi: „Heute ist ein wichtiger Tag. Das Baby ist leider ein Mädchen. Aber vielleicht kommt noch ein Junge. Für unser Land Preußen." Roswitha dachte vielleicht das Gleiche. Aber sie freute sich über das Baby. Sie nannte es gleich „Lütt-Annie". Effi dachte, das ist ein besonderes Zeichen. Roswitha hat sich den Namen nicht einfach ausgedacht. Selbst Innstetten hatte nichts dagegen. Alle nannten das Baby „Klein Annie", lange bevor es getauft wurde. Effi wollte die Taufe verschieben. Sie wollte im August bei ihren Eltern sein. Aber Innstetten konnte keinen Urlaub nehmen.

Deshalb wurde das Baby am 15. August getauft. Einige Leute fanden das nicht gut. Denn das war Napoleons Geburtstag. Nach der Kirche gab es ein großes Essen im großen Hotel. Das Haus des Landrats hatte keinen

Saal. Alle Nachbarn vom Adel waren eingeladen. Pastor Lindequist
sprach nett über die Mutter und das Kind. Alle fanden das toll.

Sidonie von Grasenabb sagte zu ihrem Nachbarn: Der Pastor hat eine
gute Rede gehalten. Aber seine Predigten findet sie nicht gut.
Sie sagt, er ist dann nicht ganz bei der Sache. Herr von Borcke sagte:
Wir leben in schweren Zeiten. Es gibt viel Widerstand und Ungehorsam.
Aber mit Männern wie Baron Innstetten können wir Hoffnung
schöpfen. Für Herr von Borcke ist er ein Freund. Darauf ist er stolz.

Er sagt: „Mit solchen Männern und Frauen wie Effi können wir
Probleme besiegen. Wir gewinnen, wenn wir fest und treu sind.
Die Katholiken sind wie unsere Brüder. Wir sind nicht immer ihrer
Meinung. Aber wir müssen sie respektieren. Sie haben die katholische
Kirche. Aber wir haben Fürst Bismarck. Baron Innstetten, ein Hoch auf
ihn!“

Innstetten bedankte sich kurz. Effi sprach mit Major von Crampas.
Sie sagte, das mit der katholischen Kirche war wohl extra für Roswitha.
Sie will später mit dem alten Justizrat Gadebusch darüber reden.
Ob er wohl auch so denkt? Crampas nahm das ernst. Sie soll den Justizrat
das lieber nicht fragen. Das fand Effi sehr lustig. „Ich dachte, Sie können
die Seele von Menschen besser verstehen“, sagte sie. Da meinte er:
„Ach, bei jungen schönen Frauen unter achtzehn Jahren ist das schwer.“

„Major, Sie übertreiben“, sagte Effi. „Sie können mich alt nennen.
Aber Sie machen sich dann nur über mich lustig. Weil ich noch zu
jung bin. Das ist nicht nett.“

Nach dem Essen ging Effi mit Crampas und Gieshübler Kaffee trinken.
Alle Fenster waren offen. Sie beobachteten ein Schiff bei der Landung.
„Morgen um neun Uhr nehme ich dieses Schiff. Dann bin ich mittags

in Berlin. Abends bin ich in Hohen-Cremmen. Roswitha wird dabei sein und das Kind halten. Hoffentlich schreit es nicht. Ich fühle mich heute schon gut! Gieshübler, waren Sie auch mal so glücklich, nach Hause zu kommen?“

„Ja, das kenne ich, liebe Frau. Aber ohne ein Anniechen.
Ich habe ja kein Kind.“

„Das kommt noch“, sagte Crampas. „Gieshübler, trinken Sie mit;
Sie sind der klügste Mensch hier.“

„Aber, Herr Major, wir haben nur noch Kognak.“

„Das ist sogar besser.“

Kapitel 15

Im August war Effi weggefahren. Ende September kam sie zurück nach
Kessin. In den sechs Wochen dazwischen wollte sie manchmal zurück.
Aber in dem dunklen Flur bekam sie sofort wieder Angst. Sie sagte leise:
„So ein schwaches gelbes Licht gibt es bei uns zuhause nicht."

In ihrer Zeit zuhause hatte sie manchmal Sehnsucht nach dem
„verzauberten Haus". Aber meistens war sie sehr glücklich. Mit Hulda
kam sie nicht gut aus. Hulda war traurig. Sie hatte keinen Mann.
Aber mit den Zwillingen hatte sie viel Spaß. Sie spielten zusammen Ball
oder Krocket. Manchmal vergaß sie, eine verheiratete Frau zu sein.
Das waren glückliche Momente.

Sie stand gerne auf der Schaukel. Sie könnte fallen. Das fand sie
aufregend. Dann sprang sie von der Schaukel und ging mit den zwei
Mädchen zur Bank. Dort erzählte sie Herrn Jahnke von ihrem Leben
in Kessin. Es sei hier anders als in Schwantikow und Hohen-Cremmen.
Mehr wie in Hamburg oder in Schweden.

Sie unternahm kleine Ausflüge. Manchmal fuhren sie mit dem
Jagdwagen ins Grüne. Aber am liebsten hatte Effi die Gespräche mit ihrer
Mama. Sie saßen dann in der schönen großen Stube.
Roswitha schaukelte das Baby und sang Wiegenlieder aus ihrer Heimat
Thüringen. Effi und ihre Mama saßen am Fenster. Sie schauten in den
Garten und sprachen. Sie sahen auf eine Sonnenuhr und Libellen.
Sie sahen auch zu ihrem Papa herüber. Der saß da und las die Zeitung.
Vor jeder nächsten Seite schaute er auf und winkte herüber.

Beim letzten Blatt der Zeitung ging Effi herunter. Sie setzte sich
zu ihrem Vater oder ging mit ihm im Garten spazieren.

Einmal kamen sie an einem alten Denkmal vorbei. Es erinnerte an die
Schlacht bei Waterloo. Dort hatten die Preußen Napoleon besiegt.
Das Denkmal war eine Pyramide aus Rost. Darauf standen Figuren
von zwei Generälen.

Papa Briest fragte Effi: „Gehst du auch in Kessin spazieren?
Erzählt Innstetten dir schöne Dinge?"

„Nein, Papa. In Kessin spaziere ich nicht viel. Wir haben nur einen
kleinen Garten. Er ist fast kein Garten. Nur ein paar Beete und ein paar
Bäume. Innstetten mag das nicht. Er will auch nicht lange in Kessin
bleiben."

„Aber du brauchst Bewegung und frische Luft. Das kennst du doch."

„Das habe ich. Unser Haus ist neben einem kleinen Wald.
Dort gehe ich oft spazieren. Rollo kommt auch mit."

Briest lachte. „Immer Rollo. Rollo ist dir fast wichtiger als dein Mann
und dein Kind. Das klingt jedenfalls so."

„Ohne Rollo wäre es schlimm, Papa. Am Anfang brauchte ich ihn sehr.
Er hat mir sehr geholfen. Seitdem ist er mein Freund.
Aber er ist ein Hund. Menschen sind wichtiger.
Man sagt das oft. Aber ich bin nicht sicher. Tiere sind wichtig.
Wenn jemand zum Beispiel ins Wasser fällt. Ein Hund wie Rollo würde
helfen. Er würde nicht aufgeben. Auch bei einem Toten bleibt der Hund.
Er bellt um Hilfe. Wenn niemand kommt, bleibt er da. Bis er selbst stirbt.
Tiere machen das so. Menschen sind oft nicht so gut.
Aber Papa, wenn ich das Innstetten erzähle..."

„Nein. Erzähl es ihm nicht, Effi."

„Rollo würde mich retten. Aber Innstetten würde mich auch retten.
Er ist ein ehrenhafter Mann.“

„Das ist er.“

„Und er liebt mich.“

„Ja, das tut er. Und der Andere liebt oft zurück. Komisch.
Warum hat er uns nicht besucht? Wenn man eine junge Frau hat …“

Effi wurde rot. Denn sie dachte genau dasselbe. Sie wollte es aber nicht
zugeben.

„Innstetten ist sehr pflichtbewusst und will einen guten Eindruck
machen. Er hat Pläne für die Zukunft. Kessin ist für ihn nur eine
Zwischenstation. Und ich laufe ihm nicht weg. Er hat mich ja.
Wir können nicht zu liebevoll sein. Sonst lachen die Leute wegen
des Altersunterschieds.“

„Das stimmt, Effi. Aber das sollte man nicht ernst nehmen. Sag auch
nichts dazu, nicht mal zu Mama. Man weiß oft nicht den richtigen Weg.
Das ist ein weites Feld.“

Solche Gespräche hatten Effi und ihre Familie öfter geführt.
Zum Glück hatten sie Effi nicht lange traurig gemacht.
Auch zurück in ihrem Haus in Kessin war sie gar nicht so lange traurig.

Innstetten war nett zu Effi. Sie tranken Tee und redeten über viele
Dinge. Effi hing an seinem Arm. Sie wollte weiterreden. Sie wollte
Geschichten über Trippelli hören. Trippelli schrieb oft Briefe an
Gieshübler. Das kostete sie viel Geld. Effi war sehr fröhlich.
Sie fühlte sich wie eine junge Frau. Roswitha war nach nebenan gezogen.

Darüber war sie froh.

Am nächsten Morgen sagte Effi: „Das Wetter ist schön. Hoffentlich ist
die Veranda noch in einem guten Zustand. Dann können wir draußen
frühstücken. Wir gehen später wieder rein. Der Winter in Kessin ist
einfach zu lang.“

Innstetten fand das gut. Die Veranda war wie ein Zelt. Sie wurde vor
Effis Reise fertig. Sie hatte einen Boden und war vorne offen.
Oben war ein großes Tuch als Dach. An den Seiten waren auch Tücher.
Man konnte sie hin und her schieben. Es war ein schöner Ort.
Im Sommer sahen es die Leute auf dem Weg zum Strand.
Sie bewunderten die Veranda.

Effi saß in einem Schaukelstuhl. Sie schob ihrem Mann das Tablett mit
Kaffee zu. „Geert, sei du heute der nette Gastgeber. Ich sitze so gern
im Schaukelstuhl. Ich will gar nicht mehr aufstehen. Gib‘ dir Mühe.
Du freust dich doch, dass ich wieder da bin. Dann zeig‘ es.
Ich werde auch nett zu dir sein.“ Sie zupfte an der weißen Tischdecke
und legte ihre Hand darauf. Innstetten nahm die Hand und küsste sie.

„Wie hast du es ohne mich ausgehalten?“

„Nicht gut, Effi.“

„Das sagst du nur so und siehst traurig aus.
Aber eigentlich stimmt das nicht.“

„Aber Effi...“

„Ich will es dir beweisen. Du hast mich nicht vermisst. Ich bin für dich
nicht so wichtig. Und du warst lange allein und hattest es nicht eilig ...“

„Und dann?“

„Ja, Geert, du hast mich nicht vermisst. Sonst hättest du mich und ein
Kind nicht sechs Wochen allein in Hohen-Cremmen gelassen. Wie eine
Witwe war ich da. Allein mit Niemeyer und Jahnke und manchmal den
Leuten aus Schwantikow. Und niemand aus Rathenow kam vorbei.
Als ob sie Angst vor mir hätten oder als ob ich zu alt geworden wäre.“

„Effi, du sprichst so komisch. Machst du gerade Witze?“

„Gut, dass du das sagst. Das wäre das Beste für euch Männer.
Und du bist wie alle anderen Männer. Du tust nur so ernst.
Ich kenne dich gut, Geert. Du bist...“

„Was bin ich?“

„Ich sollte es nicht sagen. Aber ich kenne dich. Du bist eigentlich gerne
zärtlich. Aber du traust dich nicht. Du denkst: So was zu zeigen ist nicht
richtig und schadet deiner Karriere. Das hat Onkel Belling richtig
gesagt. Stimmt‘s?“

Innstetten lachte. „Ein bisschen hast du Recht, Effi. Du wirkst anders.
Vor Anniechen warst du selber ein Kind. Aber jetzt...“

„Jetzt?“

„Jetzt bist du anders. Aber es passt zu dir. Du gefällst mir sehr, Effi.
Weißt du was?“

„Was?“

„Du hast etwas Verführerisches.“

„Oh, mein lieber Geert, das ist toll, was du sagst. Jetzt fühle ich mich gut.
Gib mir noch etwas Tee. Ich wollte immer verführerisch sein.
Sonst sind wir nichts.“

„Hast du dir das selbst überlegt?“

„Ich könnte es selbst denken. Aber ich habe es von Niemeyer.“

„Von Niemeyer! Oh je. Das ist ein Pastor. So einen gibt es hier nicht.
Wie ist er darauf gekommen? So etwas sagt höchstens ein großer
Verführer wie Casanova.“

Effi lachte. „Wer weiß. Aber ist das nicht Crampas?
Kommt er vom Strand? Hat er etwa gebadet? Am 27. September noch?“

„Er macht oft so was. Er ist ein Angeber.“

Crampas kam näher und grüßte.

„Guten Morgen“, rief Innstetten. „Komm‘ näher.“

Crampas kam näher. Er trug normale Kleidung und küsste Effi die Hand.
Sie sagte: „Entschuldigen Sie, dass ich nicht so vornehm bin. Aber hier
draußen auf der Veranda so früh morgens ist es lockerer und persönli-
cher. Jetzt setzen Sie sich doch. Erzählen Sie, was Sie gemacht haben.
Sie waren im Wasser. Das sieht man an Ihren nassen Haaren.“

Er nickte.

„Das ist unverantwortlich“, sagte Innstetten. Er meinte es ein bisschen
im Spaß. „Vor vier Wochen haben Sie doch die Geschichte mit dem
Bankier Heinersdorf erlebt. Er dachte: Die hohen Wellen werden

wegen meiner Million Mark Respekt vor mir haben. Aber der
Meeresgott Neptun hat ihn umgehauen."

Crampas lachte. „Ja, eine Million Mark! Lieber Innstetten, mit so viel
Geld hätte ich mich nicht getraut. Denn das Wasser war sehr kalt.
Nur neun Grad. Aber wer kein Geld hat wie ich hat keine Angst.
Es gibt ja das Sprichwort: ‚Wer am Strick sterben soll, ertrinkt nicht.'"

Effi sagte: „Aber, Major, das ist doch langweilig. Manche glauben:
Jeder bekommt, was er verdient. Aber ein Major..."

„Es ist kein üblicher Tod für einen Major. Das stimmt, meine Dame.
Nicht üblich und für mich auch nicht wahrscheinlich. Es ist nur so
daher gesagt. Aber ich meine es ernst: Das Meer wird mir nichts tun.
Ich werde auf ehrliche Weise im Krieg sterben. Da bin ich mir sicher.
Ich habe nur eine Ahnung. Aber ich fühle es so."

Innstetten lachte. „Das wird schwer, Crampas. Dafür müssen Sie
ja in die Türkei oder nach China gehen. Dort gibt es jetzt Krieg.
Wir hatten hier lange keinen Krieg."

„Ja, Innstetten, Sie wissen das. Aber Sie können beim Fürsten einen Krieg
bestellen. Bald ist es Ende September. In etwa zehn Wochen ist der Fürst
wieder da. Er mag Sie. Vielleicht können Sie für einen alten Freund einen
Krieg anfangen. Der Fürst ist auch nur ein Mensch.
Man kann ihn überreden."

Effi hat während des Gesprächs mit Brotkrümeln gespielt.
Sie hat sie zu Figuren gelegt. Sie wollte über etwas anderes sprechen.
Das wollte sie zeigen. Aber Innstetten wollte auf Crampas' Spaß
antworten. Da sagte Effi doch etwas: „Major, warum sprechen wir
über Ihren Tod? Das Leben ist wichtiger und ernster."

Crampas nickte.

Effi sagte: „Es ist gut, dass Sie mir zustimmen. Wie soll man hier leben?
Das ist die wichtige Frage. Das ist wichtiger als alles andere. Gieshübler
hat mir dazu etwas geschrieben. Ich würde Ihnen den Brief zeigen.
Aber das geht nicht. Im Brief steht noch mehr. Innstetten mag solche
Sachen nicht. Er hat eine sehr gute Handschrift. Er schreibt so toll.
Als wäre er an einem alten Hof in Frankreich groß geworden. Er sieht
anders aus und trägt weiße Kragen. Die trägt hier sonst niemand.
Ich weiß nicht, wer die für ihn bügelt. Aber das passt alles gut zu ihm.
Gieshübler hat mir von Plänen für Abende im Club geschrieben.
Er hat auch von einem Unternehmer namens Crampas erzählt.
Das finde ich besser als Krieg und Tod."

„Ich finde das auch besser. Und mit Ihnen wird es ein toller Winter.
Eine Sängerin namens Trippelli kommt auch."

„Die Trippelli? Dann braucht man mich nicht."

„Doch, wir brauchen Sie. Die Trippelli kann nicht jede Woche singen.
Das wäre zu viel für sie und für uns. Abwechslung ist wichtig.
Nur die glücklichen Ehen sind besser."

„Es gibt vielleicht sonst keine glückliche Ehe. Wie meine."
Sie nahm Innstettens Hand.

„Also Abwechslung", sagte Crampas weiter. „Wir brauchen alle guten
Leute, um unseren Club toll zu machen. Zusammen können wir viel
erreichen. Die Theaterstücke stehen fest: ‚Krieg im Frieden', ‚Monsieur
Herkules', ‚Jugendliebe' von Wildbrandt, vielleicht auch ‚Euphrosyne'
von Gensichen. Sie spielen die Euphrosyne, ich spiele den alten Goethe.
Ich kann den Dichter gut als traurigen Mann spielen.

Wenn ‚traurig‘ das richtige Wort ist.“

„Kein Zweifel. Sie sind ja auch Dichter.
Das habe ich in einem Brief gelesen. Das hat mich überrascht.“

„Weil Sie es mir nicht angesehen haben.“

„Nein. Aber Sie baden bei neun Grad. Jetzt denke ich anders über Sie.
Neun Grad Ostsee ist kälter als der kastalische Quell‘.“

„Ich kenne nicht die Temperatur dieses Quells.“

„Ich schon. Niemand wird mir widersprechen.
Aber jetzt muss ich aufstehen. Da kommt Roswitha mit Lütt-Annie.“

Sie stand schnell auf und ging zu Roswitha.
Sie nahm ihr das Kind ab und hielt es stolz und glücklich hoch.

Kapitel 16

Die Tage waren schön und blieben es bis in den Oktober.
Deshalb wurde die halb offene Veranda viel genutzt.
Vor allem am Vormittag waren sie viel dort.

Um elf Uhr kam oft der Major. Er erkundigte sich immer nach der Frau.
Er konnte gut mit ihr über andere Leute reden. Dann machte er mit
Innstetten einen Ausritt aus. Sie ritten oft weit ins Land hinein.
Oder zu den Molen.

Effi spielte dann mit dem Kind. Oder sie las Zeitungen und
Zeitschriften. Die bekam sie immer von Gieshübler. Manchmal
schrieb sie auch einen Brief an ihre Mutter. Oder sie sagte zu
Roswitha: „Wir wollen mit Annie spazieren fahren." Dann zog Roswitha
den Korbwagen. Effi ging hinterher. Sie gingen ein Stück in den Wald.
Dort sammelten sie Kastanien für das Kind.

Effi ging nicht oft in die Stadt. Sie konnte sich dort mit niemandem
unterhalten. Sie versuchte sich mit der Frau von Crampas
anzufreunden: Aber es ging wieder schief. Die Majorin wollte
keine Menschen sehen.

Das ging viele Wochen so. Plötzlich wollte Effi aber auch reiten gehen.
Sie hatte große Lust dazu. Sie wollte nicht darauf verzichten.
Auch wenn die Leute in Kessin das komisch finden.

Der Major fand es toll. Innstetten mochte es weniger. Er sagte oft:
Es gibt kein Pferd für Damen. Aber Crampas kümmerte sich darum.
Und sie fanden ein Pferd. Effi war sehr glücklich. Sie konnte jetzt am
Strand reiten. Es gab dort keine getrennten Abschnitte für Damen und

Herren mehr. Deshalb durfte sie überall hin. Rollo war auch oft dabei.
Manchmal wollten sie am Strand Pause machen oder zu Fuß gehen.
Sie wollten Diener mitnehmen. Der Diener des Majors und Innstettens
Kutscher wurden zu Reitdienern. Aber sie sahen immer noch wie
Diener aus.

Es war Mitte Oktober. Sie ritten das erste Mal alle zusammen los.
Innstetten und Crampas ritten vorne. Effi war zwischen ihnen.
Dann kamen Kruse und Knut und zuletzt Rollo. Rollo lief bald voraus.
Er wollte nicht der Letzte sein. Sie kamen an dem einsamen
Strandhotel vorbei. Es war jetzt leer. Sie spazierten auf dem Strandweg.
Der Weg wurde von kleinen Wellen überspült. Dann erreichte man den
Damm am Meer. Sie wollten bis zum Ende des Damms laufen. Effi stieg
als Erste ab. Zwischen zwei Steinwällen floß ein Fluss ruhig zum Meer.
Das Meer glänzte in der Sonne. Nur manchmal gab es kleine Wellen.

Effi war noch nie hier. Als sie im November hier ankam, war Sturm.
Im Sommer konnte sie nicht so weit gehen. Jetzt war sie sehr glücklich.
Sie fand alles groß und schön. Sie sagte, das Meer ist schöner als der Luch
zuhause. Ab und zu nahm sie ein Stück Holz und warf es ins
Wasser. Rollo sprang hinterher. Er freute sich jedes Mal.
Plötzlich erschrak er. Eine Robbe rutschte von einem Stein ins Meer.
Man sah kurz ihren Kopf. Dann war sie weg. Alle waren aufgeregt.
Crampas sprach über Robbenjagd. Er wollte nächstes Mal eine Waffe
mitnehmen. Denn die Robben haben eine wertvolle Haut.

Innstetten sagte: „Das geht nicht. Wegen der Hafenpolizei.“

Crampas lachte und sagte: „Hafenpolizei! Die Behörden hier können
doch ein Auge zudrücken. Muss denn alles nach dem Gesetz sein?
Gesetze sind langweilig.“

Effi klatschte in die Hände.

Innstetten sagte: „Crampas, das passt zu dir." Und Effi klatscht Beifall.
„Frauen rufen schnell nach Hilfe. Aber Gesetze mögen sie nicht."

Crampas sagte: „Das war schon immer so bei Frauen. Und wir werden
es nicht ändern, Innstetten."

Innstetten lachte und sagte: „Sie haben Recht. Und ich will es
auch nicht ändern. Ein Mann wie Sie hat Disziplin und Ordnung.
Deshalb sollten Sie solche Dinge nicht sagen. Auch nicht zum Spaß.
Sie machen sich nie Sorgen. Sie nehmen alles leicht.
Aber irgendwann kriegen Sie Probleme."

Crampas fühlte sich kurz unwohl. Innstetten meinte es wohl ernst.
Aber der hielt nur eine kleine Rede über Moral. „Ich mag Gieshübler",
sagte Innstetten. „Der ist immer höflich und hat trotzdem Prinzipien."

Der Major fand seine Ruhe wieder und sprach wie früher:
„Ja, Gieshübler ist ein guter Mensch. Er hat eine gute Einstellung.
Aber warum? Weil er Kummer hat. Glückliche Menschen machen
Fehler. Aber ohne Fehler ist das Leben langweilig."

Innstetten sah auf Crampas' kürzeren linken Arm und sagte:
„Manchmal endet es dann so." Effi hörte nicht viel von dem Gespräch.
Sie stand mit Rollo noch an der Stelle mit der Robbe. Sie schauten
beide vom Damm weg auf das Meer. Sie warteten, ob sie die
„Seejungfrau" nochmal sehen würden.

Ende Oktober fing der Wahlkampf an. Deshalb konnte Innstetten
nicht mehr mitkommen. Auch Crampas und Effi mussten die Ausflüge
eigentlich beenden. Aber Knut und Kruse waren dabei.

Deshalb konnten sie weitermachen. Die Ausritte gingen bis in den
November.

Das Wetter hatte sich geändert. Starker Wind aus dem Nordwesten
brachte viele Wolken. Das Meer war sehr wild. Aber es regnete nicht
und es war nicht kalt. So waren die Ausritte bei grauem Himmel und
lautem Meer fast noch schöner als vorher. Rollo lief voraus und wurde
manchmal nass gespritzt. Effis Hut wehte im Wind.
Es war fast unmöglich zu reden. Manchmal kamen sie weg vom
Meer in die Dünen oder in den Wald. Da wurde es still. Effis Schleier
wehte nicht mehr. Die Reiter mussten nah beieinander reiten.
Sie ritten langsam und redeten miteinander.

Crampas war ein guter Erzähler. Er redete vom Krieg und vom
Regiment. Er erzählte auch kleine Geschichten über Innstetten.
Innstetten war ernst und verschlossen gewesen. Er passte nie richtig
zu den fröhlichen Kameraden. Deshalb hatten sie Angst und mochten
ihn nicht besonders.

„Das kann ich mir vorstellen“, sagte Effi. „Ihr hattet Respekt.
Und Respekt ist das Wichtigste.“

„Ja, manchmal“, sagte Crampas. „Aber nicht nur. Innstetten hatte
auch eine komische religiöse Seite. Das störte manchmal.
Soldaten mögen solche Dinge nicht sehr. Wir dachten auch,
er meinte es nicht so ernst damit.“

„Religiöse Seite?“ fragte Effi. „Was meinen Sie damit, Major?
Er hat doch keine religiösen Treffen gemacht. Oder einen
Propheten gespielt. Nicht wie dieser Mann aus der Oper.
Ich habe seinen Namen vergessen.“

„Nein, das nicht", sagte Crampas. „Aber wir hören besser auf darüber zu
reden. Ich will nichts Schlechtes über ihn sagen. Er ist ja nicht bei uns.
Wir können auch vor ihm darüber reden. Sonst erzählen sich die
Leute vielleicht etwas Falsches. Und er kann sich nicht erklären.
Oder er lacht uns einfach aus."

„Aber das ist ja schlimm, Major. Sie machen mich neugierig.
Und dann ist wieder nichts dahinter. Glaubt er an Geister?"

„Er glaubt nicht wirklich an Geister. Aber er erzählt gerne
Gruselgeschichten. Er macht die Leute nervös oder ängstlich.
Dann lacht er über sie. Ich habe ihm mal gesagt: ‚Innstetten, Sie spielen
nur mit uns. Sie täuschen mich nicht. Sie glauben das selbst nicht.
Sie wollen uns nur Angst machen. Sie wollen interessant sein. Sie wollen
etwas Besonderes sein. Deshalb erzählen Sie Gruselgeschichten."

Effi sagte nichts dazu. Das machte den Major unruhig.

„Sie sagen nichts, gnädige Frau."

„Ja."

„Darf ich fragen warum? Habe ich etwas Falsches gesagt? Oder ist es
falsch, über einen abwesenden Freund zu sprechen? Aber ich würde alles
auch vor ihm sagen. Ich würde jedes Wort wiederholen. Wirklich."

Effi hörte auf zu schweigen. Sie erzählte, was in ihrem Haus passiert ist.
Sie erzählte auch von Innstettens Verhalten. „Er sagte weder ja noch nein.
Ich habe ihn nicht verstanden."

Crampas lachte. „So wie früher. Wir waren zusammen in Frankreich.
Er wohnte in einem alten Palast. Dort hat früher ein Bischof gelebt.

Der hatte die Jungfrau von Orléans zum Tod verurteilt.
Sein Name war ‚Cochon‘. Innstetten erzählte immer Seltsames von
diesem Ort. Immer sei etwas passiert. Aber es war nie ganz klar.
Es war vielleicht nichts. Er macht das immer noch so.“

„Gut, gut. Jetzt eine ernste Frage, Crampas. Wir sind Freunde.
Ich möchte eine ernste Antwort: Wieso macht er das?“
„Ja, meine Dame. Gott kann in die Herzen sehen. Ein Major kann das
nicht. Ich bin ein einfacher Mensch. Ich kann es nicht erklären.“

„Doch. Das ist sehr wichtig für mich. Er ist Ihr Freund und ich bin Ihre
Freundin. Ich möchte das verstehen. Was denkt er? Ich bin noch nicht alt
genug. Ich kann noch nicht Menschen gut verstehen. Aber ich bin kein
Kind mehr. Ich halte Sie deshalb nicht für einen einfachen Mann.
Sie sind nicht einfach. Sie sind gefährlich.“

„Das ist ein großes Kompliment für einen älteren Mann ohne Beruf.
Und jetzt, was Innstetten denkt.“

Effi nickte.

„Ja, wenn ich es sagen muss. Ein Landrat Baron wie er sollte nicht
in einem normalen Haus leben. Das denkt er. Er kann jeden Tag
ein wichtiger Direktor werden. Er hat große Ziele. Dann kann er
nicht in einem kleinen Haus leben. So wie euer Haus.
Entschuldigung, liebe Frau. Er lässt es deshalb dort ein wenig spuken.
Ein Haus mit Gespenstern ist nie normal. Das ist der eine Grund.“

„Der eine Grund? Oh Gott. Und es gibt noch einen anderen Grund?“

„Ja.“

„Dann höre ich zu. Aber bitte sagen Sie etwas Gutes.“

„Ich bin mir nicht sicher. Es ist etwas heikel und fast riskant. Besonders vor Ihnen, liebe Frau.“

„Das macht mich noch neugieriger.“

„Na gut. Innstetten will immer alles erreichen. Er will Menschen erziehen. Er hätte Lehrer werden können. Ein strenger und altmodischer Lehrer.“

„Will er mich auch erziehen? Mit einem Spuk?“, fragt Effi.

„Anders erziehen.“

„Verstehe ich nicht“, sagt Effi.

„Ein Landrat hat viel zu tun und ist oft weg. Dann ist das Haus leer. Aber ein Geist im Haus ist wie ein Aufpasser. Vor dem haben Sie auch Respekt.“

„Jetzt liegt der Wald hinter uns“, sagt Effi.

„Wir sind fast da. Wir gehen nur noch am Friedhof vorbei.“

Sie gingen auch am Grab des Chinesen vorbei. Effi schaute hin.

Kapitel 17

Sie kommen um zwei Uhr nachmittags zurück. Crampas
verabschiedete sich und ritt in die Stadt. Effi kam nach Hause und
zog sich um. Sie wollte eigentlich schlafen. Aber war zu unruhig.
Innstetten veranstaltete also extra den Spuk im Haus. Er benutzte
den Spuk auch zum Erziehen. Er wollte ihr Angst machen.
Denn wer Angst hat, macht keinen Unsinn. Effi fand das gar nicht gut.
Sie fand es fast grausam. Sie wurde wütend und wollte etwas tun.
Aber dann lachte sie. Vielleicht hatte Crampas auch gar nicht recht.
Crampas ist ein Spaßvogel. Aber man kann ihm nicht immer glauben.
Er ist nicht so gut wie Innstetten.

Da kam Innstetten nach Hause. Er war früher als sonst.
Effi begrüßte ihn gleich. Sie war sehr lieb zu ihm. Sie wollte etwas
wiedergutmachen. Aber sie konnte die Worte von Crampas nicht
vergessen. Sie dachte immer wieder daran. Aber dann vergaß sie es
und hörte Innstetten zu. Sie machte sich keine weiteren Sorgen.

Es war Mitte November. Der starke Nordwestwind drückte anderthalb
Tage lang gegen die Molen. Der Fluss Kessine überschwemmte die
Straßen. Dann wurde das Wetter besser und es gab ein paar sonnige
Tage im Spätherbst.

Effi sagte zu Crampas: „Wie lange bleibt das schöne Wetter?"
Sie wollten am nächsten Vormittag noch einmal reiten. Innstetten
wollte auch mitkommen. Sie wollten zur Mole reiten und am Strand
spazieren gehen. Dann wollten sie in den Dünen frühstücken.

Crampas kam zur verabredeten Zeit zum Haus des Landrats.
Kruse hielt schon das Pferd für Effi bereit. Sie stieg schnell auf.

Sie sagte: „Innstetten kann nicht kommen. Es gab letzte Nacht ein
großes Feuer in Morgenitz. Es war das dritte Feuer in drei Wochen.
Jemand hatte es absichtlich gelegt. Innstetten musste dorthin.
Er war traurig. Er hatte sich auf den Ausritt gefreut.“

Crampas tat das leid. Vielleicht meinte er es ernst. Vielleicht auch nicht.
Bei Liebesabenteuern konnte er gemein sein. Aber er war auch ein guter
Kamerad. Allerdings nur oberflächlich. Einem Freund helfen und ihn
betrügen: Für Crampas kein Problem. Er machte einfach beides.

Sie ritten wie immer durch die Plantage. Rollo war vorne,
dann Crampas und Effi, dann Kruse. Knut war nicht da.

„Warum ist Knut nicht dabei?“

„Er ist krank.“

Effi lachte: „Das ist komisch. Er sah immer schon so aus.“

„Ja. Aber jetzt sollten Sie ihn sehen! Oder besser nicht.
Seine Krankheit kann man schon durch Hinsehen bekommen.“

„Ich glaube das nicht.“

„Junge Frauen glauben oft nicht.“

„Und manchmal glauben wir unglaubliche Dinge.“

„Meinen Sie mich?“

„Nein.“

„Schade.“

Effi sagte: „Wenn ich Ihnen meine Liebe gestehe:
Das würden Sie gut finden. Oder?“

„Ich will nicht so weit gehen. Aber jeder möchte so etwas hören.
Gedanken und Wünsche kosten nichts.“

„Das ist nicht sicher. Gedanken und Wünsche sind unterschiedlich.
Gedanken sind oft noch versteckt. Wünsche sind meistens schon fast
ausgesprochen.“

„Vergleichen wir das lieber nicht.“

„Ach, Crampas, Sie sind ... Sie sind ...“

„Ein Narr.“

„Nein. Das übertreiben Sie. Aber Sie sind etwas anderes.
In Hohen-Cremmen haben wir immer gesagt: Ein junger
Husarenoffizier mit 18 Jahren ist sehr eitel.“

„Und jetzt?“

„Jetzt sage ich: Ein Landwehr-Offizier mit 42 Jahren wie Sie ist am
eitelsten.“

„Sie lassen mir zwei Jahre weg. Das ist nett von Ihnen. Küss‘ die Hand!“

„Ja, ja. Küss‘ die Hand. Das passt zu Ihnen. Das sagen die Leute in Wien.
Solche habe ich vor vier Jahren in Karlsbad kennengelernt.
Sie waren nett zu mir als junges Mädchen. Ich habe da viele nette Dinge

über mich gehört."

„Sicher nicht zu viele."

„Doch. Sonst ist das kein Kompliment. Aber schauen Sie die Bojen an.
Sie schwimmen und hüpfen. Die kleinen roten Flaggen sind weg.
Im Sommer am Strand mit den roten Flaggen dachte ich, das ist Vineta."

„Das denken Sie, weil Sie das Gedicht von Heinrich Heine kennen."

„Welches?"

„Das Gedicht über Vineta."

„Nein, das kenne ich nicht. Ich kenne nicht viel. Leider."

„Aber Sie haben Herrn Gieshübler und den Journalzirkel!
Heine hat dem Gedicht einen anderen Namen gegeben, ‚Seegespenst'
oder so. Aber er meinte Vineta. Da liegt der Dichter auf einem Schiff.
Er schaut nach unten. Er sieht enge, alte Straßen. Er sieht Frauen mit
besonderen Hüten. Die Frauen gehen in die Kirche. Alle Glocken läuten.
Der Dichter möchte auch in die Kirche gehen. Er möchte wegen der
Hüte gehen. Er möchte springen. Aber der Kapitän hält ihn fest
und fragt: ‚Sind Sie verrückt?'"

„Das klingt schön. Kann ich das lesen? Ist es lang?"

„Nein, es ist kurz. Nur ein bisschen länger als andere Gedichte."

Er berührte ihre Hand leicht. „Egal ob lang oder kurz, es ist sehr
lebendig! Heine ist mein Lieblingsdichter. Ich kann seine Werke
auswendig. Ich lese nicht oft Gedichte. Aber seine Gedichte sind anders.

Sie sind voller Leben. Und sie handeln von Liebe. Liebe ist sehr wichtig.
Er schreibt nicht nur über Liebe."

„Was meinen Sie damit?"

„Ich meine, er schreibt nicht nur über Liebe."

„Nur über Liebe schreiben ist nicht so schlimm.
Worüber schreibt er noch?"

„Er mag sehr romantische Dinge. Manche sagen, das ist wie Liebe.
Ich finde das nicht. In seinen späteren Gedichten geht es oft um Liebe.
Aber auch um andere Dinge wie Politik. Zum Beispiel in einem Gedicht
trägt Karl Stuart seinen Kopf unter dem Arm. Oder die Geschichte
von Vitzliputzli."

„Von wem?"

„Von Vitzliputzli. Das ist ein Gott aus Mexiko. Die Mexikaner
haben Spanier gefangen. Diese Spanier wurden ihm geopfert.
Das war dort normal."

„Nein, Crampas. So können Sie nicht reden. Das ist unanständig
und eklig. Und wir wollen gleich frühstücken."

„Ich lasse mich davon nicht stören. Ich bekomme immer Hunger."

Sie gingen zum Strand und kamen zu einer Bank. Vor der Bank war
ein einfacher Tisch. Zwei Stangen hielten ein Brett. Kruse hatte dort
schon Essen hingestellt. Es gab kleine Brötchen, kalten Braten, Rotwein
und zwei schöne Gläser. Die Gläser waren klein und hatten einen
goldenen Rand.

Dann stiegen sie von den Pferden ab. Kruse band sein Pferd an einen Baum. Er ging mit den Pferden hin und her. Crampas und Effi setzten sich an den Tisch. Sie konnten durch die Dünen das Meer und den Hafen sehen.

Die Sonne schien schwach auf das Meer. Das Meer war noch unruhig vom Sturm. Manchmal wehte der Wind den Schaum fast bis zu ihnen. Um sie herum wuchs Strandhafer. Gelbe Blumen leuchteten auf dem gelben Sand.

Effi sagte, es tut ihr leid, dass sie die Brötchen auf einem Deckel anbieten muss. Crampas sagte, ein Deckel ist kein Korb. Effi sagte, Kruse wollte es so. Dann kam der Hund Rollo dazu. Effi sagte, sie haben nicht genug Essen für den Hund dabei.

„Was machen wir mit Rollo?"

„Ich denke, wir geben ihm alles.
Ich tue es aus Dankbarkeit. Denn, liebe Effi."

Effi sah ihn an.

„Denn, liebe Frau, Rollo erinnert mich an eine Geschichte.
Es ist eine Liebesgeschichte. Kennen Sie Pedro den Grausamen?"

„Ein bisschen."

„Er war wie ein König in einem Märchen."

„Das finde ich gut. Über solche Männer hört man gern.
Ich erinnere mich. Hulda Niemeyer kannte die sechs Frauen von Heinrich dem Achten. Sie wusste alle ihre Namen. Sie sprach die

Namen sehr komisch aus. Aber jetzt erzählen Sie mir von Don Pedro.“

„Bei Don Pedro gab es einen schönen Ritter. Er hatte ein besonderes
Kreuz auf seiner Brust. Das Kreuz war wichtig. Sie mussten es immer
tragen. Die Königin liebte diesen Ritter heimlich.“

„Warum heimlich?“

„Weil wir in Spanien sind.“

„Ach so.“

„Dieser Ritter hatte einen sehr schönen Hund. Der Hund hieß auch Rollo.
Es war lange bevor Amerika entdeckt wurde.“

Rollo hörte seinen Namen. Da bellte er und wedelte mit dem Schwanz.

„Der Ritter und die Königin liebten sich. Der König war deshalb
wütend. Er wollte den Ritter wegen der Liebe töten lassen.“

„Das kann ich verstehen.“

„Aber warten Sie“, sagte Crampas. „Es gibt noch mehr zu erzählen.
Der König machte zu viel. Er wollte den Ritter feiern. Aber das stimmte
nicht. Es gab einen langen Tisch. Viele wichtige Leute saßen dort.
Der König saß in der Mitte. Gegenüber war der Platz für den Ritter.
Das Fest war extra für ihn. Man hat lange auf ihn gewartet.
Aber er kam nicht. Die Feier musste ohne ihn anfangen. Ein Platz war
leer. Der Platz war gegenüber vom König …“

„Und dann?“

„Der König wollte gerade aufstehen. Er wollte sagen, dass er den Gast
vermisst. Dann hörte man einen Schrei. Die Diener waren erschrocken.
Etwas rannte zum Festtisch. Es sprang auf einen Stuhl. Es war Rollo.
Das war der Hund des Ritters. Rollo legte einen abgetrennten Kopf auf
den leeren Platz. Der Hund starrte den König an. Rollo war bis zum Ende
bei seinem Herrn geblieben. Der König hatte den Ritter heimlich geköpft.
Aber Rollo nahm den Kopf und brachte ihn an den Tisch.
Jetzt wussten alle: Der König war der Mörder.“

Effi war sehr leise. Dann sagte sie: „Crampas, das haben Sie sehr schön
erzählt. Deshalb verzeihe ich Ihnen. Aber erzählen Sie mir nicht so
grausame Geschichten. Lieber von Heine. Heine hat bestimmt nicht nur
über Vitzliputzli, Don Pedro und Ihren Rollo geschrieben. Mein Rollo
hätte so etwas nicht gemacht. Komm, Rollo! Jetzt muss ich bei Rollo
immer an den Ritter ohne Kopf denken. Und an die Königin.
Bitte rufen Sie Kruse. Er soll die Sachen in die Taschen packen.
Auf dem Rückweg erzählen Sie mir etwas anderes.“

Kruse kam. Er wollte die Gläser nehmen. Aber Crampas sagte:
„Kruse, lassen Sie dieses Glas hier. Ich nehme es selbst.“

„Ja, Herr Major.“

Effi hörte das und schüttelte den Kopf. Dann lachte sie.
„Crampas, was machen Sie da? Kruse denkt darüber nicht viel nach.
Aber Sie dürfen das Glas nicht behalten. Das war teuer.“

„Sie nennen den Preis so spöttisch.
Das ist das Glas für mich noch teurer.“

„Das ist typisch. Sie machen merkwürdige Witze. Sie wollen wie der
König von Thule sein. Sie wollen ein Glas, das Ihnen nicht gehört.

Das ist lustig."

Er musste grinsen.

„Gut, wie Sie wollen. Jeder hat seine Art. Aber ich muss sagen: Das gefällt mir nicht. Ich will nicht wie ein Gedicht über Ihren König von Thule wirken. Behalten Sie das Glas. Aber denken Sie bitte nichts Schlechtes über mich. Ich werde es Innstetten erzählen."

„Das werden Sie nicht tun, meine Frau."

„Warum nicht?"

„Innstetten versteht das nicht. Er denkt: Sie schenken mir ein Glas."

Sie sah ihn kurz streng an. Dann senkte sie verwirrt und fast schüchtern ihre Augen.

Kapitel 18

Effi war unzufrieden. Gut, dass die Ausflüge im Winter nicht mehr
stattfinden. Sie dachte über die letzten Wochen und Tage nach.
Sie brauchte sich keine Vorwürfe zu machen. Crampas war klug,
hatte viel erlebt und war lustig. Er war frei. Sie brauchte nicht streng
zu sein. Sie hat ihm ja Widerstand geleistet. Als hätte sie eine Gefahr
überstanden. Vielleicht ist das ja jetzt vorbei. Denn Effi und seine
Familie konnten sich nicht oft sehen. Das lag an den Problemen bei
Familie Crampas. Treffen mit anderen Adelsfamilien waren nur
selten und kurz. Effi war damit zufrieden. Sie fand es nicht so schwer,
den Major nicht zu sehen.

Ihr Mann Innstetten fuhr dieses Jahr nicht nach Varzin zum Fürsten.
Der Fürst ging nach Friedrichsruh. Innstetten fand das schade
und auch gut. So konnte er mehr Zeit zu Hause verbringen. Er wollte
mit Effi die Italien-Reise noch einmal mit seinen Notizen wiederholen.
So konnte man sich alles besser merken. Innstetten erklärte das genauer.
Gieshübler wollte dabei sein. Er kannte Italien gut.

Effi hätte lieber einen normalen Abend gehabt. Sie wollte keine Bilder
von Italien sehen. Sie antwortete nicht richtig. Innstetten aber war ganz
begeistert von seinem Plan. Er merkte es nicht. Aber Effi war nicht so
begeistert. Er sagte: „Nicht nur Gieshübler ist dabei. Auch Roswitha
und Annie sind dabei. Ich stelle mir das so vor: Wir fahren auf dem
Canale Grande. Wir hören die Gondoliere singen. Roswitha kümmert
sich um Annie. Sie singt vielleicht ‚Buhküken von Halberstadt‘.
Das können schöne Abende im Winter werden. Du sitzt dabei
und strickst mir eine große Mütze. Was sagst du dazu, Effi?"

Diese Abende kamen dann wirklich. Sie hätten viele Wochen gehen

können. Aber Gieshübler war ja immer nett zu allen. Deshalb hatte er
ein Problem. Er half zwei Herren gleichzeitig: Innstetten und Crampas.
Gieshübler machte bei den italienischen Abenden mit.
Das tat er besonders für Effi. Aber er half Crampas noch mehr.

Denn vor Weihnachten sollte das Stück „Ein Schritt vom Wege" gespielt
werden. Gieshübler sprach mit Effi darüber. Effi sollte die Rolle der Ella
spielen. Sie war total aufgeregt. Sie wollte immer etwas Neues erleben.
Aber sie hatte auch ein wenig Angst. Sie fragte:

„Ist das die Idee vom Major Crampas?"

„Ja", sagt Gieshübler. „Er ist im Vergnügungskomitee.
Wir werden einen schönen Winter haben. Er passt gut dazu."

„Und wird er auch mitspielen?"

„Nein", sagt Gieshübler. „Er hat Nein gesagt. Das ist schade.
Er könnte gut spielen. Aber er führt nur Regie."

„Das ist schlimmer als mitspielen", sagt Effi.

„Das ist schlimmer?", fragt Gieshübler.

Effi sagt, das ist nur so ein Spruch. Aber sie meinte das Gegenteil.
Denn der Major war sehr streng. Alle sollten spielen wie seine
Marionetten. Sie versuchte das zu erklären. Aber sie widersprach
sich immer mehr.

Das Theaterstück wurde wirklich fertig. Alle hatten nur noch zwei
Wochen Zeit. Aber alle arbeiteten hart, und es lief gut. Die Schauspieler
bekamen viel Lob. Besonders Effi. Crampas kümmerte sich nur um

die Leitung des Stücks. Er war mit allen streng. Außer mit Effi.
Sie wollte Abstand von ihm halten. Gieshübler hatte ihm das vielleicht
verraten. Oder er hatte es selbst gemerkt. Er war klug und wusste viel
über Frauen. Er wollte auf die Entwicklung zwischen ihnen keinen
Einfluss nehmen.

Am Abend des Theaterstücks kamen Innstetten und Effi erst nach
Mitternacht nach Hause. Johanna war noch wach und half ihnen.
Innstetten war stolz auf seine Frau. Er erzählte Johanna, seine Frau
sah so hübsch aus und spielte so gut. Sie habe alle verzückt.
Es war eigentlich schade. Denn seine Diener Christel, Johanna und
Kruse hätten von oben gut zuschauen können. Viele Leute waren da.
Dann ging Johanna, und die müde Effi legte sich schlafen.

Innstetten wollte noch reden. Er nahm einen Stuhl und setzte sich ans
Bett seiner Frau. Er sah sie freundlich an und hielt ihre Hand.

„Ja, Effi, der Abend war schön. Ich fand das Theaterstück lustig.
Stell dir vor, der Schreiber ist ein hoher Richter. Das ist fast unglaublich.
Er kommt aus Königsberg. Aber am meisten habe ich mich über dich
gefreut. Du hast allen gefallen."

„Ach, Geert, sag' das nicht. Ich bin sonst zu stolz."

„Stolz genug. Aber du bist nicht so stolz wie andere.
Das macht dich noch schöner."

„Schön sind alle."

„Ich habe mich versprochen. Du bist noch schöner."

„Du bist so nett, Geert. Wenn ich dich nicht kennen würde,

würde ich Angst haben. Oder versteckt sich was dahinter?“

„Hast du ein schlechtes Gewissen? Oder hast du gelauscht?“

„Nein, Geert, ich habe wirklich Angst.“ Sie setzte sich auf und sah ihn
fest an. „Soll ich Johanna rufen, damit sie uns Tee macht? Du trinkst vor
dem Schlafen gerne Tee.“

Er küsste ihre Hand. „Nein, Effi. Nach Mitternacht bekommt nicht
einmal der Kaiser Tee. Ich will die Leute nicht mehr stören. Ich will
nur dich anschauen und mich über dich freuen. Manchmal erkennt
man den Wert von jemand. Du könntest wie Frau Crampas sein.
Sie ist zu allen unfreundlich. Sie hätte dich am liebsten weggezaubert.“

„Aber Geert, das denkst du nur. Frau Crampas ist arm.
Ich habe nichts bemerkt.“

„Du siehst solche Dinge nicht. Aber es war so. Herr Crampas war
anders wegen ihr. Er hat dich gemieden und kaum angeschaut.
Das ist seltsam. Denn er mag Frauen sehr. Besonders Frauen wie dich.
Du weißt das doch auch. Er hat bei Besuchen, Reiten und Spazieren
doch immer viel geredet. Aber heute hat er nichts gesagt.
Er hatte er Angst vor seiner Frau. Ich verstehe ihn. Es gibt kaum
einen Unterschied.“

„Ich wüsste einen. Frau Crampas ist unglücklich.
Frau Kruse ist unheimlich.“

„Und du magst eher die Unglücklichen?“

„Ja, sicher.“

„Na gut. Das ist Geschmackssache. Du warst eben noch nie
unglücklich. Crampas kann seine Frau gut fernhalten.
Er erfindet immer etwas, warum sie zu Hause bleiben muss.“

„Aber heute war sie hier.“

„Ja, heute musste sie kommen. Aber ich habe mich mit ihm bei
Oberförster Ring verabredet. Crampas, Gieshübler und der Pastor
kommen am dritten Feiertag. Crampas hat wieder sehr geschickt erklärt:
Meine Frau muss leider zu Hause bleiben.“

„Sind nur Männer dabei?“

„Nein. Das wäre nichts für mich. Du kommst auch und noch zwei
oder drei andere Frauen von den Gütern.“

„Aber dann ist es nicht nett von Crampas.
Für so etwas wird man oft bestraft.“

„Ja, irgendwann. Aber unser Freund macht sich keine Sorgen darüber.“

„Denkst du, er ist ein schlechter Mensch?“

„Nein, nicht schlecht. Er hat gute Seiten. Aber er ist nicht zuverlässig.
Besonders bei Frauen. Er liebt das Risiko. Er spielt nicht um Geld.
Aber er riskiert viel im Leben. Man muss auf ihn aufpassen.“

„Gut zu wissen. Ich werde vorsichtig bei ihm sein.“

„Aber nicht zu sehr. Sonst bringt es nichts. Offen zu sein ist immer gut.
Am besten ist ein starker Charakter. Und ein reines Gewissen.“

Sie sah ihn überrascht an. Dann sagte sie: „Ja, klar. Aber rede jetzt nicht
mehr. Du machst mich nicht froh. Ich glaube, ich höre oben Tanzmusik.
Komisch, es kommt immer wieder. Ich dachte, du machst nur Spaß.“

„Das meine ich nicht, Effi. Aber man muss selbst in Ordnung sein
und keine Angst haben.“

Effi nickte. Sie dachte wieder an Crampas' Erzählung über ihren Mann.
Dass er Menschen Angst und sie dadurch brav machen will.

Weihnachten kam und ging wie letztes Jahr. Aus Hohen-Cremmen kamen
Geschenke und Briefe. Gieshübler brachte wieder ein Gedicht. Vetter
Briest schickte eine Karte mit einem Bild von Schnee und einem Vogel
auf einem Draht. Für Annie gab es einen Weihnachtsbaum mit Lichtern.
Sie griff danach. Innstetten war entspannt und fröhlich.
Er freute sich über sein Familienglück und spielte viel mit dem Kind.
Roswitha war überrascht. Er konnte also doch liebevoll und fröhlich sein.
Auch Effi redete und lachte viel. Aber es kam nicht aus ihrer Seele.

Sie fühlte sich schlecht. Sie wusste nicht, wer schuld war:
Sie selbst oder Innstetten. Von Crampas kam keine Weihnachtskarte.
Das war gut und schlecht für sie. Seine Aufmerksamkeit machte ihr
Angst. Aber seine Gleichgültigkeit machte sie traurig. Sie dachte:
Irgendetwas stimmt nicht.

Innstetten sagte: „Du bist so unruhig.“

Sie antwortete: „Alle sind so nett zu mir. Besonders du.
Das macht mich traurig. Ich verdiene es nicht.“

Innstetten sagte: „Man soll sich nicht schlecht fühlen, Effi.
Oder man hat es verdient.“

Effi hörte genau zu. Sie hatte ein schlechtes Gewissen.
Sie fragte sich, ob er das extra so gesagt hat.

Am Abend kam Pastor Lindequist. Er wollte gratulieren. Er fragte auch
nach einer Schlittenfahrt zur Oberförsterei Uvagla. Major Crampas bot
ihm einen Platz in seinem Schlitten an. Aber er und sein Diener kannten
den Weg nicht. Der Diener sollte auch Kutsche fahren. Vielleicht sollte
man zusammen fahren. Dann würde der Schlitten vom Landrat voraus
fahren, und der Schlitten von Crampas dahinter. Vielleicht auch der
Schlitten von Gieshübler. Aber auch die Diener kannten den Weg nicht.
Der eine fuhr dem anderen einfach hinterher. Das fand Innstetten lustig.
Er stimmte Lindequists Plan zu. Er wollte um zwei Uhr am Marktplatz
sein. Dort wollte er die Schlitten anführen.

Sie machten es wie besprochen. Innstetten war um zwei Uhr am
Marktplatz. Dort winkte Crampas herüber. Dann fuhr er hinter
Innstetten her. Der Pastor saß neben Crampas. Gieshübler und Doktor
Hannemann folgten im nächsten Schlitten. Gieshübler trug einen
schicken Mantel. Hannemann trug einen alten Pelz. Früher war
Hannemann Arzt auf einem Schiff. Mirambo saß vorne im Schlitten.
Er konnte nicht gut fahren. Er war nervös. Das hatte Lindequist sich
schon gedacht.

Schnell waren sie an Utpatels Mühle vorbei. Zwischen den
Orten Kessin und Uvagla gab es einen schmalen, langen Wald.
Rechts vom Wald lag das Meer. Links war ein großes, fruchtbares Land.
Die drei Schlitten flitzten dort entlang. Sie sahen ein paar alte Kutschen.
In den Kutschen saßen wahrscheinlich Gäste. Einer der Wagen war der
Wagen von Papenhagen. Ja klar. Güldenklee war ja ein guter Redner.
Er war deshalb oft eingeladen. Die Schlitten und Kutschen fuhren schnell.
Keiner wollte Letzter werden. Sie kamen um drei Uhr an der
Oberförsterei an. Herr Ring stand an der Tür. Er war etwa 55 Jahre

alt und sah aus wie ein Soldat. Er hatte früher Kriege mitgemacht.
Er begrüßte die Gäste. Die Gäste zogen ihre Mäntel aus und sagten
Hallo zur Frau des Hauses. Dann setzten sie sich an einen Tisch mit
Kaffee. Auf dem Tisch waren große Kuchen.

Die Försterin war oft ängstlich und unsicher. Das störte den Förster sehr.
Er mochte lieber Mut und Entschlossenheit. Zum Glück war er nicht
wütend. Seine Töchter waren hübsch und mutig.
Sie waren 14 und 13 Jahre alt. Sie waren wie ihr Vater. Die ältere Cora
redete gerne mit Innstetten und Crampas. Beide erfreute das sehr.
Effi war das total peinlich. Sie saß neben Sidonie von Grasenabb.
Effi sagte, mit 14 war sie auch so. Effi dachte, Sidonie wird ihr
widersprechen. Aber Sidonie sagt: „Das kann ich mir gut vorstellen.“

Effi sagte: „Dieser Vater geht viel zu lässig mit den Töchtern um.“

Sidonie stimmte zu: „Es gibt keine strenge Erziehung mehr.
Das ist heute so.“

Effi hörte auf zu reden.

Alle tranken schnell Kaffee. Sie wollten noch spazieren.
Sie gingen zu einem Platz im Wald. Dort waren viele Tiere eingezäunt.
Cora machte das Tor auf. Die Rehe kamen zu ihr. Es sah schön aus.
Wie in einem Märchen.

Das junge Mädchen Cora war eitel. Sie wusste, dass sie gut aussah.
Wie ein Bild. Aber Effi fand das nicht gut. Nein, dachte sie. Ich war nicht
so. Vielleicht war ich nicht streng erzogen. Diese Sidonie ist nicht nett.
Aber zuhause waren alle zu nett zu mir. Sie hatten mich sehr lieb.
Aber ich habe mich nie so benommen. Hulda war immer so eitel.
Darum mochte ich sie im letzten Sommer nicht mehr so.

Auf dem Weg vom Wald zurück fing es an zu schneien.
Crampas kam zu ihr. Er entschuldigte sich. Er habe sie noch
gar nicht begrüßt. Er zeigte auf die großen Schneeflocken und sagte:
„Bald sind wir eingeschneit."

„Das wäre nicht so schlimm", sagte Effi. „Eingeschneit zu sein ist für
mich ein schöner Gedanke. Es fühlt sich an wie Schutz."

„Das habe ich noch nie gehört", sagte Crampas.

„Ja", sagte Effi und versuchte zu lachen. „Gedanken sind komisch.
Man muss es gar nicht selbst erleben. Man kann auch davon gehört
haben. Sie kennen viele Bücher, Major. Aber ich kenne ein bestimmtes
Gedicht. Das kennen Sie nicht. Es heißt ‚Gottesmauer'.
Ich habe es als Kind gelernt."

„Gottesmauer", sagte Crampas. „Das klingt schön.
Was ist die Geschichte?"

„Es ist eine kurze Geschichte. Es war Krieg im Winter. Eine alte Frau
hatte Angst vor dem Feind. Sie bat Gott um Schutz. Gott ließ ihr Haus
im Schnee verschwinden. So sah der Feind es nicht."

Crampas war überrascht und sprach über etwas anderes.
Es wurde dunkel. Alle kamen zurück zum Försterhaus.

Kapitel 19

Sie aßen direkt nach sieben Uhr. Alle freuten sich über den
Weihnachtsbaum. Er war beleuchtet. Crampas kannte das Haus
noch nicht und war sehr beeindruckt. Es gab schönes Tischzeug
und viel Silber. Denn die Frau des Försters kam aus einer reichen Familie.
Sie verkauften Getreide in Danzig.

Die meisten Bilder an den Wänden zeigten den Kornhändler und seine
Frau. Sie zeigten auch einen Raum in dem Schloss Marienburg und eine
Kopie eines berühmten Altarbildes. Es gab zwei Bilder vom Kloster
Olivia: eines gemalt und eines aus Kork geschnitzt. Über dem Schrank
hing ein dunkles Bild von Nettelbeck. Es kam vom letzten Amtsvorsteher;
er starb vor eineinhalb Jahren. Niemand wollte das Bild bei der Auktion
kaufen. Dann bot Innstetten darauf; denn niemand wollte es haben.
Dann wollte es auch Ring kaufen. So blieb das Bild hier.

Das Bild von Nettelbeck war nicht sehr schön. Aber alles sah teuer aus.
Das Essen war auch reichhaltig. Alle freuten sich darüber. Außer Sidonie.
Sie saß zwischen Innstetten und Lindequist. Da sah sie Cora und
meinte: „Da ist wieder dieses schreckliche Mädchen, diese Cora.
Schauen Sie, Innstetten, wie sie die kleinen Weingläser hält.
Sie könnte sofort Kellnerin werden. Ganz schlimm. Und die Blicke
von Ihrem Freund Crampas! Das passt alles zusammen. Was soll dabei
rauskommen?“

Innstetten fand das auch. Aber er fand auch Sidonie nicht nett.
Er sagte spöttisch: „Ja, was soll dabei rauskommen?
Ich weiß es auch nicht.“ Dann redete Sidonie lieber mit dem Pastor
neben ihr.

Sie fragt den Pastor: „Ist dieses junge freche Mädchen schon bei Ihnen im Unterricht?“

„Ja.“

„Sie haben sie nicht gut erzogen. Ich weiß, das ist heute schwer. Aber die Schuld haben meistens die Eltern und Erzieher.“

Pastor Lindequist fand das auch. Aber die Einflüsse der Zeit seien stärker.

Sidonie sagt: „Einflüsse der Zeit! Das mag ich nicht hören. Das zeigt nur Schwäche. Man will nichts wirklich anpacken und geht Problemen aus dem Weg. Pflicht ist unbequem. Wir haben Verantwortung. Das vergessen viele schnell. Man muss eingreifen und für Ordnung sorgen. Menschen werden schwach, aber ...“

Ein englisches Roastbeef kam auf den Tisch. Sidonie nahm sehr viel davon. Lindequist musste darüber lächeln. Sidonie merkte es nicht. Sie redete weiter: „Alles hier ist von Anfang an schief gelaufen. Es gab mal einen König in Schweden. Der hieß auch Ring. Oberförster Ring benimmt sich wie sein Verwandter. Seine Mutter war aber nur eine Wäschefrau aus Köslin.“

„Das finde ich nicht schlimm.“

„Schlimm finde ich das auch nicht. Es gibt Schlimmeres. Aber Sie als Kirchenmann sollten doch auf die gesellschaftlichen Regeln achten. Ein Oberförster ist mehr als ein Förster. Ein Förster sollte nicht solche teuren Weinkühler und Silber haben. Das ist nicht richtig und führt zu Kindern wie Fräulein Cora.“

Sidonie sagte oft: Bald wird etwas Schlimmes passieren. Vor allem,
wenn sie sehr wütend war. Heute hätte sie das auch getan. Aber genau
da kam die heiße Punschbowle auf den Tisch. Bei Ring endete das
Weihnachtstreffen immer mit Punsch. Dazu gab es Gebäck. Das Gebäck
war höher gestapelt als der Kuchen von vorher. Dann kam Ring dazu.
Er hatte sich vorher zurückgehalten. Jetzt schenkte er mit einem
besonderen Schwung Punsch in die Gläser. Die Gläser waren groß und
hatten Schliffe. Frau von Padden hatte das mal „Ringscher Wasserfall"
genannt. Sie war heute nicht dabei. Der Punsch sah rotgolden aus.
Es sollte am besten nichts verschüttet werden. Am Ende hielt jeder sein
Glas in der Hand. Auch Cora hatte eins. Sie saß jetzt auf dem Schoß von
„Onkel Crampas". Sie hatte rotblonde Locken. Dann stand der alte Mann
aus Papenhagen auf. Er wollte einen Trinkspruch sagen. Das machte man
so bei Festen. Der Trinkspruch war für den lieben Oberförster:

„Es gibt viele Arten von Ringen: Jahresringe in Bäumen.
Ringe für Vorhänge. Und Ringe zum Heiraten. Bald wird hier im Haus
jemand einen Ring bekommen. Dieser Jemand hat sich verlobt.
Dieser Ring wird bald an ihrem Finger stecken."

Sidonie flüsterte dem Pastor zu: „Das ist unglaublich."

Güldenklee sprach weiter und sagte laut: „Es gibt viele Ringe.
Es gibt auch eine Geschichte über drei Ringe. Diese Geschichte kommt
von den Juden. Sie hat für viel Durcheinander und Probleme gesorgt.
Aber dieser besondere Ring steht für alles Gute in unserer Gegend.
Er steht für die Menschen hier. Sie sind für Gott, den König und das
Land da. Viele Menschen hier tun das noch. Wir feiern diesen Ring.
Er soll hochleben!"

Alle fingen an zu singen und umringten den Tisch. Ring musste das
Weineinschenken an Crampas weitergeben. Der Lehrer rannte zum

Klavier und spielte ein Lied. Alle standen auf und sangen feierlich:
„Ich bin ein Preuße, will ein Preuße sein."

„Das ist doch schön", sagte Borcke zu Innstetten nach dem Lied.
„So etwas gibt es in anderen Ländern nicht."

„Nein", sagte Innstetten. Er mochte diese Liebe zu Preußen nicht.
„In anderen Ländern gibt es Schöneres."

Sie sangen alle Verse. Dann waren die Wagen da. Alle standen auf.
Sie wollten die Pferde nicht warten lassen. Pferde waren sehr wichtig
in Kessin. Im Flur halfen zwei nette Dienstmädchen den Gästen in ihre
Mäntel. Alle waren etwas betrunken. Einige sogar sehr. Sie stiegen schnell
in die Wagen ein. Dann sagte jemand: Gieshüblers Schlitten ist nicht da.
Gieshübler war sehr höflich und wurde nicht laut.
Crampas fragte, was los ist.

„Mirambo kann nicht fahren", sagte der Mann vom Hof.
„Das linke Pferd hat ihn getreten. Er liegt im Stall und schreit."

Dann riefen alle nach Doktor Hannemann. Der Doktor ging hinaus.
Nach fünf Minuten sagte er ruhig: „Mirambo muss hierbleiben.
Er muss liegen und kühlen. Es ist aber nicht schlimm."
Das beruhigte ein wenig. Aber es war immer noch ein Problem.
Wer sollte den Schlitten zurückfahren?

Innstetten sagte, er springt für Mirambo ein. Alle lachten und machten
Witze. Sie fanden Innstettens Angebot gut. Innstetten fuhr mit
Gieshübler und dem Doktor weg. Crampas und Lindequist fuhren
hinterher.

Dann kam Kruse mit einem anderen Schlitten. Sidonie lächelte und fragte

Effi: „Darf ich mit Ihnen fahren? In unserer Kutsche ist es mir zu warm.
Mein Vater mag das. Und ich möchte mit Ihnen reden. Aber nur bis
Quappendorf. Ich steige aus, wo der Morgnitzer Weg beginnt. Dann muss
ich in unseren zu warmen Wagen. Und Papa raucht auch noch.“

Effi wollte das eigentlich nicht. Sie wollte lieber alleine fahren.
Aber sie konnte es sich nicht aussuchen. Also stieg das Fräulein ein. Beide
Damen saßen und Kruse ließ die Pferde laufen. Sie fuhren von der Rampe
weg. Dort sah man das Meer sehr gut. Sie fuhren die steile Düne runter.
Dann auf den Strandweg. Der Weg war eine Meile lang und fast gerade.
Er führte zum Strandhotel in Kessin. Dann bog er rechts ab und ging
durch eine Plantage in die Stadt.

Der Schnee hatte vor Stunden aufgehört. Die Luft war frisch.
Das dunkle Meer glänzte im Mondlicht. Kruse fuhr nah am Wasser.
Manchmal schnitt die Kutsche durch den Schaum der Wellen.
Effi fror ein bisschen. Sie zog ihren Mantel enger und sagte nichts.

Sidonie wollte ihr etwas Unangenehmes sagen. Nur deshalb fuhr sie mit
ihr. Effi merkte das. Aber sie wollte es nicht hören. Sie war auch müde.
Vielleicht vom Spaziergang im Wald. Oder vielleicht vom Punsch.
Frau von Flemming hatte ihr dazu geraten. Sie stellte sich schlafend.
Sie schloss die Augen und neigte den Kopf nach links.

„Sie sollten sicht nicht so sehr nach links lehnen“, sagte Sidonie.
„Sie könnten rausfallen. Ihr Schlitten kann über einen Stein fahren. Dann
hat er keinen Schutzleder und keine Haken.“

„Ich mag keine Schutzleder. Sie sehen langweilig aus“, sagte sie.
„Wenn ich rausfliege, macht es nichts. Am liebsten in die Wellen.
Das Wasser ist kalt, aber egal. Da, hören Sie was?“

„Nein.“

„Hören Sie die Musik?“

„Eine Orgel?“

„Nein, keine Orgel. Es klingt wie das Meer. Aber es ist etwas anderes.
Es klingt fast wie eine Stimme.“

„Das ist Einbildung“, sagte Sidonie. „Sie sind nervös.
Sie hören Stimmen. Hoffentlich hören Sie die richtige Stimme.“

„Ich höre... nein, es ist Unsinn. Sonst würde ich Meerfrauen
singen hören. Aber was ist das? Es leuchtet bis in den Himmel.
Das muss ein Nordlicht sein.“

„Ja“, sagte Sidonie. „Sie tun so, als wäre es ein Weltwunder.
Das ist es nicht. Und selbst wenn: Wir sollten die Natur nicht zu sehr
anbeten. Zum Glück ist der Oberförster nicht mehr da. Er würde sagen:
Das Nordlicht ist nur für sein Fest da. Er ist ein Idiot. Güldenklee hatte
ihn viel zu sehr gelobt. Der Oberförster tut sehr fromm. Er hat sogar eine
Decke für den Altar geschenkt. Vielleicht hat Cora an ihr mitgestickt.
Solche Leute sind Schuld an allem. Sie tun nur so als ob.“

„Ja, man kann nicht in die Herzen sehen.“

„Ja, das ist schwer. Aber bei manchen Menschen nicht.“

Sidonie schaute die junge Frau sehr direkt an. Effi sagte nichts und drehte
sich weg. Sie sagte nochmal: „Bei manchen Menschen ist es einfach.“
Sie lächelte ruhig. „Der Oberförster ist so ein einfacher Fall.
Wie er seine Kinder erzieht. Da ist doch alles klar. Cora geht bestimmt

nach Amerika. Sie wird reich oder eine Predigerin. Auf jeden Fall
ist sie verloren. Ich habe noch nie ein Mädchen gesehen …"

Sie wollte noch etwas sagen. Aber der Schlitten hielt an. Die Damen
drehten sich um. Sie schauten nach. Auch die anderen Schlitten standen.
Der Schlitten von Innstetten war weiter weg. Der Schlitten von Crampas
stand näher.

Effi fragte: „Was ist?"

Kruse drehte sich halb um. Er sagte: „Der Schloon, gnädige Frau."

Effi fragte: „Der Schloon? Was ist das? Ich sehe nichts."

Kruse bewegte seinen Kopf hin und her. Die Antwort war nicht leicht.
Sidonie wusste Bescheid. Sie kannte sich aus. Auch mit dem Schloon.

Sidonie sagte: „Es ist schwierig, meine gnädige Frau.
Die Wagen kommen durch. Denn sie haben hohe Räder.
Aber mit einem Schlitten ist es anders. Der Schlitten versinkt im Schloon.
Sie müssen einen anderen Weg nehmen."

Effi sagte: „Versinken! Ich verstehe das nicht. Ist der Schloon ein Loch?
Kann man da untergehen? Ich kann mir das nicht vorstellen."

„Dieser kleine Wasserweg ist wie ein Bach. Er kommt vom Gothener See
und fließt durch die Dünen. Im Sommer ist er manchmal ganz
trocken. Dann fahren Sie darüber und merken es nicht."

„Und im Winter?"

„Im Winter ist es anders. Oft wird der Bach dann stärker.

Dann drückt der Wind das Meerwasser hinein. Aber man sieht es nicht.
Das ist gefährlich. Das Wasser geht unter den Sand. Der Sand wird tief
unten nass. Dann sinkt man ein wie in einem Sumpf."

„Das kenne ich", sagte Effi. „Das ist wie bei uns zu Hause im Luch."
Sie fühlte plötzlich Heimweh und war darüber froh.

Crampas stieg aus seinem Schlitten. Er ging zu dem anderen Schlitten,
wo Innstetten war. Sie wollten die nächsten Schritte besprechen.
Knut wollte durchfahren. Aber er kannte sich nicht aus. Nur Leute von
hier sollten entscheiden. Innstetten wollte es auch versuchen. Er sagt,
die Leute haben Angst. Aber es ist nicht so schlimm. Knut weiß nicht
Bescheid. Kruse soll es nochmal versuchen. Crampas soll bei den
Damen mitfahren. Er soll helfen. Der Schlitten darf nicht umkippen.
Das wäre am schlimmsten.

Crampas ging zu den Damen. Er lachte und erzählte von seinem
Auftrag. Dann setzt er sich auf den kleinen Sitz. Er sagt zu Kruse:
„Los, Kruse."

Kruse zog die Pferde zurück. Er wollte schnell anfahren
und durchkommen. Aber die Pferde, sanken im Sand ein.
Sie kamen nur schwer wieder heraus.

„Es geht nicht", sagte Crampas. Kruse nickte.

Die Kutschen kamen an. Sidonie sagte zu Effi kurz Danke und
setzte sich in die Kutsche zu ihrem Vater. Dann fuhren sie los.
Die Pferde sanken im Boden ein. Aber die Räder kamen gut durch.
Bald waren die Kutschen auf der anderen Seite. Effi war ein bisschen
neidisch. Aber nicht lange. Denn für die Schlitten gab es auch eine
Lösung. Innstetten entschied sich für einen Umweg. Das hatte Sidonie

auch schon vorgeschlagen. Alle sollten dem Landrat durch die Dünen folgen. Da ging der Major zu Effi. Er sagte: „Ich kann Sie nicht allein lassen, gnädige Frau."

Effi wusste erst nicht, was sie tun soll. Dann setzte sie sich schnell auf die andere Seite. Crampas setzte sich neben sie. Man kann das falsch verstehen. Aber Crampas kannte Frauen gut. Effi machte eigentlich alles richtig. Aber sie konnte ihm nicht befehlen woanders zu sitzen. Ihr Schlitten fuhr schnell den anderen hinterher. Sie fuhren neben einem Wasser. Auf der anderen Seite war ein dunkler Wald. Effi dachte, sie würden am Rand des Waldes weiterfahren. So waren sie vorher gekommen. Aber Innstetten hatte einen anderen Plan. Hinter einer Brücke nahm er einen anderen Weg. Dieser Weg führte durch den dichten Wald hindurch. Effi hatte Angst. Vorher war es hell und offen. Jetzt waren sie unter dunklen Bäumen. Effi zitterte und hielt ihre Finger fest zusammen. Sie brauchte Halt. Sie hatte viele Gedanken und Bilder im Kopf. Eines der Bilder war eine betende Großmutter aus dem Gedicht „Gottesmauer". Effi betete jetzt auch. Sie betete um Gottes Schutz. Sie sprach das Gebet ein paar Mal. Aber die Worte bewirkten bei ihr nichts. Sie hatte Angst. Aber sie wollte auch nicht weg.

Da hörte sie eine leise Stimme. Die Stimme zitterte: „Effi". Dann nahm Crampas ihre Hand. Er öffnete ihre Finger. Er küsste ihre Hand viele Male. Sie fühlte sich fast ohnmächtig.

Sie öffnete wieder die Augen. Sie waren aus dem Wald heraus. Sie hörte das Läuten der Schlitten vor ihnen. Das Läuten wurde lauter. In der Stadt sah sie die kleinen Häuser mit Schnee auf den Dächern.

Effi schaute sich um. Im nächsten Moment hielt der Schlitten vor einem Haus an.

Kapitel 20

Innstetten hatte Effi aus dem Schlitten geholfen. Er hatte die beiden
in der Kutsche gesehen. Er hat aber erst einmal nichts gesagt.
Am nächsten Morgen stand er früh auf. Er war schlecht gelaunt.
Er wollte sich besser fühlen.

„Hast du gut geschlafen?", fragte er Effi beim Frühstück.

„Ja."

„Das ist gut für dich. Ich habe nicht gut geschlafen. Ich träumte von
dir und einem Unfall mit dem Schlitten. Crampas wollte dich retten.
Aber er versank mit dir."

„Du sagst das alles so komisch, Geert. Du willst mir Vorwürfe machen.
Ich weiß auch warum."

„Das ist seltsam."

„Du wolltest keine Hilfe von Crampas für uns?"

„Für uns?"

„Klar. Sidonie und mir. Crampas kam in deinem Auftrag.
Das hast du wohl vergessen. Er saß mir gegenüber. Ich konnte ihn ja
nicht einfach wegschicken. Die Grasenabbs kamen und wir fuhren
weiter. Ich hätte dumm ausgesehen. Und du magst mich nicht dumm
aussehend. Denk dran, wir sind oft zusammen geritten. Du hast es so
gewollt. Jetzt soll ich nicht mit ihm fahren? Bei uns zu Hause sagen sie:
Man kann einem Adligen immer vertrauen."

„Ja, einem Adligen", sagte Innstetten betont.

„Ist er keiner? Du hast ihn einen Kavalier genannt.
Sogar einen perfekten Kavalier."

„Ja", sagte Innstetten. Er klang netter. Aber immer noch ein
bisschen spöttisch. „Kavalier ist er. Ein perfekter Kavalier ist er sicher.
Aber ein Adliger? Meine liebe Effi, ein Adliger ist anders.
Hast du was Edles an ihm gesehen? Ich nicht."

Effi schaute weg und sagte nichts.

„Anscheinend sind wir jetzt einer Meinung. Na gut. Ich bin selber schuld.
Ich werde es nicht noch einmal tun. Du musst auch aufpassen.
Er denkt nur an sich selbst und hat seine Meinung über junge Frauen.
Ich kenne ihn schon lange."

„Ich werde auf deine Worte achten.
Aber vielleicht verstehst du ihn falsch."

„Ich verstehe ihn richtig."

„Oder du verstehst mich nicht."
Sie hatte kaum Kraft und schaute ihm trotzdem in die Augen.

„Du bist eine nette junge Frau. Aber manchmal bist du nicht so stark."

Er stand auf, um zu gehen. Friedrich kam herein. Er brachte einen Brief
von Gieshübler für Effi. Sie nahm den Brief. „Ein geheimer Brief von
Gieshübler", sagte sie. „Wird mein Mann jetzt wieder eifersüchtig?"

„Nein, natürlich nicht", sagte er. „Ich sehe einen Unterschied zwischen

Crampas und Gieshübler. Man misst Gold in Karat. Manchmal macht
man das auch bei Menschen. Die beiden haben unterschiedliche Karat.
Gieshüblers weiße Halskrause ist altmodisch und sieht komisch aus.
Aber ich mag das noch mehr als Crampas' roten Bart.
Aber vielleicht sehen Frauen das anders."

„Du denkst, wir Frauen sind schwächer.
Aber in Wirklichkeit sind wir das nicht."

„Wenn du meinst. Lies' lieber vor."

Effi las vor: „Darf ich fragen, wie es der Frau geht? Ich weiß, Sie sind
sicher aus dem Schloon gekommen. Aber im Wald war es immer noch
gefährlich. Doktor Hannemann sagt, Mirambo geht es wieder besser.
Gestern war es noch schlimmer. Die Fahrt war schön. In drei Tagen ist
Silvester. Wir können nicht so feiern wie letztes Jahr. Aber wir machen
einen Ball. Ich würde mich freuen, Sie zu sehen. Ihr Alonzo G."

Effi lacht. „Was sagst du dazu?"

„Ich hab' dich lieber mit Gieshübler als mit Crampas."

„Weil du Crampas zu ernst und Gieshübler zu leicht nimmst."

Innstetten droht ihr zum Spaß mit dem Zeigefinger.

Dann kam drei Tage später Silvester. Effi kam in einem schönen Kleid
zum Ball. Das Kleid war ein Weihnachtsgeschenk. Sie tanzte nicht.
Sie setzte sich zu den älteren Damen. Die Stühle für die Damen standen
nahe der Musik. Die befreundeten adligen Familien waren dieses Mal
nicht da. Denn es gab Streit mit wichtigen Leuten der Stadt.
Vor allem Güldenklee. Der soll nicht gespart haben. Dafür waren drei

oder vier andere adlige Familien da. Sie waren über das Eis des Flusses Kessine gekommen. Sie freuten sich, beim Fest dabei zu sein.
Effi saß zwischen der älteren Frau von Padden und der etwas jüngeren Frau von Titzewitz.

Frau von Padden war eine besondere Person. Sie hatte extreme Wangenknochen. Diese sahen aus wie bei dem Volk der Wenden. Das waren Heiden. Aber sie war Christin. Sie wollte von ihrer wendischen Seite ablenken. Sie war sehr streng. Dagegen war Sidonie von Grasenabb witzig. Sie war anders witzig. Das kam aus ihrer Familie. Alle mochten diesen Humor. Sogar Gegner von ihr.

Die ältere Frau fragte Effi: „Wie geht es dir?"

Sie antwortete: „Gut. Ich habe einen tollen Mann."

Die ältere Frau sagte: „Das ist nicht immer genug.
Ich hatte auch einen tollen Mann. Hast du Probleme?"

Effi erschrak. Aber sie war auch gerührt. Das Gespräch machte ihr Spaß. Die Frau war so normal. Und gläubig. Das machte es noch schöner.

Effi sagte: „Ach, es ist manchmal schwer."

Die ältere Frau antwortete: „Da kommt es schon. Ich kenne das. Immer dasselbe. Darin ändern die Zeiten nichts. Aber man muss kämpfen. Bis es weh tut. Dann freuen sich die Engel."

Effi sagte: „Es ist oft sehr schwer."

Die ältere Frau sagte: „Je schwerer, desto besser. Sie sollten sich freuen. Man wird immer verliebt bleiben und Lust haben. Deshalb habe ich

Enkel. Ich sehe sie jeden Tag. Aber stark im Glauben bleiben ist wichtiger.
Das hat Martin Luther uns gezeigt. Er war ein Mann von Gott.
Kennen Sie seine Gespräche beim Essen?"

„Nein, liebe Frau."

„Ich werde sie Ihnen schicken."

In diesem Moment kam Major Crampas zu Effi. Er wollte wissen,
wie es ihr geht. Effi wurde ganz rot. Sie konnte erstmal nicht antworten.
Deshalb fragte Crampas: „Darf ich die anderen Damen kennenlernen?"

Effi sagte den Namen von Crampas. Er kannte schon alle Leute dort.
Er sprach locker über viele bekannte Leute. Er entschuldigte sich bei
den Leuten; er hatte die Leute auf der anderen Seite des Flusses noch
nicht besucht. Er sagte: „Wasser trennt Leute." Es ist wie mit dem Kanal
zwischen England und Frankreich.

„Wie?", fragte die alte Frau Titzewitz.

Crampas wollte es nicht erklären. Sie hätte es nicht verstanden.
Er sagte weiter: „Zwanzig Deutsche reisen nach Frankreich.
Aber keiner nach England. Das liegt gegenüber am Wasser.
Das meine ich. Wasser trennt Menschen."

Frau von Padden merkte etwas. Crampas wollte irgendwie einen
schmutzigen Witz machen. Sie sagte, trennendes Wasser wäre vielleicht
besser für ihn. Crampas redete aber immer mehr. Er lenkte die
Aufmerksamkeit auf das schöne adelige Fräulein Stojentin. Er sagte:
Die ist sicher die Königin des Balls. Dabei schaute er Effi bewundernd
an. Dann verabschiedete er sich schnell mit einer Verbeugung. „Schöner
Mann", sagte Frau von Padden. „Kommt er zu Ihnen nach Hause?"

„Ab und zu.“

„Wirklich“, sagte Frau von Padden, „ein schöner Mann. Aber ein
bisschen zu selbstsicher. Und wer zu selbstsicher ist, kann hinfallen.
Aber schauen Sie! Jetzt tanzt er tatsächlich mit Grete Stojentin.
Er ist eigentlich zu alt dafür. Mindestens 45.“

„Er wird 44.“

„Oh. Sie kennen ihn aber gut.“

Das neue Jahr begann gleich spannend. Darüber war Effi froh.
Seit Silvester wehte ein starker Nordostwind. Er wurde in den nächsten
Tagen fast zum Sturm. Am 3. Januar hörte man nachmittags von einem
Schiff. Es kam nicht mehr in den Hafen. Es war hundert Schritte vor
der Mole gescheitert. Das Schiff kam aus England, aus Sunderland.
Sieben Leute waren an Bord. Die Lotsen konnten nicht um die Mole
herumfahren. Ein Boot vom Strand ins Wasser lassen ging auch nicht.
Die Wellen waren viel zu hoch.

Das klang sehr traurig. Aber Johanna hatte auch gute Nachrichten.
Konsul Eschrich war schon unterwegs. Er hatte einen Rettungsapparat
und Raketen dabei. Es würde sicher klappen. Die Entfernung war nicht
so weit wie im Jahr 1875. Damals hatten sie es auch geschafft. Sie hatten
sogar einen Hund gerettet. Das war sehr bewegend. Der Hund hatte
sich gefreut. Er hatte die Frau vom Kapitän und ein kleines Kind
abgeschleckt.

„Geert, ich muss da hin“, sagte Effi sofort. „Das muss ich sehen.“
Sie gingen los. Sie kamen genau richtig an. Am Strand wurde gerade
der erste Schuss abgefeuert. Sie sahen die Rakete mit einem Seil durch
die Luft fliegen. Das Seil flog über das Schiff und fiel auf die andere

Seite. Die Leute auf dem Schiff zogen das Seil und einen Korb
heran. Bald kam der Korb zurück an Land. Ein Matrose war drin.
Er war schlank und sah gut aus. Er trug eine Kappe aus Wachstuch.
Er war gerettet und am Land. Die Leute fragten ihn neugierig aus.
Der Korb wurde wieder losgeschickt. Er holte den zweiten und dann
den dritten Mann und so weiter. Alle Menschen wurden gerettet.
Effi wollte weinen. Sie fühlte sich glücklich.

Das war am dritten Tag passiert. Zwei Tage später war Effi aufgeregt.
Es war aber eine andere Art von Aufregung. Ihr Mann Innstetten hatte
mit Herrn Gieshübler gesprochen. Herr Gieshübler war im Stadtrat.
Sie sprachen über eine Frage vom Kriegsministerium. Sie wollten der
Stadt Soldaten geben. Die Stadt könnte zwei Gruppen von Husaren
bekommen. Innstetten fragte Effi: „Was denkst du darüber?"
Effi konnte nichts sagen. Sie erinnerte sich an die Husaren von zuhause.
Sie dachte an ihre Kindheit. Sie fühlte sich wohl. Soldaten beschützen
unschuldige Menschen. Sie sagte immer noch nichts.

Innstetten sagte: „Du sagst nichts, Effi."

Effi antwortete: „Es ist seltsam, Geert. Aber ich bin so glücklich.
Deshalb kann ich nichts sagen. Wird es wirklich passieren?
Werden die Soldaten kommen?"

Innstetten sagte: „Das ist noch nicht sicher. Herr Gieshübler findet es
überflüssig. Manche Leute wollen nicht glücklich sein. Sie hatten viel
dagegen. Sie wollten nicht für neue Gebäude bezahlen. Ein geiziger Mann
namens Michelsen sagte sogar: ‚Das ist schlecht für die Stadt.
Die Soldaten werden die Mädchen jagen. Man muss dann Gitter vor
die Fenster machen.'"

„Das kann ich nicht glauben. Unsere Husaren zuhause sind sehr höflich,

Geert. Du weißt das. Und jetzt will Michelsen alles mit Gittern sichern. Hat er Töchter?"

„Ja, drei. Aber sie sind nicht zu haben."

Effi musste lachen. Aber das Lachen hielt nicht lange an. Innstetten ging und sie war wieder allein. Sie setzte sich neben das Bett ihres Kindes. Jetzt weinte sie. Ihre Tränen fielen auf die Kissen. Sie fühlte sich gefangen und konnte nicht entkommen.
Effi litt sehr und wollte frei sein. Aber sie war nicht stark genug. Ihre guten Gedanken gingen schnell weg. So machte sie weiter. Heute konnte sie es nicht ändern. Morgen wollte sie es nicht ändern. Verbotene und geheime Dinge hatten Macht über sie.

Sie lebte sich immer mehr in ein geheimes Schauspiel ein. Sie war von Natur aus frei. Manchmal erschrak sie. Denn es fiel ihr so leicht. Aber sie sah immer alles klar. Eines Abends stand sie vor ihrem Spiegel. Lichter und Schatten bewegten sich. Draußen bellte Rollo. Sie hatte das Gefühl, jemand schaue ihr über die Schulter. Aber sie beruhigte sich schnell. „Ich weiß, was es ist", sagte sie. „Es ist nicht der Geist aus dem oberen Zimmer. Es ist etwas anderes. Mein schlechtes Gewissen. Effi, du bist verloren."

Es ging weiter so. Die Tage vergingen. Mitte des Monats kamen Einladungen aufs Land. Vier Familien hatten eine Reihenfolge ausgemacht. Die Borckes fingen an. Dann kamen die Flemmings und Grasenabbs. Die Güldenklees waren zuletzt dran. Zwischen jeder Woche war eine Pause. Alle vier Einladungen kamen am gleichen Tag. Sie sollten ordentlich und gut überlegt wirken. Sie sollten auch Freundschaft zeigen.

„Ich werde nicht dabei sein, Geert", sagte sie zu ihrem Mann.

„Du musst mich entschuldigen. Wegen meiner Kur.“

Innstetten lachte. „Deine Kur. Du willst in Wirklichkeit nicht mitkommen.“

„Nein. Ich bin ehrlich. Ich habe den Doktor gefragt. Er findet mich zu krank. Ich trinke dagegen Eisenwasser. Aber das Essen dort ist schlecht für mich. Du willst mich ja nicht sterben lassen.“

„Ich bitte dich, Effi …“

„Ich kann dich ja ein Stück begleiten. Bis zur Mühle oder zum Friedhof oder zur Waldecke. Dann gehe ich zurück. In den Dünen ist es schön.“

Innstetten sagte ja. Drei Tage später fuhren sie los. Effi fuhr mit bis zur Waldecke. „Hier halte an, Geert. Du fährst links. Ich gehe rechts zum Strand. Dann durch die Plantage zurück. Es ist weit. Aber nicht zu weit. Der Doktor sagt, Bewegung ist wichtig. Frische Luft auch.
Ich glaube, er hat recht. Bitte sage allen Leuten Hallo von mir.
Nur zu Sidonie musst du nichts sagen.“

Effi ging sonst jede Woche mit ihrem Mann bis zum Waldrand.
Manchmal las ihr Mann Zeitung. Dann ging sie alleine spazieren.
Das Wetter war jetzt besser. Sie sagte zu Roswitha: „Ich gehe jetzt los.
Ich gehe die Straße runter und dann rechts zum Platz mit dem Karussell.
Dort warte ich auf dich. Dann gehen wir zusammen zurück.
Aber nur wenn Annie schläft. Sonst schicke Johanna. Oder keiner kommt.
Ich finde den Weg auch alleine.“

Am ersten Tag trafen sich Effi und Roswitha wirklich. Effi saß auf einer Bank und schaute zu einem kleinen Haus. Es war gelb und hatte schwarze Balken. Dort tranken Leute Bier und spielten Karten.

Es war fast dunkel. Die Fenster waren hell. Das Licht fiel auf den Schnee
und die Bäume. Effi sagte zu Roswitha: „Schau! Das sieht schön aus.“

Einige Tage ging das so. Roswitha kam zum Karussell und Schuppen.
Aber oft war niemand da. Effi war dann schon im Haus. Sie sagte dann:
„Wo bleibst du, Roswitha? Ich bin schon lange hier.“

So ging es viele Wochen. Die Sache mit den Husaren ging nicht weiter.
Die Bürger hatten Probleme gemacht. Aber die Gespräche waren noch
nicht ganz vorbei. Andere Leute kümmerten sich jetzt darum.
Crampas musste nach Stettin. Dort wollte man seine Meinung hören.

Er schrieb an Innstetten:
„Entschuldigung. Ich habe mich nicht verabschiedet. Ich versuche,
die Sache zu verlängern. Dann kann ich länger wegbleiben.
Das ist schön. Schönen Gruß an Ihre Frau.“

Innstetten las das Effi vor. Sie blieb ruhig.
Dann sagte sie: „Es ist gut so.“

„Wie meinst du das?“, fragte Innstetten.

„Gut, dass er weg ist. Er erzählt immer das Gleiche.
Danach hat er vielleicht was Neues zu erzählen.“

Innstetten schaute Effi an. Vielleicht würde sie lügen. Aber er beruhigte
sich wieder. Dann sagte er: „Ich will auch weg. Ich will nach Berlin.
Vielleicht bringe ich dann auch Neuigkeiten mit. Meine liebe Effi mag
immer gern Neues hören. Sie findet es langweilig bei uns in Kessin.
Ich werde etwa acht Tage weg sein. Vielleicht einen Tag mehr.
Und hab‘ keine Angst. Es wird nichts passieren. Du weißt schon.
Sonst hast du ja Rollo und Roswitha.“

Effi lächelte. Aber nicht wegen ihm. Sie hatte wieder ein Gefühl wie
Heimweh. Crampas hatte ihr gesagt: Innstetten macht den Spuk selbst.
Und er sei wie ein Lehrer. Daran musste sie wieder denken.
Aber hatte er nicht recht? War es alles mit ihm nur Theater
und gar nicht echt? Viele Gedanken gingen ihr durch den Kopf.
Einige waren gut, andere schlecht.

Am dritten Tag fuhr Innstetten weg. Er hatte gar nicht gesagt,
was er in Berlin machen will.

Kapitel 21

Innstetten war erst vier Tage weg. Da kam Crampas schon aus Stettin zurück. Er brachte Neuigkeiten: ‚Die Stadt Kessin soll keine Husaren bekommen. Viele kleine Städte wollen Soldaten haben. Besonders die tapferen Husaren von Blücher. Vielleicht will die Stadt immer noch Husaren. Dann muss sie sich beeilen.‘

Dem Magistrat war das peinlich. Aber Gieshübler freute sich. Seine Kollegen hatten verloren. Das freute ihn. Die einfachen Leute waren erst traurig darüber. Auch einige Konsuls mit Töchtern waren kurz unglücklich. Aber alle vergaßen es schnell. Sie wollten lieber etwas über Innstetten in Berlin erfahren. Die wichtigen Leute in der Stadt wollten Innstetten nicht verlieren. Aber es gab viele Gerüchte. Gieshübler verbreitete sie vielleicht. Manche sagten: Innstetten sollte mit Geschenken nach Marokko gehen. Darunter war eine große Eismaschine. Das klang wegen der Hitze in Marokko logisch. Deshalb glaubten die Leute das.

Effi hörte auch davon. Früher hätte sie darüber gelacht. Aber seit Ende des Jahres fühlte sie sich anders. Sie konnte nicht mehr unbekümmert über solche Sachen lachen.

Ihr Gesicht sah jetzt anders aus. Wie eine erwachsene Frau. Sie ging wieder spazieren. Sogar wenn das Wetter schlecht war. Roswitha sollte ihr entgegenkommen. Aber sie trafen sich oft nicht. Effi sagte: „Roswitha, du findest mich nie. Aber ich habe keine Angst mehr. Auch nicht beim Friedhof. Im Wald habe ich niemanden getroffen.“

Effi sagte das am Tag vor Innstettens Rückkehr. Roswitha hängte lieber Girlanden auf. Auch der ausgestopfte Haifisch bekam einen Zweig ins

Maul. Effi sagte: „Das wird Innstetten lustig finden. Soll ich heute noch
rausgehen? Ich soll viel spazieren. Dann geht es mir besser.
Sagt der Doktor. Aber ich will heute nicht.
Es regnet leicht und der Himmel ist grau.“

„Ich bringe Ihnen den Regenmantel“, sagte Roswitha.

„Ja, mach das! Komm‘ heute nicht nach. Wir treffen uns sowieso nicht.“
Sie lachte. „Du bist echt nicht schlau, Roswitha. Ich will nicht,
dass du krank wirst. Es hat keinen Sinn“.

Roswitha blieb zu Hause. Annie schlief. Sie ging zu Frau Kruse zum
Reden. „Liebe Frau Kruse“, sagte sie, „erzählen Sie mir von dem
Chinesen. Gestern kam Johanna. Da kann man nicht so reden.
Aber vielleicht ist etwas passiert. Mit dem Chinesen und Thomsens
Nichte oder Enkelin.“

Frau Kruse nickte.

Roswitha sagte: „Es war entweder eine traurige Liebe oder eine
schöne Liebe. Der Chinese konnte das Ende nicht ertragen.
Chinesen sind genau solche Menschen wie wir.“

„Ja“, sagte Frau Kruse. Sie wollte ihre Geschichte erzählen. Dann kam ihr
Mann. „Gib‘ mir die Flasche mit Lack. Ich muss das Leder putzen.
Der Herr kommt morgen. Er merkt alles.“

„Ich bringe es raus, Kruse“, sagte Roswitha. „Deine Frau möchte
mir noch etwas sagen. Aber sie ist bald fertig. Dann komme ich
und bringe es.“

Roswitha kam mit einer Flasche Lack nach draußen. Sie stand neben dem

Zaun. Kruse nahm ihr die Flasche ab. „Es regnet leicht", sagte er.
„Der Lack wird wieder weggehen. Aber alles muss ordentlich sein."

„Ja, das muss es", sagte Roswitha. „Und der Lack ist gut. Er trocknet
schnell. Morgen wird es vielleicht nass. Aber das macht nichts.
Die Geschichte mit dem Chinesen ist seltsam."

Kruse lachte. „Das ist Quatsch, Roswitha. Meine Frau ist merkwürdig.
Manchmal fehlt an meinem frischen Hemd ein Knopf. Sie erzählt gerne
komische Sachen. Sie denkt sonst nur an das schwarze Huhn.
Aber das Huhn legt ja nicht mal Eier. Ein Huhn kann nicht von Krähen
Eier legen."

„Das finde ich gemein. Ihr Männer seid immer so. Ich werde das
deiner Frau erzählen. Ich sollte noch den Pinsel nehmen und dir
einen schwarzen Schnurrbart anmalen", sagte Roswitha.

„Sie dürfen das", sagte Kruse. Er wollte lustig sein. Aber dann sah er Effi.
Sie kam von der anderen Seite des Gartens.

Sie sagte: „Guten Tag, Roswitha. Du bist ja heute so fröhlich.
Wie geht es Annie?"

„Sie schläft, gnädige Frau."

Roswitha wurde rot und ging schnell ins Haus. Sie wollte Effi helfen,
sich umzuziehen. Es war wichtig, ob Johanna da war. Johanna war oft
im Büro. Zu Hause gab es nicht viel zu tun. Friedrich und Christel waren
langweilig und wussten nichts.

Annie schlief noch. Effi schaute ins Babybett. Dann zog sie ihren Hut
und Mantel aus. Sie setzte sich auf das Sofa in ihrem Schlafzimmer.

Sie kämmte ihr nasses Haar. Sie legte die Füße hoch. Roswitha hatte einen
Stuhl gebracht. Sie sagte: „Du weißt, Roswitha: Kruse ist verheiratet."

„Ich weiß, liebe Frau."

„Man weiß oft was und will es doch nicht wissen. Da wird nichts draus."

„Es soll auch nichts werden, liebe Frau."

„Seine Frau ist auch nicht krank. Da liegst du falsch. Kranke Menschen
leben oft lange. Und sie hat das schwarze Huhn. Pass auf das Huhn auf.
Es weiß alles und erzählt alles. Ich mag das nicht. Vielleicht macht sie nur
das Huhn verrückt."

„Das glaube ich nicht. Aber es ist schlimm. Und Kruse ist immer gegen
seine Frau. Er kann mich nicht überzeugen."

„Was hat er gesagt?"

„Er sagte, es sind nur Mäuse."

„Mäuse sind auch schlimm. Ich mag keine Mäuse. Aber du hast
sehr nett und lustig mit Kruse geredet. Das habe ich gesehen.
Du wolltest ihm sogar einen Schnurrbart malen. Das ist schon viel.
Und dann sitzt du hier. Du siehst gut aus und hast Ausstrahlung.
Aber pass auf! Wie war eigentlich das erste Mal Liebe machen für dich?
Kannst du mir das erzählen?"

„Ich kann schon darüber reden. Aber es war schlimm. Sehr schlimm.
Jetzt bin ich vorsichtig. Aber manchmal träume ich noch davon.
Dann fühle ich mich am nächsten Tag ganz schlecht."

Effi setzte sich auf und stützte ihren Kopf auf den Arm. „Das kannst
du mir ruhig erzählen. Es ist doch eigentlich immer das Gleiche."

„Ja, am Anfang ist es oft gleich. Bei mir war es wahrscheinlich auch nicht
besonders. Aber Meine Eltern haben es gemerkt. Das war dann schlimm.
Meine Mutter war nicht so böse. Aber mein Vater war streng und wütend.
Er wollte mich mit einer heißen Stange schlagen.
Ich schrie und rannte weg. Ich versteckte mich und zitterte.
Ich kam erst wieder runter, als sie mich riefen. Ich habe auch eine
jüngere Schwester. Sie zeigte auf mich und sagte ‚Pfui'. Dann kam fast das
Baby. Ich versteckte mich deshalb in einer Scheune. Fremde Leute fanden
mich halb tot. Sie brachten mich nach Hause ins Bett. Drei Tage später
nahmen sie mein Kind weg. Ich fragte, wo es ist. Sie sagten, es geht ihm
gut. Ich habe es nie wiedergesehen. Gott soll Sie vor solchem Leid
bewahren."

Effi erschrak und sah Roswitha mit großen Augen an. „Was redest du da?
Ich bin verheiratet. Du darfst so etwas nicht sagen. Das passt nicht."

„Ach, gnädige Frau ..."

„Erzähl mir lieber, was mit dir passiert ist. Dein Kind war weg.
Das hast du erzählt."

„Dann kam jemand aus Erfurt. Er fragte beim Dorfvorsteher nach
einer Amme. Der Dorfvorsteher sagte ‚ja'. Gott soll es ihm danken.
Der Herr nahm mich mit. Danach ging es mir besser. Auch bei der
alten Frau war es gut. Aber bei Ihnen zu sein ist das Beste."

Sie ging sie zum Sofa und küsste Effis Hand.

„Roswitha, du sollst mir nicht die Hand küssen. Ich mag das nicht.

Und sei vorsichtig mit Kruse. Du bist sonst so klug. Mit einem Ehemann
rummachen ... das ist nie gut."

„Gott und die Heiligen lenken unser Leben. Unglück kann
auch Glück bringen. Sonst kann man jemand nicht helfen.
Ich mag Männer eigentlich."

„Siehst du, Roswitha?"

„Aber wenn ich mich wieder so fühle wegen Kruse, wenn ich nicht
anders kann: Ich würde ertrinken. Das eine Mal war zu schrecklich.
Alles. Und was ist mit dem armen Kind passiert? Wahrscheinlich lebt
es nicht mehr. Sie haben es sterben lassen. Und ich bin schuld."
Sie legte sich vor das Kinderbett und wiegte das Kind. Sie sang
immer ihr Lied „Buhküken von Halberstadt".

„Hör auf zu singen", sagte Effi. „Ich habe Kopfschmerzen.
Aber bring' mir die Zeitungen. Oder hat Gieshübler die Zeitschriften
geschickt?"

„Er hat sie geschickt. Die Modezeitung war ganz oben.
Johanna und ich haben sie schon angeschaut. Johanna ist immer sauer.
Weil sie selbst solche schicken Sachen nicht kaufen kann.
Soll ich die Modezeitung holen?"

„Ja, hol' sie und bring auch die Lampe."

Roswitha ging weg. Effi war allein und sagte: „Womit man sich so
alles ablenkt? Eine schicke Dame mit einem Muff und eine mit einem
Halbschleier: alles nur Modepuppen. Aber es hilft, an andere Dinge
zu denken."

Gestern Vormittag bekam Effi ein Telegramm. Ihr Mann Innstetten kommt später. Er wird erst am Abend in Kessin sein. Effi war den ganzen Tag nervös. Zum Glück kam ihr Freund Gieshübler am Nachmittag. Er blieb eine Stunde. Um sieben Uhr kam Innstetten mit dem Wagen an. Effi ging raus und sie begrüßten sich. Innstetten war aufgeregt. Effi war auch nervös. Aber das merkte er nicht.

Im Haus waren überall Lichter an. Auf einem Tisch stand Tee bereit. Es sah aus wie bei ihrem Einzug in das Haus. Innstetten erinnerte sich daran. Effi nickte nur.

Innstetten sprach über ihren Hund Rollo. Rollo war ruhig und legte ihm nicht die Pfoten auf die Schulter. Für Rollo war er vielleicht ein Fremder.

Sie gingen ins Zimmer. Innstetten setzte sich auf das Sofa. Effi sollte sich neben ihn setzen. Er sagte: Es war schön in Berlin. Aber er hat sich immer nach Hause gesehnt. Effi sah ein bisschen blass aus. Aber das fand er gut.

Da wurde Effi rot.

„Jetzt wirst du rot. Eben sahst du aus wie ein Kind. Jetzt siehst du aus wie eine Frau.“

„Das freut mich, Geert. Aber das sagst du nur so.“

„Nein, nein, es ist gut, wenn es gut ist.“

„Ich denke auch.“

„Rate mal, wer dich grüßt.“

„Das ist einfach, Geert. Wir Frauen raten gut.
Wir sind nicht so langsam wie ihr Männer.“

„Von wem also?“

„Von Vetter Briest natürlich. Er ist der einzige, den ich in Berlin kenne.
Die Tanten zähle ich nicht. Du hast sie nicht besucht. Sie sind zu
neidisch. Sie schicken keine Grüße. Findest du nicht auch?“

„Ja, Effi, das stimmt. Das ist typisch für dich.
Die Effi als Kind mochte ich. Aber auch wie die jetzige Frau Effi.“

„Meinst du? Und wenn du wählen müsstest...“

„Das ist eine schwierige Frage. Darauf antworte ich nicht.“ Da kam
Friedrich mit dem Tee. „Ich habe mich so auf diese Stunde gefreut!
Ich habe sogar mit deinem Cousin Briest darüber gesprochen.
Wir saßen bei Dressel und tranken Champagner auf dein Wohl.
Das wird in deinen Ohren klingeln. Weißt du, was dein Cousin sagte?“

„Sicher etwas Dummes. Darin ist er gut.“

„Das ist aber überhaupt nicht nett. Er hat gesagt: ‚Lasst Effi leben,
meine schöne Cousine. Wissen Sie, ich würde Sie am liebsten
herausfordern und erschießen. Denn Effi ist ein Engel. Und Sie
haben mir diesen Engel weggenommen.‘ Und er sah dabei ernst
und traurig aus. Man konnte es fast glauben.“

„Oh, ich kenne das. Wart ihr da betrunken?“

„Ich erinnere mich nicht mehr. Aber er meinte es sehr ernst. Vielleicht
wäre es ja auch besser gewesen. Hättest du mit ihm leben können?“

„Leben können. Das ist nicht genug, Geert.
Aber nein, ich hätte nicht mit ihm leben können.“

„Warum nicht? Er ist wirklich ein netter und kluger Mensch.“

„Ja, das ist er.“

„Aber?“
„Aber er ist albern. Und das mögen wir Frauen nicht. Auch nicht als
junge Mädchen. Du hast mich auch immer für ein Mädchen gehalten.
Vielleicht tust du das auch jetzt noch. Jedenfalls können Frauen keine
albernen Männer brauchen.“

„Gut, dass du das sagst. Man muss sich zusammenreißen.
In Zukunft vielleicht noch mehr. Denn: Wie stellst du dir eine
Regierung vor?“

„Eine Regierung? Das kann zweierlei sein. Es können kluge
Leute sein, die das Land führen. Oder es ist einfach ein Gebäude.
Wie der Palast auf unserer Reise nach Italien.“

„Und würdest du in so einem Gebäude wohnen wollen?
Ich meine in so einem Palast?“

„Um Himmels willen, Geert! Bist du jetzt ein Minister?
Jemand hat das gesagt. Und der Fürst kann alles dafür tun, wenn er will.
Vielleicht hat er es getan, und ich bin erst 18 Jahre alt.“

Innstetten lachte. „Nein, Effi, ich bin kein Minister.
Aber vielleicht entdecke ich noch mehr Talente in mir.
Dann könnte es möglich werden.“

„Also jetzt bin ich noch nicht Frau Minister?“

„Nein. Wir werden auch nicht in einem Ministerium wohnen.
Aber ich werde jeden Tag dorthin gehen. Ich arbeite dort so wie jetzt
im Landratsamt. Ich werde viel mit dem Minister reden und mit ihm
reisen. Er schaut nach den Behörden der Provinz. Du wirst in Berlin
leben und eine Ministerialrätin sein. Nach einem halben Jahr wirst
du Kessin fast vergessen haben. Hier hattest du nur Gieshübler,
die Dünen und die Plantage.“

Effi sagte nichts. Ihre Augen wurden immer größer. Um ihren Mund
zuckte es nervös. Ihr ganzer Körper zitterte. Plötzlich rutschte sie von
ihrem Sitz herunter. Sie umklammerte Innstettens Knie und sagte:
„Gott sei Dank!“

Innstetten hatte plötzlich eine andere Gesichtsfarbe. Was war das?
Er kannte dieses Gefühl schon seit Wochen. Es war deutlich in seinen
Augen. Effi erschrak. Sie hatte mehr Schönes gefühlt und mehr gesagt
als erlaubt. Sie musste das wieder gut machen. Sie musste eine Lösung
finden. Egal wie.

„Steh auf, Effi. Was ist los?“

Effi stand schnell auf. Aber sie setzte sich nicht wieder auf das Sofa.
Sie zog einen Stuhl mit hoher Lehne heran. Sie konnte sich ohne Hilfe
nicht halten.

„Was hast du?“, fragte Innstetten noch einmal. „Du warst hier doch
glücklich. Und jetzt sagst du ‚Gott sei Dank‘. Als ob es für dich schlimm
war. War ich schlimm für dich? Oder war es etwas anderes? Sag‘ es mir.“

„Dass du das fragst, Geert“, sagte sie. Sie versuchte nicht zu zittern.

„Glückliche Tage! Ja, es gab glückliche Tage. Aber ich hatte auch Angst.
Die Angst ging nie weg. Vor weniger als zwei Wochen sah ich wieder ein
Gesicht. Es hatte eine blasse Hautfarbe. Und in den letzten Nächten hörte
ich wieder Geräusche. Rollo bellte. Roswitha hörte es auch.
Sie kam zu mir ans Bett und setzte sich hin. Wir schliefen erst am
Morgen in der Dämmerung ein. Dieses Haus ist voller Geister.
Du wolltest, mich an Geister glauben lassen; denn du bist ein Lehrer.
Ja, Geert, das bist du. Aber egal. Ich hatte Angst in diesem Haus.
Ein Jahr lang oder länger. Die Angst wird dann weg sein.
Ich werde wieder frei sein.“

Innstetten hatte Effi die ganze Zeit beobachtet und auf jedes Wort
geachtet. Was meinte sie mit ,Du bist ein Lehrer‘? Und was meinte
sie mit ,Ich sollte an Geister glauben‘? Was bedeutete das alles?
Woher kam das? Sein Verdacht wurde wieder stärker.
Aber man kann sich oft irren. Vielleicht hatte Effi recht.
Sie konnte dann auch ruhig sagen: ,Gott sei Dank‘.

Innstetten dachte schnell über alles nach. Dann überwand er seinen
Verdacht. Er gab Effi die Hand und sagte: „Entschuldige, Effi.
Ich war überrascht. Es ist meine Schuld. Ich denke oft nur an mich.
Wir Männer sind so. Aber das will ich ändern. In Berlin gibt es keine
Geisterhäuser. Wo sollten die auch sein? Lass uns jetzt zu Annie gehen.
Sonst hält mich Roswitha für einen lieblosen Vater.“

Effi wurde ruhiger. Sie hatte eine Gefahr abgewehrt.
Sie fühlte sich erleichtert und schöpfte wieder Mut.

Kapitel 22

Am nächsten Morgen frühstückten beide zusammen. Es war etwas spät.
Innstetten war nicht mehr schlecht gelaunt. Effi fühlte sich frei. Sie war
noch in Kessin. Aber es fühlte sich anders an. Als wäre sie schon weit weg.

„Ich habe nachgedacht, Effi", sagte Innstetten. „Du hast recht mit
unserem Haus. Es war gut genug für Kapitän Thomsen. Aber nicht
für eine junge Frau wie dich. Alles ist altmodisch und klein. In Berlin
sollst du es besser haben. Einen großen Saal. Aber anders als hier.
Und bunte Fenster im Flur und auf der Treppe. Vielleicht mit Kaiser
Wilhelm darauf oder etwas Kirchlichem. Vielleicht die heilige Maria,
für Roswitha."

Effi lachte. „So machen wir es. Aber wer sucht die Wohnung?
Das kann doch nicht Vetter Briest machen. Oder die Tanten!
Die finden alles sofort gut."

„Ja, das Suchen der Wohnung. Das macht keiner gerne.
Da musst du selbst hin."

„Und wann?", fragte Effi.

„Mitte März."

„Oh, das ist viel zu spät, Geert.
Dann sind alle guten Wohnungen schon weg!"

„Ich bin doch erst seit gestern wieder da. Ich kann nicht morgen schon
wieder gehen. Das würde nicht gut sein. Ich bin auch froh, dich wieder
zu sehen."

„Nein", sagte sie und räumte laut das Kaffeezeug weg. Sie war peinlich
berührt. Das sollte aber keiner sehen. „Nicht so schnell. Aber bald.
Ich werde bestimmt bald etwas finden. Dann komme ich direkt zurück.
Roswitha und Annie müssen mitkommen. Am besten kommst du auch
mit. Aber das geht nicht, ich weiß. Wir werden nicht lange getrennt sein.
Ich weiß schon, wo ich wohne."

„Und wo?"

„Das ist mein Geheimnis. Ich möchte dich damit überraschen."

Friedrich brachte Post. Es waren Briefe und Zeitungen. „Ah, ein Brief
für dich", sagte Innstetten. „Das ist die Schrift von deiner Mutter."

Effi nahm den Brief. „Ja, von Mama. Aber das ist nicht der Stempel von
Friesack. Das ist aus Berlin."

„Natürlich", lachte Innstetten. „Du bist überrascht. Aber Mama ist in
Berlin. Sie hat dir aus ihrem Hotel einen Brief geschrieben."

„Ja", sagte Effi, „das wird's sein. Aber ich habe Angst. Hulda hat immer
gesagt: Angst haben ist besser als hoffen. Was denkst du?"

„Hulda ist die Tochter eines Pastors; da sollte sie so was nicht sagen.
Aber jetzt lies den Brief. Hier ist ein Messer zum Öffnen."

Effi öffnete den Brief und las: „Meine liebe Effi. Ich bin seit einem Tag in
Berlin. Ich habe mit Doktor Schweigger gesprochen. Er gratulierte mir.
Ich fragte warum. Dann erfuhr ich: Dein Mann bekommt einen guten Job
im Ministerium. Das muss ich von jemand anderem hören.
Ich bin ein bisschen sauer. Aber ich bin stolz und froh und vergebe
euch. Ich wusste immer: Innstetten wird erfolgreich sein. Das ist gut für

dich. Ihr braucht eine neue Wohnung und Möbel. Wenn du meinen Rat
brauchst: Komm' so schnell wie möglich. Ich mache hier eine Kur für acht
Tage oder vielleicht länger. Doktor Schweigger sagt das nicht genau.
Ich habe eine private Wohnung in der Schadowstraße. Neben meiner
Wohnung gibt es noch freie Zimmer. Über mein Auge sprechen wir
später; jetzt denke ich nur an eure Zukunft. Papa Briest wird sehr
glücklich sein. Es ist ihm scheinbar alles egal. Aber er tut nur so.
Ihm ist es sogar wichtiger als mir. Grüße Innstetten und küsse Annie.
Vielleicht bringst du sie mit. Deine Mutter Luise von B. liebt dich sehr."

Effi legte den Brief weg und sagte nichts. Sie wusste, was sie tun wollte.
Aber sie wollte es nicht selbst sagen. Innstetten sollte es vorschlagen.
Dann würde sie langsam Ja sagen. Innstetten tat genau das.

„Nun, Effi, du bist so ruhig."

„Ach, Geert, alles hat zwei Seiten. Ich freue mich auf Mama.
Vielleicht sehe ich sie sehr bald. Aber es gibt auch Gründe dagegen."

„Was für Gründe?"

„Mama ist sehr entschlossen und will immer ihren Willen durchsetzen.
Bei Papa hat sie das immer geschafft. Aber ich möchte eine richtig
schöne Wohnung, die mir gefällt. Und neue schöne Möbel."

Innstetten lachte. „Ist das alles?"

„Das wäre schon genug. Aber es gibt noch mehr." Effi sah ihn an und
sagte: „Und dann, Geert, ich möchte nicht gleich wieder weg von dir."

„Du Schelm. Du weißt genau: Ich gebe eh nach. Ich glaube dir das.
Ich gebe nach. Und trotzdem will ich stark bleiben. Reise, wenn du es

musst und es für richtig hältst. Lass' dein Herz entscheiden."

„Geert, so darfst du nicht reden. Was meinst du mit ‚Lass' dein Herz
entscheiden'? Ich soll sagen: ‚Geert, ich bleibe hier.' Oder so ähnlich."
Innstetten zeigt mit dem Finger auf Effi. „Du bist kein Kind mehr.
Du bist zu schlau. Aber du bist wie andere Frauen. Aber wir lassen das
jetzt. Oder wie dein Papa immer sagt: ‚Das ist ein zu weites Feld.'
Sag lieber, wann willst du weg?"

„Heute ist Dienstag. Wir fahren Freitag Mittag mit dem Schiff.
Dann bin ich abends in Berlin."

„Einverstanden. Und wann kommst du zurück?"

„Montagabend. Das sind dann drei Tage."

„Das geht nicht. Das ist zu früh. In drei Tagen schaffst du es nicht.
Und deine Mama lässt dich nicht so schnell weg."

„Also fahren wir einfach so."

„Gut." Dann stand Innstetten auf und ging ins Amt.

Die Tage bis zur Abreise vergingen schnell. Roswitha war sehr glücklich:
„Ach, gnädige Frau, Kessin ist ganz gut. Aber es ist nicht Berlin.
Und die Straßenbahn. Alles bimmelt und man weiß nicht wohin.
Manchmal rollt alles über mich hinweg. Nein, so etwas gibt es hier nicht.
Ich glaube, manche Tage sehen wir weniger als sechs Menschen.
Immer nur Dünen und das Meer draußen. Und es rauscht immer."

„Ja, Roswitha, du hast recht. Es rauscht und rauscht und rauscht.
Das ist nicht das wahre Leben. Und man kommt auf dumme Gedanken.

Wie du mit Kruse. Das war nicht klug. Das weißt du."

„Ach, gnädige Frau."

„Ich will nicht weiter fragen. Du wirst es nicht zugeben. Und nimm' genug Sachen mit. Nimm' all' deine Sachen und auch Annies."

„Wir kommen aber doch wieder zurück?"

„Ich schon. Mein Mann möchte das. Aber ihr könnt vielleicht bei meiner Mutter bleiben. Pass' auf, dass sie Annie nicht zu sehr verwöhnt. Sie war manchmal streng zu mir. Aber mit einem Enkelkind ist es anders."

„Annie ist ja auch so süß. Jeder muss sie liebhaben."

Das war am Donnerstag vor der Abreise. Innstetten war weggefahren und kam abends zurück. Nachmittags ging Effi in die Stadt zum Marktplatz. Sie ging in die Apotheke Gieshübler und wollte eine Flasche Riechsalz. „Man weiß nie, wer mit einem reist", sagte sie zu seinem alten Helfer. Sie redeten oft und er mochte sie sehr.

„Ist der Doktor da?", fragte sie.

„Ja, gnädige Frau. Er ist nebenan und liest Zeitung."

„Störe ich ihn nicht?"

„Nein, nie."

Effi ging hinein. Es war ein kleiner hoher Raum. Überall waren Regale. Auf den Regalen standen Flaschen und Gläser. An einer Wand waren

Kästen. Die Kästen hatten Buchstaben und einen Ring. In den Kästen
waren Rezepte. Gieshübler war sehr froh und ein bisschen nervös.
„Was für eine Ehre. Hier bei meinen Gläsern. Darf ich Sie bitten,
sich kurz zu setzen?"

„Sicher, lieber Gieshübler. Aber wirklich nur kurz.
Ich möchte Ihnen auf Wiedersehen sagen."

„Aber Sie kommen doch nach ein paar Tagen zurück."

„Ja, lieber Freund, ich soll zurückkommen. Ich soll in einer
Woche wieder hier sein. Aber vielleicht komme ich ja nicht zurück.
Es kann so viel passieren. Sie denken, ich bin zu jung. Aber auch junge
Menschen können sterben. Deshalb sage ich lieber Auf Wiedersehen,
als ob es für immer wäre."

„Aber ..."

„Als ob es für immer wäre. Und ich möchte Ihnen danken,
lieber Gieshübler. Denn Sie waren das Beste hier. Weil Sie der Beste sind.
In hundert Jahren werde ich Sie nicht vergessen. Manchmal habe ich
mich hier allein gefühlt. Manchmal war mir sehr schwer ums Herz.
Ich habe nicht immer alles richtig gemacht. Aber mit Ihnen ging es
mir besser."

„Aber gnädigste Frau ..."

„Dafür möchte ich Ihnen danken. Ich habe ein Fläschchen gekauft.
Es ist für die Reise im Zug. Manchmal sind dort seltsame Leute.
Sie lassen einen nicht das Fenster öffnen. Dann wird mir schwindelig.
Und dann denke ich an Sie. Auf Wiedersehen, lieber Freund.
Grüßen Sie Ihre Freundin Trippelli. Ich habe oft an sie gedacht.

Auch an Fürst Kotschukoff. Das ist eine seltsame Liebe zwischen denen.
Aber ich verstehe es. Schreiben Sie mir mal. Oder ich schreibe Ihnen.“

Dann ging Effi. Gieshübler ging mit ihr bis draußen. Er war verwirrt
über ihre Worte. Aber er dachte nicht weiter darüber nach.

Effi ging nach Hause. „Johanna, bringen Sie mir die Lampe“, sagte sie.
„Aber ins Schlafzimmer. Und eine Tasse Tee. Mir ist kalt und ich kann
nicht warten.“ Sie bekam beides. Effi saß an ihrem Schreibtisch.
Sie hatte Papier und einen Stift vor sich.

„Johanna, stell‘ bitte den Tee auf den Tisch da.“

Johanna ging aus dem Zimmer. Effi schloss die Tür.
Sie sah kurz in den Spiegel. Dann setzte sie sich wieder hin.

Effi schrieb: „Ich fahre morgen mit dem Schiff. Das hier ist ein
Abschiedsbrief. Innstetten denkt: Ich komme bald zurück.
Aber ich komme gar nicht zurück. Sie wissen warum. Ich hätte nie
hierherkommen sollen. Sie sind nicht schuld. Ich bin selber schuld.
Ich habe einen großen Fehler gemacht. Aber vielleicht kann ich ihn
noch beheben. Wir müssen umziehen. Das ist ein gutes Zeichen.
Vielleicht vergibt man mir noch. Vergessen Sie unsere Erlebnisse.
Vergessen Sie mich. Ihre Effi.“

Effi las den Brief noch einmal. Das „Sie“ kam ihr fremd vor.
Sie hatte schon „Du“ gesagt. Aber es musste sein. Es sollte zeigen,
dass alles vorbei ist. Dann steckte sie den Brief in einen Umschlag.
Sie ging zu einem Haus am Friedhof. Dort gab sie den Brief ab.

Sie kam zurück. Innstetten war schon da. Sie setzte sich zu ihm.
Sie erzählte ihm nur von Gieshübler und dem Riechsalz.

Das Schiff war ein leichtes Segelschiff. Es fuhr um 12 Uhr.
Effi und Innstetten waren schon früher an Bord.
Roswitha und Annie waren auch dabei.

Sie hatten mehr Gepäck als für eine kurze Reise dabei. Innstetten
sprach mit dem Kapitän. Effi stand in einem Mantel und einem grauen
Hut hinten auf dem Schiff. Sie schaute sich die Mauer und die schönen
Häuser an. Gegenüber war ein Hotel. An dem Hotel hing eine gelbe
Flagge mit einem Kreuz und einer Krone. Es war still und ein bisschen
nebelig. Effi schaute zur Flagge und zu den Leuten am Ufer.

Plötzlich läutete es. Effi fühlte sich komisch. Das Schiff fuhr los.
Sie schaute noch einmal zum Ufer. Da sah sie plötzlich Crampas stehen.
Sie erschrak und freute sich gleichzeitig. Crampas sah verzweifelt aus.
Er grüßte ernst zu Effi hinüber. Sie grüßte freundlich zurück.
Ihre Augen flehten ihn an.

Sie ging schnell in ihre kleine Kabine. Dort waren Roswitha
und Annie schon. Sie blieb in dem engen Raum und wartete.
Das Schiff fuhr von dem Fluss in die Bucht. Dann rief Innstetten sie nach
oben. Er wollte, dass sie die schöne Aussicht sieht. Sie ging nach oben.
Am Himmel waren graue Wolken. Manchmal kam ein bisschen Sonne
durch. Effi dachte an den Tag vor über einem Jahr. Damals fuhr sie mit
einem offenen Wagen an der Bucht entlang. Das war gar nicht lange her.
Aber ihr Leben war oft still und einsam. Trotzdem ist viel passiert.

Das Schiff fuhr weiter den Fluss hoch. Um zwei Uhr waren sie nahe
des Bahnhofs. Sie gingen an einer Gaststätte vorbei. Der Besitzer kam
heraus und begleitete sie noch ein Stück. Der Zug war noch nicht da.
Effi und Innstetten gingen auf dem Bahnsteig hin und her.
Sie sprachen über eine neue Wohnung. Sie waren sich einig.
Die Wohnung sollte zwischen einem großen Park und einem Zoo sein.

„Ich möchte die Finken und Papageien hören“, sagte Innstetten.
Effi stimmte ihm zu.

Das Signal ertönte und der Zug kam. Der Bahnhofsinspektor half noch.
Effi bekam ein eigenes Abteil. Sie winkten sich zu und der Zug fuhr los.

Kapitel 23

Am Bahnhof Friedrichstraße war es voll. Aber Effi sah ihre Mutter
und ihren Cousin Dagobert Briest schon vom Abteil aus. Sie freuten
sich sehr, als sie sich sahen. Sie fuhren bald mit der Kutsche in die
Dorotheenstraße und dann in die Schadowstraße. Dort war das Hotel.
Roswitha war sehr glücklich. Annie streckte die Hände nach den
Lichtern aus.

Sie kamen im Hotel an. Effi bekam zwei Zimmer. Sie lagen auf dem
gleichen Gang wie ihre Mutter. Annie lag in einem kleinen Bett mit
Gittern. Sie schlief bald. Dann ging Effi ins Zimmer ihrer Mutter.
Es war ein kleiner Raum mit einem Kamin. Es brannte nur ein ganz
kleines Feuer. Denn das Wetter war warm.

Auf dem runden Tisch mit einer Lampe mit grünem Schirm lagen
drei Teller bereit. Auf einem anderen kleinen Tisch stand alles für Tee.

„Du hast es schön hier, Mama", sagte Effi. Sie setzte sich gegenüber
vom Sofa hin. Dann ging sie zum Teetisch. „Darf ich wieder Tee
machen?"

„Ja, meine liebe Effi. Aber nur für Dagobert und dich.
Ich darf keinen Tee trinken. Das fällt mir fast schwer."

„Ich verstehe. Wegen deinen Augen. Aber was ist mit deinen Augen?
In der lauten Kutsche haben wir nur über Innstetten und unsere
Zukunft geredet. Aber deine Augen sind mir wichtiger. Du schaust mich
immer noch so lieb an wie früher." Effi ging schnell zu ihrer Mama und
küsste ihre Hand.

Die Mutter sagte: „Effi, du bist immer noch so stürmisch."

„Ach nein, Mama. Nicht mehr so. Ich habe geheiratet.
Das hat mich verändert."

Vetter Dagobert lachte. „Cousine, ich sehe keinen Unterschied.
Du bist noch schöner geworden. Und lebhaft bist du auch noch."

„Ganz der Cousin", sagte die Mama. Effi wollte das nicht hören und
sagte: „Dagobert, du kennst Menschen nicht gut. Das ist komisch.
Ihr Offiziere kennt Menschen nicht gut. Besonders die jungen Offiziere
nicht. Ihr schaut kennt euch selbst oder eure Soldaten. Und die bei der
Kavallerie kennen sogar nur ihre Pferde. Sie wissen gar nichts."

„Aber Cousine, woher weißt du das alles? Du kennst keine Offiziere.
Kessin bekommt keine Husaren, habe ich gelesen. Die wollten sie nicht.
Das gab es überhaupt noch nie. Und du willst von früher und zuhause
reden? Da warst du doch noch ein Kind."

„Kann sein. Kinder sehen aber mehr als Erwachsene. Aber das ist
jetzt alles Quatsch. Ich möchte wissen, wie es Mamas Augen geht."

Frau von Briest sagte: „Der Augenarzt meint, Mama hat zu viel Blut im
Kopf. Darum sieht sie schlecht. Sie muss jetzt gesund essen. Kein Bier,
kein Kaffee, kein Tee. Manchmal muss man ihr Blut abnehmen.
Dann geht es ihr bald besser. Der Arzt sagt, in zwei Wochen. Aber das
dauert oft länger. Zwei Wochen können sechs Wochen sein. Ich werde
noch länger hier sein. Dann sehe ich Innstetten noch. Und dann zieht ihr
um. Ich freue mich darauf. Sucht euch eine schöne Wohnung. Vielleicht
in der Landgrafen- oder Keithstraße. Schön und preiswert. Ihr müsst
sparen. Innstettens Arbeit ist wichtig. Aber sie bringt nicht viel Geld.

Papa Briest beschwert sich auch. Die Preise fallen. Er erzählt mir jeden
Tag über die Gefahren ohne Geld. Er übertreibt oft. Aber nun erzähl
uns etwas Schönes, Dagobert. Berichte über Krankheiten sind
langweilig. Die Leute hören nur zu, weil sie müssen. Effi würde auch
gern eine Geschichte hören. Vielleicht etwas aus den lustigen Zeitungen.
Sie sollen aber nicht mehr so gut sein."

„Doch, das ist noch genauso gut wie früher.
Sie haben immer noch Strudelwitz und Prudelwitz. Und das ist lustig."

„Mein Liebling ist Karlchen Mießnick und Wippchen von Bernau."

„Ja! Die sind die Besten. Aber Wippchen ist keine Figur aus
‚Kladderadatsch‘. Der hat gerade nichts zu tun. Denn es gibt keinen Krieg
mehr. Leider. Manche von uns möchten auch mal dran sein
und diese Leere im Herzen loswerden."

„Ach, so ein Blödsinn. Erzähl lieber. Was gibt es Neues?"

„Ja, Cousine. Das ist aber nicht für jeden. Jetzt gibt es Bibelwitze."

„Bibelwitze? Was bedeutet das? Die Bibel ist ernst.
Bibel und Witze passen nicht zusammen."

„Deswegen sage ich: Da lacht nicht jeder. Aber sie sind erlaubt.
Und gerade sehr in Mode. Wie Kiebitzeier zum Essen."

„Kannst du uns ein Beispiel geben? Geht das?"

„Ja, das geht. Und du hast Glück. Was gerade beliebt ist, ist sehr fein.
Es ist eine Mischung. Es bringt eine einfache Bibelstelle und etwas von
Wrangel zusammen. Der Witz ist eine Frage. Die Frage ist einfach.

Sie lautet: ‚Wer war der erste Kutscher?‘ Rate mal.“

„Vielleicht Apollo?“

„Sehr gut, Effi. Du bist ganz schön schlau. Ich hätte es nicht gewusst.
Aber das ist falsch.“

„Wer war es denn?“

„Der erste Kutscher war ‚Leid‘. Im Buch Hiob steht: ‚Leid soll mir nicht
widerfahren‘. Wie ‚wieder fahren‘, in zwei Wörtern und mit ‚e‘.“

Effi schüttelte den Kopf und wiederholte den Satz. Sie verstand es
nicht gleich. Sie hatte kein Gefühl für solche Dinge. So musste ihr
Cousin Briest es immer wieder erklären. es klingt wie „wieder fahren“:
als ob „Leid“ ein Kutscher wäre.

„Ach, jetzt verstehe ich. Entschuldige, dass es so lange gedauert hat.
Aber es ist wirklich albern.“

„Ja, das war dumm“, sagte Dagobert leise.

„Das war dumm und nicht richtig. Es kann einem die Freude an
Berlin nehmen. Da verlässt man Kessin und kommt endlich wieder
unter Menschen. Und als Erstes dann ein schlechter Witz über die Bibel.
Auch Mama sagt nichts. Das sagt viel. Aber ich will es dir leichter
machen.“

„Mach‘ das, Cousine.“

„Ich will es als gutes Zeichen sehen. Als Erstes hier hat mein Cousin
Dagobert gesagt: ‚Es soll dir nichts Schlechtes passieren.‘ Komisch,

Cousin, der Witz war nicht gut. Aber ich bin dir trotzdem dankbar.“

Effi war so ernst. Dagobert wollte darüber lachen. Aber sie ärgerte sich.
Da hörte er auf.

Kurz nach zehn Uhr ging er weg. Er wollte am nächsten Tag
wiederkommen und dann nach ihren Wünschen fragen.
Dann ging auch Effi in ihr Zimmer.

Am nächsten Tag war das Wetter sehr schön. Mutter und Tochter
gingen früh los. Zuerst zur Augenklinik. Effi wartete draußen und
blätterte in einem Album. Dann gingen sie in den Tiergarten.
Sie suchten in der Nähe des Zoologischen Gartens nach einer Wohnung.

Sie fanden eine Wohnung in der Keithstraße. Sie wollten dort hinziehen.
Aber die Wohnung war neu und noch feucht. „Das geht nicht, liebe Effi“,
sagte Frau von Briest. „Es ist nicht gesund. Und ein Geheimrat kann nicht
in einer feuchten Wohnung leben.“

Effi mochte die Wohnung. Aber sie wollte nicht schnell umziehen.
Sie dachte: „Wir haben doch Zeit. Das ist gut.“ Sie wollte später
umziehen. „Wir sollten diese Wohnung beobachten, Mama“, sagte Effi.
„Sie ist schön und so, wie ich es wollte.“ Dann gingen die beiden Damen
zurück in die Stadt. Sie aßen im Restaurant und gingen abends in die
Oper. Der Arzt hatte es erlaubt. Da konnte Frau von Briest mehr
zuhören als sehen.

Sie waren die ganze Zeit zusammen und freuten sich darüber.
Sie hatten nach so langer Zeit viel zu reden. Effi hörte gerne zu und
erzählte und nahm Medizin. Deshalb ging es ihr gut. Sie war oft fröhlich
und ein bisschen frech. Ihre Mutter schrieb nach Hause: Effi geht es gut.
Effi war wieder so heiter wie vor fast zwei Jahren. Damals hatte man

ihre Hochzeit vorbereitet. Auch ihr Cousin Briest war wie früher.
Aber er kam jetzt seltener zu Besuch. Wenn man ihn fragte warum,
sagte er im Spaß: „Du bist zu gefährlich, Cousine." Mutter und Tochter
lachten dann. Effi sagte: „Dagobert, du bist zwar noch jung.
Aber für solche Witze bist du zu alt."

Fast zwei Wochen waren schon vorbei. Innstetten wollte Effi
wieder zuhause haben. Er schrieb oft und war schon ungeduldig.
Auch Effis Schwiegermutter fand das. Effi wusste: Sie konnte nicht
länger warten. Sie mussten eine Wohnung mieten. Aber es waren noch
drei Wochen bis zum Umzug nach Berlin. Innstetten wollte sie schnell
zurückhaben.

Effi hatte eine Idee. Sie wollte so tun, als ob sie krank ist.
Sie fand es schwer. Aber es musste sein.

„Mama, Innstetten will mich zuhause haben. Wir mieten am besten heute
noch. Und morgen fahre ich. Ach, ich will gar nicht von dir weg gehen."

Frau von Briest stimmte zu. „Und welche Wohnung nimmst du?"

„Die in der Keithstraße. Die gefiel uns von Anfang an. Sie ist vielleicht
noch feucht und ich bekomme davon Rheuma. Aber im Sommer wird
es besser. Sonst kann ich nach Hohen-Cremmen."

„Kind, sag' das nicht. Manchmal bekommt man Rheuma einfach so."

Das passte Effi gut. Sie mietete am selben Vormittag die Wohnung
und schrieb an Innstetten. Sie schrieb, sie will morgen abreisen.
Sie packte ihre Koffer und machte alles fertig. Aber am nächsten
Morgen rief Effi ihre Mama zu ihrem Bett und sagte: „Mama, ich kann
nicht fahren. Ich habe so ein Reißen und Ziehen. Mein ganzer Rücken

tut weh. Ich vielleicht habe Rheuma. Das tut so weh. Das hätte ich nicht
gedacht."

„Siehst du! Genau was ich gesagt habe. Man soll nichts Schlechtes
herbeireden. Gestern hast du noch ohne Sorge darüber gesprochen.
Heute ist es schon passiert. Ich werde Schweigger fragen."
„Nein, nicht Schweigger. Er ist ein Facharzt. Er interessiert sich nicht
für Rheuma. Vielleicht warten wir besser. Es kann auch wieder
weggehen. Ich trinke den ganzen Tag nur Tee und Sodawasser.
Vielleicht hilft das."

Frau von Briest war einverstanden. Aber Effi sollte gut essen.
Früher sollte man wenig essen. Das findet sie falsch. Das macht
nur schwach. Deshalb soll sie viel essen.

Effi fand Trost in diesen Worten. Sie schickte ein Telegramm an
Innstetten. Sie schrieb von einem „ärgerlichen Vorfall".
Ihre Störung wäre bald vorbei. Dann sagte sie zu Roswitha:
„Roswitha, du musst mir Bücher holen. Das ist nicht schwer.
Ich will ganz alte Geschichten lesen."

„Ja, gnädige Frau. Die Bücherei ist gleich nebenan.
Welche Bücher soll ich holen?"

„Ich schreibe es auf. Verschiedene Bücher zur Auswahl.
Eines davon werden sie bestimmt haben."

Roswitha holte einen Bleistift und Papier. Effi schrieb darauf:
Walter Scott, Ivanhoe oder Quentin Durward; Cooper, Der Spion;
Charles Dickens, David Copperfield; Willibald Alexis,
Die Hosen des Herrn von Bredow.

Roswitha las den Zettel. Sie schnitt die letzte Zeile ab. Das mit den
Hosen fand sie unanständig. Sie wollte den Zettel nicht so abgeben.

Der Tag ging ohne besondere Dinge vorbei. Am nächsten Morgen
war es nicht besser. Am dritten Tag auch nicht. „Effi, das kann so nicht
weitergehen. Wenn das so bleibt, wird es nicht besser. Ärzte sagen,
das ist schlecht.“

Effi seufzte. „Ja, Mama, aber wen sollen wir holen?
Bitte keinen jungen Arzt. Ich würde mich schämen.“

„Ein junger Arzt schämt sich auch. Oder er ist frech. Aber keine Sorge.
Ich kenne einen alten Arzt. Er hat mich schon vor vielen Jahren
behandelt. Damals war er fast fünfzig. Ich hatte schon graue Locken.
Er war gut zu Frauen. Aber nicht zu sehr. Ärzte ohne gutes Benehmen
haben keinen Erfolg. Unsere Frauen aus guter Gesellschaft benehmen
sich immer noch anständig.“

„Meinst du? Das ist schön zu hören. Manchmal hört man auch anderes.
Es ist oft schwer. Wie heißt der alte Mann? Ist es ein Geheimrat?“

„Geheimrat Rummschüttel.“

Effi lacht laut. „Rummschüttel! Obwohl er sich nicht bewegen kann.“

„Effi, du lachst ja sogar. Du hast doch große Schmerzen.“

„Jetzt gerade nicht. Es ändert sich immer.“

Am nächsten Morgen kam Geheimrat Rummschüttel. Frau von Briest
begrüßte ihn. Als er Effi sah, sagte er: „Sie sehen aus wie Ihre Mama.“

Sie wollte das nicht so stehen lassen. Sie sagte, zwanzig Jahre sind lang.
Aber Rummschüttel blieb dabei. Er sagte: Wenn er sich einmal an
ein Gesicht erinnert, dann für immer. „Und nun, Frau von Innstetten,
was fehlt Ihnen? Wo kann ich helfen?"

„Ach, Herr Doktor, ich weiß es nicht genau. Es ändert sich immer.
Jetzt gerade spüre ich nichts. Zuerst dachte ich an Rheuma.
Aber vielleicht ist es Nervenschmerzen. Schmerzen im Rücken.
Dann kann ich mich nicht aufrichten. Mein Vater hat auch
Nervenschmerzen. Ich habe das früher bei ihm gesehen.
Vielleicht habe ich das von ihm geerbt."

„Sehr wahrscheinlich", sagte Rummschüttel. Er hatte Effis Puls gefühlt
und sie genau angeschaut.

„Sehr wahrscheinlich, meine Frau." Aber er dachte: ‚Das stimmt gar
nicht. Aber Sie spielt ihre Rolle gut; sie ist eine feine Dame.' Er zeigte
das aber nicht. Er sagte ernst: „Ruhe und Wärme sind am besten.
Eine einfache Medizin wird helfen."

Er stand auf und schrieb ein das Rezept: „Nehmen Sie bitte alle zwei
Stunden einen halben Teelöffel von dieser Flüssigkeit. Es beruhigt
die Nerven. Und bitte keine Arbeit, keine Besuche, kein Lesen."
Er zeigte auf ihr Buch.

„Es ist ein Buch von Scott."

„Oh, das ist in Ordnung. Reiseberichte sind am besten.
Ich komme morgen wieder."

Effi hatte sich gut verhalten und ihre Rolle gut gespielt. Alleine wurde
ihr trotzdem heiß. Sie war ja gar nicht krank. Und der Arzt weiß es.

Der Arzt spielte ihr Theaterstück mit. Er war ein kluger Mann.
Er sah alles. Er wollte aber nicht alles wissen. Er dachte vielleicht:
‚Manchmal muss man wohl so tun.'

Die Mama kam zurück. Sie und die Tochter lobten den netten
alten Mann. Er war fast 70 Jahre alt. Aber er sah noch jung aus.
„Schick' Roswitha zur Apotheke", sagte die Mama. „Du sollst die
Medizin nur alle drei Stunden nehmen. Der Arzt hat es mir extra gesagt.
Er gibt nicht oft Medizin. Aber sie ist stark und hilft schnell."

Der Arzt, Herr Rummschüttel, kam am nächsten Tag wieder.
Dann kam er alle drei Tage. Die vielen Besuche bei der jungen Frau waren
ihr peinlich. Nach dem dritten Besuch dachte er: „Die Frau hat einen
Grund, so zu handeln." Beim vierten Besuch saß Effi in einem
Schaukelstuhl. Sie las ein Buch. Annie war bei ihr.

„Ah, meine liebe Frau! Es geht Ihnen besser. Ich freue mich sehr.
Es liegt nicht an der Medizin. Das schöne Wetter und die hellen
Märztage helfen. Die Krankheit geht weg. Ich gratuliere Ihnen.
Und wie geht es der Mama?"

„Sie ist weggegangen", sagte Effi. „Sie ist in die Keithstraße gegangen.
Wir haben dort eine Wohnung gemietet. Bald kommt mein Mann.
Ich freue mich, ihn Ihnen vorzustellen. Ich hoffe, Sie helfen mir auch
weiterhin."

Er verbeugte sich.

„Die neue Wohnung", sagte sie, „ist ein Neubau und macht mir Sorgen.
Glauben Sie, dass die nassen Wände ein Problem sind?"

„Nein, meine Dame", antwortete er. „Heizen Sie drei oder vier Tage stark.

Machen Sie Türen und Fenster auf. Dann ist es sicher.
Wegen Ihrer Nervenschmerzen müssen Sie sich keine Sorgen machen.
Ich bin froh, Sie wiederzusehen und eine neue Bekanntschaft zu haben."

Er verbeugte sich noch einmal. Er lächelte Annie an und sagte Tschüss
zur Mama.

Er war weg. Sofort setzte sich Effi hin und schrieb: „Lieber Innstetten!
Doktor Rummschüttel war hier. Ich bin jetzt gesund genug zum Reisen.
Aber heute ist der 24.. Und du kommst schon am 28.. Ich fühle mich
noch schwach. Am besten reise ich nicht mehr. Unsere Sachen sind schon
unterwegs. Im Hotel Hoppensack wären wir wie Fremde.
Das Geld ist auch eine Sache. Wir müssen bald viel ausgeben.
Zum Beispiel müssen wir Doktor Rummschüttel bezahlen.
Er bleibt unser Arzt. Er ist ein netter alter Mann. Er ist vielleicht nicht
der beste Arzt. Sie nennen ihn ‚Damendoktor‘. Aber sie sind nur neidisch.

Ich kann mich jetzt nicht mehr von den Leuten in Kessin verabschieden.
Gieshübler habe ich noch Auf Wiedersehen gesagt. Die Frau Majorin
mochte mich eh nie. Ich muss mich nur noch vom Pastor, Doktor
Hannemann und Crampas verabschieden. Grüße Crampas von mir.
Den Familien auf dem Land werde ich Karten schicken.
Die Güldenklees sind in Italien – warum auch immer. Es bleiben nur
drei Familien übrig. Bitte entschuldige mich bei ihnen. Du kannst das
gut erklären. Vielleicht schreibe ich noch an Frau von Padden.
Ich mochte sie an Silvester sehr. Ist das in Ordnung so?"

Sie schickte den Brief ab und hoffte auf eine schnelle Antwort.
Am nächsten Tag bekam sie ein Telegramm. Es sagt: „Einverstanden
mit allem." Effi war glücklich. Sie fuhr schnell mit der Droschke zur
neuen Wohnung. Die Sachen lagen oben noch durcheinander.
Das störte sie nicht. Sie ging auf den Balkon. Davor lag ein Park mit

grünen Bäumen. Der Himmel war blau und die Sonne schien. Sie war sehr aufgeregt und atmete tief ein. Dann ging sie zurück ins Zimmer. Sie sah nach oben und faltete die Hände.

„Jetzt beginnt ein neues Leben mit Gott! Es wird anders sein.“

Kapitel 24

Drei Tage später kam Innstetten in Berlin an. Es war spät. Gegen 21 Uhr.
Effi, ihre Mutter und ihr Cousin waren am Bahnhof. Alle begrüßten sich
herzlich. Effi war am herzlichsten. Sie redeten viel. Dann kamen sie bei
ihrer neuen Wohnung an. „Effi, du hast eine gute Wohnung ausgesucht",
sagte Innstetten. „Hier gibt es keine Haie, keine Krokodile und hoffentlich
keine Geister."

Sie gingen gerade die Treppe hoch. Da flüsterte sie ihm zu:
„Nein, Geert, das ist jetzt vorbei. Jetzt beginnt eine neue Zeit.
Ich habe keine Angst mehr. Ich will besser sein und dir mehr gefallen."
Ihr Cousin kümmerte sich um ihre Mutter.

Das Zimmer war noch nicht fertig. Aber es sah schon gemütlich aus.
Innstetten war froh darüber. „Effi, du bist so klug", sagte er.
Effi wollte das Lob nicht. Sie sagte: Mutter hat hier alles gemacht.
„Das muss da stehen, und dies dort", sagte ihre Mutter immer.
So sparten sie Zeit und hatten immer gute Laune. Dann kam Roswitha.
Sie sagte: ‚Klein Annie kann heute nicht kommen.‘ Das war ein Scherz
von ihr. Alle fanden es lustig.

Sie setzten sich an den Tisch. Er war schon gedeckt. Innstetten stieß
mit allen an. Er sagte: „Auf gute Tage." Dann nahm er Effis Hand.
„Effi, was war mit deiner Krankheit?"

„Ach, das ist nicht wichtig", sagte Effi. „Es tat weh und störte unsere
Pläne. Aber jetzt ist es vorbei. Doktor Rummschüttel hat mir geholfen.
Er ist nett. Nicht der Allerbeste in seiner Arbeit. Aber Mutter,
das ist gut so. Sie hat immer Recht. Unser alter Doktor Hannemann
war auch nicht der Beste. Aber er hat immer geholfen. Was machen

Gieshübler und die anderen?“

„Wer sind die anderen? Crampas lässt dich grüßen.“

„Ah, das ist nett.“

„Der Pastor lässt dich auch grüßen. Die Leute auf dem Land waren
traurig. Sie haben dich nicht mehr gesehen und waren darüber nicht
glücklich. Unsere Freundin Sidonie war sogar unfreundlich.
Aber Frau von Padden hat sich über deinen Gruß gefreut. Sie meint,
du bist eine tolle Frau. Aber ich soll gut auf dich aufpassen. Ich habe
geantwortet: ‚Ich bin mehr dein Lehrer als dein Ehemann. Da sagte
sie leise ‚Ein junges Lamm, weiß wie Schnee.‘ Sie meinte dich damit.“

Vetter Briest lachte. „Ein junges Lämmchen, weiß wie Schnee.
Das hörst du gerne, Cousine.“ Er wollte weiter Spaß machen:
Aber sie wurde rot im Gesicht. Da hörte er auf damit.

Sie erzählten sich noch eine Weile alte Geschichten. Da sagte
Innstetten zu Effi: „Nur Johanna wollte mit nach Berlin umziehen.
Sie kommt dann bald mit den restlichen Sachen.“ Er war froh,
dass sie kommt. Sie war immer sehr nützlich. Sie hatte einen guten Stil.
Vielleicht zu gut. Christel und Friedrich fanden sich zu alt.
Mit Kruse hatte er gar nicht geredet.

„Wir brauchen ja keinen Kutscher hier“, sagte Innstetten.
„Pferde und Wagen brauchen wir in Berlin nicht mehr.
Das schwarze Huhn hätten wir auch nicht mitnehmen können.
Oder ist die Wohnung groß genug für alle?“

Effi schüttelte den Kopf. Dann stand die Mama auf. Es war fast elf Uhr.
Sie musste noch weit gehen. Aber sie wollte alleine gehen. Der Platz für

die Kutschen war nah. Vetter Briest wollte sie aber begleiten.
Bald gingen alle nach Hause. Sie hatten sich für den nächsten Vormittag
verabredet.

Effi stand früh auf. Es war fast so warm wie im Sommer.
Sie stellte den Tisch für den Kaffee nahe an die offene Balkontür.
Innstetten kam. Sie gingen auf den Balkon. „Was sagst du jetzt?“
fragte Effi. „Du wolltest doch die Vögel aus dem Tiergarten und die
Papageien aus dem Zoo hören. Ich weiß nicht, ob sie das machen werden.
Aber es ist möglich. Hörst du etwas?“

Das Geräusch kam aus dem kleinen Park nebenan.

Innstetten war sehr froh und dachte fast: Das hat Effi alles nur für mich
gemacht. Dann setzten sie sich hin. Annie kam dazu. Roswitha sagte zu
Innstetten: „Annie hat sich sehr verändert, oder?“ Das fand er dann auch.
Sie redeten über viele Dinge. Über Leute aus Kessin, über Besuche in
Berlin und über eine Sommerreise. Aber sie mussten das Gespräch
beenden. Sie wollten pünktlich zu einem Treffen sein.

Sie trafen sich bei Helms gegenüber vom Roten Schloss. Sie gingen
in verschiedene Läden. Sie aßen bei Hiller und waren bald wieder zu
Hause. Es war ein schöner Tag zusammen. Innstetten war glücklich.
Er war wieder in der Großstadt.

Am nächsten Tag, dem 1. April, ging er ins Kanzlerpalais. Es war ein sehr
hektischer Tag. Aber er wurde gut aufgenommen. Sein neuer Chef war
sehr nett zu ihm. Er vertraute Innstetten und seinen Fähigkeiten.
Er freute sich auf die eine gute Zusammenarbeit.

Auch zu Hause lief alles gut. Effi war traurig. Denn ihre Mama kam
nach sechs Wochen Kur zurück. Aber sie fuhr weiter nach Hause,

nach Hohen-Cremmen. Dieser Kummer wurde schnell weniger.
Denn am selben Tag kam Johanna nach Berlin. Johanna war beliebt.
Sie war geschickt und hielt Abstand zu Männern. Johannas Familie
war früher wichtig in Pasewalk. Deshalb hatte sie wohl eine feine Art,
blondes Haar und eine schöne Figur. Johanna freute sich. Sie konnte
wieder bei Effi arbeiten. Sie sollte wieder Hausmädchen sein.
Roswitha sollte in der Küche arbeiten. Effi wollte sich selbst um Annie
kümmern. Roswitha musste darüber lachen. Sie glaubte ihr nicht.
Denn sie kannte junge Frauen mit ihren Kindern.

Innstetten arbeitete viel und kümmerte sich um sein Haus.
Er war glücklicher als früher in Kessin. Denn Effi war viel fröhlicher.
Sie fühlte sich freier. Das merkte er. Die Vergangenheit war noch da.
Aber sie hatte weniger Angst. Manchmal war sie noch traurig.
Das machte sie irgendwie interessant. Sie wollte das noch mehr zeigen.
Aber das ging nicht.

Im April machten sie Besuche. Da traf man sich noch viel. Aber es hörte
langsam auf. Sie konnten nicht mehr an vielen Besuchen teilnehmen.
Im Mai war es ganz vorbei. Es war zu warm. Dann trafen sie sich
mittags allein im Tiergarten. Oder sie gingen zusammen nachmittags
im Schlossgarten von Charlottenburg spazieren.

Effi ging oft zwischen dem Schloss und den Bäumen hin und her.
Sie sah sich die Statuen der römischen Kaiser an. Sie fand, Nero und Titus
sehen sich ähnlich. Sie sammelte Zapfen von den Bäumen.
Dann ging sie mit ihrem Mann zum „Belvedere". Das „Belvedere"
liegt allein am Fluss.

„Es soll dort Gespenster gegeben haben", sagte sie.

„Nein, nur Geister", sagte er.

„Das ist doch das Gleiche.“

„Manchmal“, sagte Innstetten. „Aber es gibt einen Unterschied.
Geister macht man. So war es hier im ‚Belvedere‘, sagte Vetter Briest.
Spuk passiert einfach.“

„Glaubst du daran?“

„Ja, ich glaube daran. Es gibt so etwas. Aber nicht das, was wir in Kessin
hatten. Hat Johanna dir ihren Chinesen gezeigt?“

„Welchen?“

„Unseren. Sie hat sein Bild aus unserem alten Haus genommen
und in ihr Portemonnaie gesteckt. Ich habe ihn da drin gesehen.
Sie hat es zugegeben.“

„Ach, Geert, das hättest du mir nicht sagen sollen. Jetzt ist wieder so
etwas in unserem Haus. Sag‘ ihr, sie soll ihn verbrennen.“

„Nein, das will ich nicht. Und das bringt auch nichts.“

„Ich möchte Roswitha um etwas bitten.“

„Um was? Ah, ich glaube, ich weiß, was du willst.
Sie soll ein Heiligenbild kaufen und in ihr Portemonnaie stecken.
Stimmt das?“

Effi nickte.

„Mach, was du willst. Aber erzähl es niemandem.“

Dann wollte Effi es doch nicht machen. Sie redeten über viele
kleine Dinge. Sie sprachen mehr und mehr über ihre Reisepläne für
den Sommer. Sie fuhren bis zum „Großen Stern". Dann gingen sie durch
die Korso-Allee und die Friedrich-Wilhelm-Straße nach Hause.

Sie wollten Ende Juli Urlaub machen. Sie wollten in die Berge in Bayern
fahren. Dort sollten die Oberammergauer Spiele sein. Aber sie konnten
nicht fahren. Ein Kollege von Innstetten wurde krank. Innstetten musste
für ihn arbeiten. Erst Mitte August konnten sie reisen. Aber es war zu spät
für Oberammergau. Sie wollten dann lieber nach Rügen fahren.

„Zuerst nach Stralsund. Dort gibt es Schill, den du kennst. Und Scheele.
Den kennst du nicht. Er hat den Sauerstoff entdeckt. Aber das muss man
nicht wissen. Wir fahren von Stralsund nach Bergen und zum Rugard.
Dort kann man die ganze Insel sehen. Dann fahren wir zwischen dem
Großen und dem Kleinen Jasmunder-Bodden durch. Wir wollen nach
Saßnitz. Vielleicht auch nach Binz. Aber in Binz gibt es viele kleine
Steine und Muschelschalen am Strand. Wir wollen aber baden."

Effi stimmte allem zu. Sie wollten ihr Haus für vier Wochen
abschließen. Roswitha und Annie gingen nach Hohen-Cremmen.
Johanna fuhr zu ihrem Halbbruder. Er hatte eine Mühle bei
Pasewalk. So hatte jeder einen Platz. In der nächsten Woche fuhren
sie los. Am Abend kamen sie in Saßnitz an. Dort gab es ein Gasthaus
namens „Hotel Fahrenheit". Innstetten hoffte, dass es billig ist.
Sie unternahmen einen Spaziergang am Strand. Sie sahen auf die ruhige
Bucht im Mondschein. Effi war sehr glücklich. Sie sagte, es sieht aus
wie Capri oder Sorrent. Sie sollten hier bleiben. Aber nicht im Hotel,
weil die Kellner zu schick sind. Sie möchte einfach eine Flasche
Sodawasser bestellen können.

Das fand Innstetten auch. Kellner sind viel zu vornehm.

„Eine Wohnung hier zu finden ist bestimmt möglich.“

„Das glaube ich auch. Wir schauen morgen gleich nach einer Wohnung.“

Der Morgen war so schön wie der Abend. Sie frühstückten draußen.
Innstetten hatte viele Briefe zu beantworten. Effi nutzte die Zeit zur
Wohnungssuche. Sie ging an einer Wiese, Häusern und Feldern vorbei.
Dann kam sie zu einem Weg zum Meer. Am Strand war ein Gasthaus
unter hohen Bäumen. Es war einfacher als das andere Gasthaus und
noch leer.

Effi setzte sich hin und bestellte Sherry. Der Wirt kam zu ihr.
Er wollte mit ihr reden.

„Wir mögen es hier sehr“, sagte sie. „Die Aussicht auf die Bucht ist toll.
Aber wir brauchen eine Wohnung.“

„Das wird schwierig“, sagte der Wirt.

„Es ist schon spät im Jahr“, sagte Effi.

„Trotzdem“, sagte der Wirt. „In Saßnitz gibt es keine Wohnung.
Aber im nächsten Dorf am Strand könnte es eine geben.
Man kann die Dächer von hier sehen.“

„Wie heißt das Dorf?“

„Crampas.“

Effi wurde beinah ohnmächtig. Sie konnte es kaum glauben.
Es war derselbe Name: Crampas. Sie konnte kaum reden. Aber sie sagte:
„Den Namen habe ich noch nie gehört. Gibt es sonst nichts in der Nähe?“

Sie konnte doch nicht in Crampas wohnen.

„Nein, meine Dame. Hier ist nichts. Aber weiter nördlich gibt es
noch Dörfer. Im Gasthaus bei Stubbenkammer bekommen Sie sicher
Informationen. Dort hängen Wohnungsanzeigen.“
Effi war froh, alleine gesprochen zu haben. Sie erzählte ihrem Mann
alles außer den Namen Crampas. Er sagte: „Wenn es hier nichts gibt,
sollten wir mit einem Wagen nach Stubbenkammer fahren.
Dort finden wir vielleicht ein schönes Haus mit einer Laube.
Wenn nicht, können wir im Hotel bleiben. Das ist auch gut.“

Effi stimmte zu. Am Mittag kamen sie beim Gasthaus an Stubbenkammer an. Sie bestellten Essen für später. „In einer halben Stunde“,
sagte sie. „Wir wollen erst zum Herthasee spazieren gehen.
Gibt es einen Führer?“

Ein Mann kam zu unseren Reisenden. Er sah sehr ernst aus.
Der See war nicht weit weg. Um den See herum waren Bäume und Schilf.
Auf dem Wasser schwammen viele Enten.

Effi sagte: „Es sieht aus wie eine alte Kirche.“ Der Mann sagte:
„Ja, die Steine hier sind ein Beweis dafür.“ Effi fragte: „Welche Steine?“
Der Mann antwortete: „Die Opfersteine.“

Sie gingen zum See. Dort sahen sie Steine mit Löchern und Rinnen.
Effi fragte: „Wofür sind die?“ Der Mann sagte: „Damit das Wasser besser
abfließt.“

Effi wollte gehen. Sie nahm den Arm ihres Mannes. Sie gingen zurück
zum Gasthaus. Dort war das Frühstück schon fertig. Sie hatten einen
schönen Blick auf das Meer. Boote fuhren auf dem Wasser.
Möwen flogen um die Felsen herum.

Effi fand es schön. Aber gegenüber sah sie auf das Dorf.
Der Name des Dorfes hatte sie heute morgen erschreckt.

Innstetten merkte etwas. Effi war nicht glücklich. „Effi, du bist nicht froh.
Das tut mir leid. Du denkst noch an den Herthasee und die
Steine."

Sie nickte. „Ja, du hast recht. Ich war noch nie so traurig. Wir sollten nicht
mehr nach einer Wohnung suchen. Ich kann hier nicht bleiben."

„Gestern fandest du es noch so schön wie in Italien."

„Ja, gestern."

„Und heute? Ist heute alles anders?"

„Heute ist alles weg. Es ist wie ein sterbendes Dorf."

„Gut, Effi", sagte Innstetten und gab ihr die Hand. „Ich will dich nicht
ärgern. Wir hören auf zu suchen. Einverstanden. Wir müssen nicht hier
bleiben. Aber wohin sollen wir gehen?"

„Komm‘, wir bleiben noch einen Tag. Wir warten auf das Schiff.
Das Schiff kommt morgen aus Stettin und fährt nach Kopenhagen.
Es soll dort sehr lustig sein. Ich möchte so gerne etwas Lustiges erleben.
Hier kann ich überhaupt nicht lachen. Als hätte ich nie gelacht.
Du weißt, ich lache gerne."

Innstetten verstand sie gut. Er stimmte ihr in vielem zu.
Alles war traurig. Obwohl es schön war.

Sie warteten auf das Schiff nach Stettin. Am dritten Tag kamen sie früh in

Kopenhagen an. Sie nahmen ein Zimmer am Kongens Nytorv.
Zwei Stunden später waren sie im Thorwaldsen-Museum. Effi sagte:
„Ja, Geert, das ist schön. Ich bin froh, dass wir hierhergekommen sind."
Dann gingen sie essen. Am gemeinsamen Tisch lernten sie eine Familie
aus Jütland kennen. Ihre sehr schöne Tochter Thora von Penz zog sofort
ihre Aufmerksamkeit auf sich.

Effi mochte die großen blauen Augen und das blonde Haar sehr.
Nach eineinhalb Stunden am Tisch standen alle auf. Die Familie Penz
musste leider am selben Tag Kopenhagen verlassen. Sie luden Effi und
ihren Mann in ihr Schloss Aggerhuus ein. Das Schloss war nicht weit
vom Limfjord entfernt. Effi und ihr Mann sagten schnell ja.
Dann verbrachten sie die Zeit im Hotel. Aber der Tag hatte noch mehr
Gutes zu bieten. Effi sagte, dieser Tag müsse im Kalender rot markiert
werden.

Am Abend gingen sie ins Tivoli-Theater. Sie sahen eine italienische
Pantomime mit Clowns und anderen komischen Figuren.

Effi war sehr begeistert von dem Stück. Zurück im Hotel sagte sie:
„Weißt du, Geert, jetzt fühle ich mich wieder besser. Ich will gar nicht
von der schönen Thora anfangen. Aber heute Vormittag Thorwaldsen
und heute Abend Colombine..."

„... die dir noch besser gefallen hat als Thorwaldsen", sagte Geert.

„Ja, das gebe ich zu. Ich mag solche Dinge. Kessin war nicht gut für mich.
Dort war alles zu viel für meine Nerven. Rügen fast auch.
Wir wollen noch ein paar Tage in Kopenhagen bleiben. Wir machen auch
Ausflüge nach Frederiksborg und Helsingör. Dann fahren wir nach
Jütland. Ich freue mich, Thora wiederzusehen. Als Mann würde ich mich
in sie verlieben."

Innstetten lachte und sagte: „Du weißt nicht, was ich vorhabe."

„Das ist in Ordnung. Dann gibt es einen Wettbewerb. Ich bin auch stark.
Du wirst sehen."

„Das musst du mir nicht sagen."

Die Reise ging so weiter. In Jütland fuhren sie den Limfjord hoch bis
zum Schloss Aggerhuus. Dort blieben sie drei Tage bei der Familie Penz.
Dann fuhren sie zurück. Sie machten viele Stopps in Viborg, Flensburg,
Kiel und Hamburg. Hamburg gefiel ihnen sehr. Sie kamen nicht direkt
nach Berlin zurück. Vorher gingen sie nach Hohen-Cremmen.
Dort wollten sie sich ausruhen. Innstetten hatte nur ein paar Tage frei.
Effi blieb eine Woche länger. Sie sagte, sie kommt erst am dritten
Oktober zurück.

Annie war auf dem Land sehr gewachsen. Annie sollte der Mama in
kleinen Stiefeln entgegenlaufen. Das war Roswithas Idee. Es klappte.
Briest war ein liebevoller Großvater. Er sagte, man soll nicht zu viel
Liebe zeigen. Aber auch nicht zu streng sein. Er war wie immer.
Er mochte Effi sehr. Er dachte oft an sie. Auch wenn er mit seiner
Frau allein war.

Er fragte Luise seine Frau: „Wie findest du Effi?"

„Sie ist lieb und gut. Wir sind dankbar, so eine Tochter zu haben.
Sie ist dankbar und glücklich bei uns."

„Ja", sagte Briest, „sie mag unser Zuhause sehr. Sie hat einen Mann
und ein Kind. Der Mann ist toll. Das Kind ist süß. Aber sie liebt unser
Zuhause sehr. Sie ist eine tolle Tochter, aber es macht mir Sorgen.
Sie ist nicht ganz fair gegenüber ihrem Mann. Ist sie glücklich?

Liebt sie ihn wirklich? Ich glaube, sie schätzt ihn mehr. Sie liebt ihn weniger. Das ist nicht gut. Schätzung hält nicht so lange wie Liebe."

„Hast du das selbst erlebt?"

„Das sage ich nicht. Ich habe zu wenig Respekt.
Aber lass uns nicht weiter darüber reden, Luise. Wie ist die Lage?"

„Ja, Vater Briest. Du sprichst immer wieder darüber. Wir haben schon oft darüber geredet. Du willst immer alles wissen. Ich kann doch nicht alles sehen. Was denkst du über junge Frauen und besonders über deine Tochter? Ich weiß auch nicht alles sofort! Effis Reden verstehe ich auch nicht komplett. Sie wird mir auch nicht ihre Geheimnisse erzählen.
Sie ist schlau. Das ist gefährlich. Denn sie ist dabei so nett."

„Also sie ist nett. Und auch gut?"

„Ja, sie ist gut und hat ein gutes Herz. Aber ich bin mir nicht bei ihr sicher. Geht es ihr gut? Sie macht immer einfach, was sie will.
Sie denkt: ‚Das wird schon gut gehen.'"

„Echt?"

„Ja. Aber ich glaube, es geht ihr jetzt besser. Seit ihrem Umzug nach Berlin laufen die Dinge besser. Die beiden verstehen sich gut.
Sie hat mir das gesagt. Ich habe es auch selbst gesehen."

„Was hat sie gesagt?"

Sie sagte: „Mama, jetzt ist es besser. Innstetten war immer gut.
Aber ich fühlte mich ihm fremd. Manchmal hatte ich Angst vor seiner Zärtlichkeit."

„Ich verstehe.“

„Was meinst du damit, Briest? Sollten wir auch Angst haben?“

„Erzähl mehr von Effi.“

„Sie sagte mir, sie fühlt sich nicht mehr fremd. Das macht sie glücklich.
Kessin war nicht gut für sie. Aber in Berlin fühlt sie sich wohl. Er ist sehr
gut zu ihr. Auch wenn er älter ist. Sie sagte: ‚Ich habe es geschafft.‘
Sie benutzte diesen Ausdruck.“

„Warum? Der Ausdruck ist komisch.“

„Aber Sie meinte was Anderes damit.“

„Glaubst du?“

„Ja, Briest. Du denkst immer, sie macht nichts falsch.
Aber das stimmt nicht. Sie lässt sich einfach treiben.
Sie kämpft nicht gern.“

Roswitha kam mit Annie. Das Gespräch hörte auf.

Am selben Tag fuhr Innstetten von Hohen-Cremmen nach Berlin.
Effi blieb noch eine Woche dort. Er wusste: Effi träumte gerne.
Sie wollte keine Sorgen. Sie hörte gern nette Worte. Vor allem über
sich selbst. Sie genoss das sehr und war dankbar. Aber es gab keine
Abwechslung. Wenige Leute besuchten sie. Vor ihrer Heirat war das
anders. Die jungen Leute fanden sie nicht mehr interessant.
Auch die Kirche und die Schule waren nicht mehr so wie früher.
In der Schule waren viele Plätze leer. Die Zwillinge hatten im Frühling
geheiratet. Beide haben Lehrer geheiratet und am selben Tag eine große

Hochzeit gefeiert. Hulda war bei einer alten Tante in Friesack.
Die Tante lebte länger als alle dachten.

Hulda schrieb immer Briefe. Sie machte einen glücklichen Eindruck.
Sie war nicht wirklich glücklich. Aber sie wollte andere nicht traurig
machen. ihr Vater Niemeyer war stolz auf diese Briefe. Jahnke dachte,
seine Töchter bekommen am gleichen Tag ein Baby. Das wäre an
Weihnachten. Effi lachte und wollte Patin der Kinder werden.
Dann wollte sie nicht mehr über die Familie reden. Sie erzählte von
Orten in Skandinavien. Sie sprach über eine Frau namens Thora von
Penz. Thora hatte blaue Augen und blonde Haare. Jahnke fand das toll
und sagte, Effi sieht sehr deutsch aus.

Effi wollte an ihrem Hochzeitstag zurück in Berlin sein.
Das war der 3. Oktober. Am Abend davor ging sie früh in ihr Zimmer.
Sie sagte, sie muss packen. Aber sie wollte nur allein sein.
Manchmal wollte sie Ruhe. Normalerweise redete sie so gerne.

Sie wohnte oben im Haus. Ihre Zimmer gingen zum Garten hinaus.
In einem kleineren Zimmer schliefen Roswitha und Annie. Ihre Tür
war nur angelehnt. In dem größeren Zimmer ging sie hin und her.
Die Fenster waren offen. Die weißen Gardinen bewegten sich im Wind.
Dann lagen sie auf den Stühlen. Bald bewegten sie sich wieder.
Es war hell. Man konnte die Namen unter den Bildern lesen.

Die Bilder zeigten Kriegsszenen. Effi schüttelte den Kopf und lächelte.
Sie dachte: „Ich will andere Bilder haben. Ich mag keine Kriegsbilder.“
Dann machte sie ein Fenster zu. Sie setzte sich ans andere Fenster
und ließ es offen. Sie fühlte sich gut dabei.

Der Mond stand neben dem Kirchturm. Er leuchtete auf den Platz mit
der Sonnenuhr und den Blumenbeeten. Alles glänzte silbern.

Es gab helle und dunkle Streifen auf dem Boden. Die hellen Streifen
sahen aus wie weiße Tücher. Weiter weg standen große Pflanzen mit
gelben Blättern. Sie erinnerte sich an einen Tag vor zwei Jahren.
Damals hatte sie hier mit Freunden gespielt.

Sie war die kleine Steintreppe hochgegangen. Eine Stunde später
war sie verheiratet.

Sie stand auf und ging zur Tür. Roswitha und Annie schliefen schon.

Plötzlich sah sie Bilder aus der Vergangenheit. Sie sah das Haus,
die Veranda und sich selbst im Schaukelstuhl. Crampas kam zu ihr.
Dann kam Roswitha mit dem Kind. Sie nahm das Kind hoch
und küsste es. „Schau, hier fing alles an." Sie dachte darüber nach.
Dann verließ sie das Zimmer. Sie setzte sich ans offene Fenster und
schaute in die Nacht.

„Ich kann es nicht vergessen", sagte sie. „Das Schlimmste ist:
Ich verstehe mich selbst nicht."

Die Uhr am Turm begann zu schlagen. Effi zählte die Schläge.

„Zehn. Morgen um diese Zeit bin ich in Berlin. Wir reden über unseren
Hochzeitstag. Er sagt liebe und nette Dinge, vielleicht auch zärtliche.
Ich sitze dabei, höre zu und fühle mich schuldig."

Sie legte den Kopf in die Hand. Sie starrte vor sich hin und war still.

„Ich fühle mich schuldig", sagte sie wieder zu sich selbst. „Ich habe
etwas getan. Fühle ich mich schuldig? Nein. Das macht mir Angst.
Andere könnten es herausfinden. Ich schäme mich. Aber nicht richtig.
Nur weil ich lügen musste. Ich wollte nie lügen. Aber ich musste es tun.

Rummschüttel hat es gemerkt. Vielleicht denkt er schlecht über mich.
Ich habe Angst und schäme mich für das Lügen. Aber ich fühle mich
nicht richtig schlecht. Das macht mir Sorgen. Der alte Niemeyer hat
mir früher mal gesagt: Es kommt auf das richtige Gefühl an. Dann kann
einem nichts Schlimmes passieren. Sonst ist man immer in Gefahr.
Der Teufel hat dann Macht über uns. Ist es bei mir auch so?"

Sie legte ihren Kopf in die Arme und weinte sehr. Dann setzte sie sich
auf und war ruhiger. Sie schaute in den Garten. Es war still.
Als würde es regnen. Aber es war nur das Rauschen der Bäume.

Eine Zeit lang passierte nichts. Dann hörte sie Lärm von der Straße.
Der alte Nachtwächter Kulicke rief die Uhrzeit. Danach hörte sie einen
Zug. Der Zug fuhr nicht weit weg vorbei. Der Lärm wurde leiser und
hörte dann auf. Nur der Mond schien noch, und es rauschte in den
Bäumen. Es war nur der Wind in der Nacht.

Kapitel 25

Am nächsten Abend war Effi wieder in Berlin. Innstetten holte
sie am Bahnhof ab. Sie fuhren durch den Tiergarten. Rollo lief neben
dem Wagen her.

„Ich dachte schon, du kommst nicht."

„Geert, ich werde mein Versprechen halten. Das ist wichtig."

„Sag das nicht so leicht. Immer sein Wort halten ist schwer.
Manchmal geht es auch nicht. Denk zurück. Ich wartete in Kessin auf
dich. Da hast du die Wohnung in Berlin gemietet. Aber du kamst nicht."

„Ja, das war anders."

Sie wollte nicht wieder sagen, dass sie krank war. Innstetten hörte
nicht genau zu. Er dachte an seine Arbeit und seine Stellung in der
Gesellschaft. „Effi, unser Leben in Berlin beginnt jetzt richtig.
Am Anfang im April war die Saison fast vorbei. Wir konnten kaum
Besuche machen. Nur Wüllersdorf stand uns nahe. Aber er ist leider
allein. Ab Juni wird es ruhig. Überall sind die Rollläden unten.
Als wären alle weg. Egal ob es stimmt oder nicht. Was blieb?
Mit Vetter Briest reden, bei Hiller essen: Das ist kein echtes Berliner
Leben. Aber jetzt wird es anders. Ich habe mir Namen von Leuten
aufgeschrieben. Die sind alle noch da und laden viele Gäste ein.
Wir wollen auch Gäste einladen. Im Winter sollen alle im Ministerium
sagen: ‚Die netteste Frau ist Frau von Innstetten.'"

„Geert, du redest anders als sonst. Heute ist unser Hochzeitstag.
Deshalb sei nett zu mir."

Innstetten wollte sein Leben ändern. Er wollte mehr unter Leute gehen. Das war wichtig für ihn und noch mehr für Effi. Aber es ging nur langsam voran. Es war noch nicht die richtige Zeit. Das Beste war immer noch das Leben zuhause. Wüllersdorf und Vetter Briest kamen oft zu Besuch. Dann lud man auch das Ehepaar Gizicki ein; die wohnten obendrüber. Herr Gizicki war Richter. Seine Frau war klug und lebhaft. Manchmal machten sie Musik. Sie probierten auch Kartenspielen aus. Aber sie hörten damit auf. Sie fanden Reden gemütlicher. Die Gizickis hatten vorher in einer kleinen Stadt gewohnt. Wüllersdorf kannte auch viele kleine Orte. Er sagte gern lustige Gedichte über diese Orte auf.

Effi lachte oft am meisten. Dann erzählte sie viele Geschichten aus der Kleinstadt. In Kessin sprach man über viele Leute. Zum Beispiel über Gieshübler, Trippelli, Oberförster Ring und Sidonie Grasenabb. Bei guter Laune machte Innstetten gerne mit. Er sagte dann: „Ja, unser Kessin! Es hatte viele besondere Leute. Zum Beispiel Major Crampas. Meine Frau mochte ihn sehr."

Wüllersdorf sagte: „Das verstehe ich. Wahrscheinlich war er im Theater aktiv oder sang gut." Innstetten sagte ja. Effi versuchte mitzulachen. Aber es fiel ihr schwer. Ohne Gäste und ohne Innstetten fühlte sie sich schlecht. Als würde ein Schatten ihr folgen.

Effi hatte manchmal Angst. Aber diese Angst kam weniger oft und war nicht so heftig. Das war nicht überraschend bei ihrem neuen Leben.

Innstetten und andere Menschen waren sehr nett zu ihr. Auch eine junge Ministerin war sehr freundlich zu ihr. Das machte ihre Sorgen kleiner. Nach zwei Jahren wurde sie von der Kaiserin geehrt. Der alte Kaiser Wilhelm sagte nette Worte zu ihr auf einem Ball. Dann fühlte sie sich besser. Es war wie ein Traum.

Ihre Familie aus Hohen-Cremmen besuchten sie manchmal. Sie waren
glücklich über das Glück der Kinder. Annie wurde groß und schön.
Aber es gab eine Sorge. Sie dachten, es gibt nicht noch mehr Kinder.
Ohne einen Sohn könnte die Familie Innstetten aussterben.

Briest glaubte nur an seine eigene Familie. Er machte Witze darüber.
Er sagte: „Ja, Innstetten, Annie wird vielleicht einen Bankier heiraten.
Hoffentlich einen Christen. Mit Rücksicht auf die Familie Innstetten wird
der König Annies Kinder in einem wichtigen Buch eintragen.
Oder in der Geschichte von Preußen." Innstetten fühlte sich dabei
nicht wohl. Frau von Briest zuckte nur mit den Schultern. Effi lachte.
Sie war stolz auf ihren Titel „Baronin". Aber sie hätte nichts gegen
einen reichen Bankier als Mann von Annie später.

Effi hatte nur eine Tochter. Ein Sohn würde den Namen „Innstetten"
behalten. Aber das fand sie nicht so schlimm. Junge Frauen reden oft so.
Sie bekam keinen Sohn. Aber im siebten Jahr ihrer Ehe holten sie einen
Arzt. Der Arzt war bekannt für Frauenheilkunde. Frau von Briest rief ihn.
Er empfahl einen Kurort namens Schwalbach.

Effi war im letzten Winter oft krank. Sie hatte Probleme mit der Lunge.
Der Arzt sagte: „Effi soll zuerst drei Wochen nach Schwalbach.
Dann drei Wochen nach Ems." Der Arzt sagte auch, dass ihr Mann
in Ems dabei sein kann. Das bedeutet, sie sind drei Wochen getrennt.
Innstetten, konnte nicht mehr für sie tun.

Alle waren damit einverstanden. Effi sollte mit Frau Zwicker reisen.
Herr Briest sagte, das ist zum Schutz von Frau Zwicker.
Frau Zwicker brauchte mehr Schutz als Effi. Innstetten hatte viel zu tun.
Er sagte, er kann wahrscheinlich nicht mit nach Ems kommen.
Der 24. Juni wurde als Tag der Abreise gewählt. Roswitha half Effi beim
Packen und Wäsche aufschreiben. Effi mochte Roswitha sehr.

Sie konnte mit ihr über alles reden.

Effi fragte Roswitha: „Du bist katholisch. Gehst du zur Beichte?"

Roswitha sagte: „Nein."

Effi fragte: „Warum nicht?"

Roswitha sagte: „Ich bin früher gegangen. Ich habe nicht das Richtige
gesagt."

„Das ist nicht gut. Dann kann ich nicht helfen."

„Aber Frau, in meinem Dorf haben alle mal Liebe gemacht.
Einige haben nur gelacht."

„Hast du nie gedacht: Es ist gut, wenn man ein schlechtes Gewissen
loswerden kann?"

„Nein, Frau. Mein Vater hat mich deshalb mit einem heißem Eisen
angegriffen. Da hatte ich Angst. Das war sehr schlimm."

„Hattest du keine Angst vor Gott?"

„Nicht wirklich, Frau. Ich habe mich nur vor meinem Vater gefürchtet.
Dann hat man weniger Angst vor Gott. Gott ist gut und hilft mir."

Effi lächelte und hörte auf. Sie fand es normal, dass Roswitha so sprach.
Aber sie sagte: „Roswitha, wir müssen aber nochmal ernst darüber
reden. Es war eine große Sünde."

„Dass mein Kind verhungert ist? Ja, Frau, das war es.

Aber ich war es nicht, das waren die anderen.
Und es ist schon lange her.“

Kapitel 26

Effi war seit fünf Wochen weg. Sie schrieb fröhliche Briefe. Sie war
jetzt in Ems. Sie schrieb an Innstetten: „Hier gibt es mehr Menschen.
In Schwalbach waren nicht viele Männer. Meine Reisebegleiterin Frau
Zwicker findet Männer in Kurorten unpassend. Aber sie meinte es nur
lustig. Sie findet Männer eigentlich aufregend. Frau Zwicker ist lustig
und ein bisschen frech. Sie hat vielleicht eine besondere Vergangenheit.
Ich finde sie sehr unterhaltsam. Ich kann viel von ihr lernen.
Ich fühle mich jung neben Frau Zwicker. Frau Zwicker kennt viele
Bücher, auch aus anderen Ländern. Sie hat über das Buch „Nana"
gesprochen. Es ist ein Roman des Franzosen Emile Zola. Es geschehen
viele Dinge rund um die Liebe. Ich wollte mehr darüber wissen.
Ob es wirklich so schlimm ist. Frau Zwicker sagte: Es gibt noch
schlimmere Erzählungen. Frau Zwicker will ich mit fremden Leuten
bekannt machen. Aber du willst das nicht., Das weiß ich. Schlechte
Gewohnheiten kommen von solchen Dingen. Außerdem ist es hier
sehr heiß."

Innstetten fand den Brief lustig. Aber auch ein bisschen ärgerlich.
Frau Zwicker passte nicht zu Effi. Effi ließ sich leicht beeinflussen.
Er wollte ihr nichts Schlechtes schreiben. Es würde nichts ändern.
Er vermisste seine Frau sehr. Er war traurig. Er musste viel arbeiten.
Alle anderen hatten frei oder wollten frei haben.

Innstetten wollte eine Pause von der Arbeit und dem Alleinsein.
Auch in der Küche wollte man eine Veränderung. Annie war nach
der Schule gern in der Küche. Das war normal. Roswitha und Johanna
mochten Annie sehr. Sie verstanden sich auch untereinander gut.

Die Freundschaft der beiden Mädchen war oft ein Thema bei den

Freunden im Haus. Landgerichtsrat Gizicki sagte manchmal zu
Wüllersdorf: „Cäsar hatte recht. Er wollte dicke Leute um sich haben.
Denn dicke Menschen sind gemütlich." Beide Mädchen waren etwas
dicker. Aber bei Roswitha war das Wort eine nette Umschreibung.
Bei Johanna passte es genau. Johanna war nicht wirklich dick.
Sie war fest und rundlich. Sie sah immer geradeaus und hatte blaue
Augen. Johanna war stolz auf ihre Arbeit in einem guten Haus.
Sie fühlte sich besser als Roswitha. Die war ein bisschen mehr wie eine
Bäuerin. Manchmal wurde Roswitha besser behandelt. Dann lachte
Johanna nur darüber. Sie dachte: Das ist eine nette Eigenart der lieben
Frau. Effi konnte nett zu Roswitha sein. Sie erzählte immer von ihrem
Vater und einer heißen Eisenstange.

Sie dachte: Wenn man sich gut benimmt, passiert so etwas nicht.
Aber sie sagte es nicht. Johanna und Roswitha lebten nett zusammen.
Sie wollten sich beide gut um Annie kümmern. Deshalb herrschte
Frieden und Einigkeit. Roswitha erzählte Märchen und Geschichten.
Johanna brachte ihr Anstand bei. Diese Aufteilung war klar.
Deshalb gab es kaum Streit. Annie sollte eine vornehme Dame werden.
Johanna war dafür die beste Lehrerin. Beide Mädchen waren für Annie
gleich wichtig.

Sie bereiteten sich auf Effis Rückkehr vor. Diesmal hatte Roswitha einen
Vorsprung gegenüber Johanna. Sie kümmerte sich um die Begrüßung.
Die Begrüßung hatte zwei Teile: einen Kranz mit Girlanden und ein
Gedicht. Sie wollten entweder „W" oder „EvI" auf den Kranz schreiben.
„W" wie „Willkommen", EvI" wie „Effi von Briest". Beides ging nicht.
Dafür war der Kranz zu klein.

Der Buchstabe „W" im Kranz war kurz genug. Aber dann brauchten
sie noch ein Gedicht. Roswitha war mutig. Sie sprach den Richter auf
der Treppe an. Sie bat ihn um ein Gedicht. Der Richter war nett.

Er sagte sofort ja. Seine Köchin gab bald ein Gedicht ab.

Das Gedicht lautete:
Mama, wir erwarten dich lange schon,
Durch Wochen und Tage und Stunden,
Nun grüßen wir dich von Flur und Balkon
Und haben Kränze gewunden.
Nun lacht Papa voll Freudigkeit,
Denn die gattin- und mutterlose Zeit
Ist endlich von ihm genommen,
Und Roswitha lacht und Johanna dazu,
Und Annie springt aus ihrem Schuh
Und ruft: willkommen, willkommen.

Alle haben das Gedicht auswendig gelernt. Sie haben es auch kritisch geprüft. Sie haben geschaut, ob es schön ist oder nicht.

Johanna sagte, es ist normal, wenn man „Gattin und Mutter" betont. Aber sie findet es auch schwierig. Effi fühlt sich vielleicht verletzt, wenn man sie so nennt. Annie war ein bisschen besorgt wegen Johannas Worten. Sie wollte das Gedicht ihrer Lehrerin zeigen. Sie sagte, die Lehrerin findet „Gattin und Mutter" gut. Aber sie mag „Roswitha und Johanna" nicht. Roswitha sagte dann, die Lehrerin ist dumm. Das passiert, wenn man zu viel lernt.

An einem Mittwoch sprachen die Mädchen und Annie über das Gedicht. Sie lösten das Problem mit der schlechten Zeile. Am nächsten Tag wartete Innstetten auf einen Brief von Effi. Im Brief sollte Effis Ankunft stehen. Es war Mittag und die Schule war zu Ende. Annie ging nach Hause und traf Roswitha vor dem Haus.

Annie sagte zu Roswitha: „Mal sehen, wer schneller die Treppe

hochkommt." Roswitha wollte nicht rennen. Aber Annie rannte los.
Oben angekommen stolperte sie. Sie fiel böse und verletzte sich an der
Stirn. Sie blutete stark. Sie war auf einen Haken neben der Treppe
gefallen.

Roswitha atmete schwer. Sie klingelte schnell. Johanna brachte das Kind
herein. Es sah ängstlich aus. Sie überlegten. „Wir rufen den Doktor.
Wir rufen den Herrn. Die Lene vom Hausmeister kommt aus der
Schule zurück." Sie sagten alles wieder ab. Es dauerte zu lange.
Sie mussten sofort etwas tun. Sie legten das Kind auf das Sofa und
kühlten es mit kaltem Wasser. Alles wurde besser. Sie wurden ruhiger.
„Jetzt verbinden wir sie", sagt Roswitha. „Es gibt noch einen langen
Verband. Die gnädige Frau hat sie letztes Jahr geschnitten.
Sie hatte sich da am Eis den Fuß verletzt."

„Ja, ja", sagt Johanna. „Aber wo ist der Verband? Ich weiß, sie ist
im Nähtisch. Der ist verschlossen. Aber das Schloss ist einfach.
Hol das Brecheisen, Roswitha. Wir brechen den Deckel auf."
Sie brachen den Deckel auf. Sie suchen in den Fächern, oben und unten.
Aber sie fanden die Binde nicht.

„Ich habe es doch gesehen", sagte Roswitha. Sie suchte weiter und war
ein bisschen sauer. Sie legte viele Sachen auf die Fensterbank: Nähzeug,
Nadelkissen, Garnrollen, Seide, kleine vertrocknete Veilchen, Karten
und Briefe. Die Briefe waren mit einem roten Faden gebunden.
Aber sie fand den Verband nicht.

Dann kam Innstetten ins Zimmer.

„Oh", sagte Roswitha und stand neben dem Kind. „Es ist nichts
Schlimmes, Herr. Annie ist auf etwas Scharfes gefallen.
Was wird die Frau dazu sagen? Aber es ist gut, dass sie nicht da war."

Innstetten nahm den Verband ab. Die Wunde war tief, aber nicht
gefährlich.

„Es ist nicht schlimm", sagte er; „Aber wir brauchen Rummschüttel.
Lene kann gehen, sie hat jetzt Zeit. Was ist denn hier mit dem Nähtisch
passiert?"

Roswitha erklärte es ihm. Sie hatten einen Verband gesucht.
Sie wollte jetzt aufhören und lieber neues Tuch nehmen.
Innstetten war einverstanden. Die Mädchen waren weg. Er setzte sich
zum Kind. „Du bist so wild, Annie. Das hast du von deiner Mama.
Immer wie ein Wirbelwind."

Er zeigte auf ihre Wunde und gab ihr einen Kuss. „Du hast nicht
geweint. Das ist gut. Ich verzeihe dir deine Wildheit. Der Doktor
kommt bald. Mach', was er sagt. Fass' den Verband nicht an.
Dann heilt es schnell. Mama kommt bald zurück. Dann wird fast alles
wieder gut. Sie kommt nächste Woche. Ich habe gerade einen Brief von
ihr bekommen. Sie grüßt dich und freut sich auf dich."

„Kannst du mir den Brief vorlesen, Papa?"

„Ja, das mache ich gerne."

Aber dann kam Johanna. Sie sagte, das Essen ist fertig. Annie stand auf,
trotz ihrer Wunde. Sie und ihr Vater gingen essen.

Kapitel 27

Innstetten und Annie saßen erst still da. Er fragte nach der
Schulvorsteherin und welchen Lehrer Annie mag. Annie antwortete.
Aber sie war nicht sehr interessiert. Innstetten war abgelenkt.
Johanna flüsterte Annie etwas ins Ohr. Sie sagte ihr, es gibt noch eine
Überraschung. Die gute Roswitha hatte ein schlechtes Gewissen.
Deshalb hatte sie dem Kind ein Omelett mit Apfelstücken gemacht.

Annie sah das Essen und sprach immer. Auch Innstetten wurde
fröhlicher. Dann kam Geheimrat Rummschüttel. Man hatte ihn
gebeten kommen. Aber das wusste er gar nicht. Er fand die Kompressen
gut. Man soll Bleiwasser holen und Annie soll zu Hause bleiben.
Annie braucht noch Ruhe. Dann fragte er nach der Frau des Hauses
und wie es ihr geht. Am nächsten Tag wollte er wiederkommen.

Nach dem Essen gingen alle in ein anderes Zimmer. Dort hatte man
vorher den Verband gesucht und nicht gefunden. Annie legte sich auf
das Sofa. Johanna setzte sich zu ihr. Innstetten räumte die Sachen aus
dem Tisch in eine Schachtel. Manchmal wusste er nicht weiter
und fragte Johanna.

„Wo waren die Briefe, Johanna?"

„Ganz unten", sagte sie, „hier in diesem Fach."

Innstetten schaute sich das kleine Paket genau an. Es war mit einem
roten Faden zusammengebunden. Es sah aus wie viele Zettel und
Briefe. Er blätterte durch die Seiten. Er konnte die Worte nicht genau
lesen. Aber er dachte, er kennt die Schrift. Er wollte sie vielleicht
vergleichen.

„Dann bring uns bitte den Kaffee, Johanna. Annie darf auch ein
bisschen trinken. Der Arzt hat nichts dagegen." Er machte dabei den
roten Faden los. Johanna ging raus. Innstetten sah schnell alle Papiere an.
Ein paar Briefe waren an „Frau Landrat von Innstetten" adressiert.
Er erkannte die Schrift von Major Crampas. Innstetten wusste nichts
von Briefen zwischen Crampas und Effi. Er war durcheinander.
Er nahm das Paket und ging in sein Zimmer. Kurz danach klopfte
Johanna leise an die Tür. Der Kaffee war fertig. Innstetten sagte drinnen
etwas. Aber dann war es still. Nach 15 Minuten hörte man ihn wieder
auf dem Teppich gehen.

„Was hat Papa denn?", fragte Johanna Annie. „Macht er sich Sorgen
wegen dir? Der Arzt sagte doch, dir fehlt nichts."

Er ging immer weiter im Nebenzimmer auf und ab. Dann kam er zurück
und sagte: „Johanna, pass' auf Annie auf. Sie soll auf dem Sofa bleiben.
Ich gehe jetzt raus. Ich bleibe eine oder zwei Stunden weg."

Er schaute das Kind genau an und ging dann weg.

„Hast du gesehen, wie Papa aussah?", fragte Annie.

„Ja, Annie. Er sah sehr ärgerlich aus und war blass.
So habe ich ihn noch nie gesehen."

Viele Stunden vergingen. Die Sonne war schon weg. Nur ein rotes
Licht war noch über den Dächern. Dann kam Innstetten zurück.
Er gab Annie die Hand und fragte, wie es ihr geht. Johanna sollte ihm
die Lampe ins Zimmer bringen. Die Lampe hatte einen grünen Schirm.
Auf dem Schirm waren Bilder von seiner Frau. Sie waren für das
Theaterstück von Crampas gemacht worden. Innstetten drehte den
Schirm und schaute sich jedes Bild an. Dann öffnete er die Tür zum

Balkon. Es wurde ihm zu warm. Zuletzt nahm er wieder Briefe in die
Hand.

Er hatte ein paar Briefe ausgesucht und oben hingelegt.

Jetzt las er sie noch mal leise vor:
„Komm' heute Nachmittag wieder zu den Dünen hinter der Mühle.
Wir können bei der alten Adermann sicher reden. Ihr Haus ist weit weg
von anderen. Du musst keine Angst haben. Wir haben auch Rechte.
Glaub' fest daran. Dann verlierst du deine Angst. Es muss nicht alles so
bleiben wie es ist. Das Leben wäre dann nichts wert. Das Beste kommt
noch. Freu dich darauf."

„Weglaufen, so schreibst du, Flucht. Das geht nicht. Ich kann meine
Frau nicht allein lassen. Sie hat vor allem Probleme. Wir müssen alles
leicht nehmen. Sonst sind wir arm und verloren. Leichtsinn ist das Beste,
was wir haben. Alles ist Schicksal. Es sollte so sein. Und willst du wirklich,
wir hätten uns besser nie getroffen?"

Dann kam der dritte Brief.

„Komm heute noch mal zum alten Ort. Wie soll ich hier ohne
dich leben! In diesem langweiligen Ort. Ich bin verzweifelt.
Du hast ausnahmsweise Recht: Ich gehe weg. Das ist unsere Rettung.
Wir müssen dankbar sein für die Trennung."

Innstetten hatte die Briefe gerade weggelegt. Da klingelte es an der Tür.
Johanna sagte: „Geheimrat Wüllersdorf ist da."

Wüllersdorf kam herein. Er bemerkte sofort Innstettens Unruhe.

„Entschuldigung, Wüllersdorf", sagte er. „Ich habe Sie heute noch zu mir

gebeten. Ich störe nicht gerne jemanden am Abend. Vor allem haben
Sie selber so viel zu tun. Aber es muss sein. Setzen Sie sich bitte.
Möchten Sie eine Zigarre?"

Wüllersdorf setzte sich hin. Innstetten ging hin und her. Er war sehr
unruhig. Er wollte aber nicht weiterlaufen. Also nahm auch er eine
Zigarre. Er setzte sich gegenüber von Wüllersdorf. Er wollte seine Ruhe
bewahren. „Ich habe Sie aus zwei Gründen gerufen", fing er an.
„Sie sollen eine Forderung überbringen und dann mein Helfer zu sein.
Beides ist nicht schön. Was sagen Sie dazu?"

„Sie wissen, Innstetten, ich helfe Ihnen. Aber erst mal eine einfache
Frage: Muss das sein? Wir sind zu alt dafür. Ich will nicht Nein sagen.
Wie könnte ich Ihnen etwas absagen? Aber was ist passiert?"

„Es geht um einen Mann. Er stand meiner Frau nah und war mein
Freund. Oder fast."

Wüllersdorf schaute Innstetten an.

„Innstetten, das kann doch nicht sein."

„Doch. Es ist sicher. Lies."

Wüllersdorf las schnell. „Sind die an Ihre Frau?"

„Ja. Ich habe sie heute in ihrem Nähkasten gefunden."

„Und wer hat sie geschrieben?"

„Major Crampas."

„Also passierte das, als Sie noch in Kessin waren?“

Innstetten nickte.

„Das war vor sechs Jahren oder etwas mehr.“

„Ja.“

Wüllersdorf war still. Dann sagte Innstetten: „Die sechs oder sieben Jahre scheinen Sie zu beeindrucken. Vielleicht liegt das lange genug zurück. Und man kann es vergessen. Aber ich bin nicht sicher.“

„Ich bin auch nicht sicher“, sagte Wüllersdorf.
„Und das ist die wichtige Frage hier.“

Innstetten sah ihn ernst an. „Meinen Sie das ernst?“

„Ja, sehr ernst. Es ist nichts für Witze oder komplizierte Diskussionen.“

„Was denken Sie? Wie sehen Sie das?“

„Innstetten. Ihre Situation ist schlimm und Ihr Glück ist weg.
Sie wollen den Liebhaber Ihrer Frau totschießen. Dann haben Sie
noch weniger Lebensglück. Und noch mehr Schmerzen.
Es hat Ihnen wehgetan: Und Sie tun sich dann noch mehr weh.
Müssen Sie das wirklich tun? Fühlen Sie sich so verletzt?
Muss unbedingt einer gehen? Er oder Sie?“

„Ich weiß es nicht.“

„Sie müssen es wissen.“

Innstetten stand auf und ging zum Fenster. Er klopfte nervös an das Glas.
Dann drehte er sich um und ging zu Wüllersdorf. Er sagte: „Nein, so ist es
nicht."

„Wie ist es dann?"

„Ich bin sehr unglücklich. Ich bin verletzt und betrogen worden.
Aber ich fühle keinen Hass und will keine Rache. Es ist eigentlich
schon so lange her. Aber manche Fehler kann man nicht verzeihen.
Vor Gott ist das vielleicht richtig. Aber vor Menschen nicht.
Die Zeit kann viele Wunden heilen. Und ich liebe meine Frau.
Ich liebe sie noch immer. Das hier ist schlimm. Trotzdem mag ich sie.
Deshalb möchte ich ihr im Herzen vergeben."

Wüllersdorf nickte. „Ich verstehe, Innstetten. Mir würde es genauso
gehen. Sie sagen: ‚Ich liebe diese Frau sehr und verzeihe ihr alles‘.
Und es ist alles lange her. Warum ist das dann alles noch wichtig?"

„Es muss trotzdem sein. Ich habe viel nachgedacht. Wir sind nicht
nur allein. Wir gehören zu Anderen. Wir müssen oft an die Anderen
denken. Wir sind von ihnen abhängig. Ganz allein wäre es anders.
Ich könnte mit meinem Unglück leben. Viele Menschen leben ohne
großes Glück. Ich könnte das auch. Man muss nicht glücklich sein.
Man hat kein Recht darauf. Aber dann kommt jemand und nimmt
dein Glück.

Man muss ihn nicht töten. Man kann ihn gehen lassen.
Aber in einer Gesellschaft gibt es Regeln. Wir müssen uns danach
richten. Man kann diese Regeln nicht brechen. Sonst verachtet uns die
Gesellschaft. Am Ende verachten wir uns selbst. Dann halten wir es nicht
aus und erschießen uns selbst.

Entschuldigen Sie. Aber das ist nichts Neues. Also nochmal, ich will keinen Hass. Ich will kein Blut an meinen Händen. Aber die Gesellschaft beherrscht uns. Sie fragt nicht nach Gefühlen oder Liebe oder wie lange das her ist. Ich habe keine andere Wahl. Ich muss es tun.“

„Ich weiß nicht, Innstetten.“

Innstetten lächelte. „Sie sollen entscheiden, Wüllersdorf. Es ist jetzt zehn Uhr. Vor sechs Stunden hatte ich die Sache noch selbst in der Hand. Ich konnte noch entscheiden. Es gab einen Weg heraus. Jetzt nicht mehr. Jetzt kann ich nicht mehr zurück. Denn ich habe es Ihnen erzählt. Vielleicht ist es meine Schuld. Ich hätte vielleicht alles für mich behalten sollen. Aber es kam zu plötzlich und zu stark. Ich muss mir deswegen keine Vorwürfe machen. Ich ging zu Ihnen und schrieb Ihnen einen Zettel. Damit war das Spiel vorbei. Sie wissen jetzt von meinem Unglück und dass ich betrogen wurde. Sie wissen alles. Deshalb kann ich nicht mehr zurück.“

„Ich weiß nicht“, sagte Wüllersdorf noch einmal. „Sie haben das sicher schon oft gehört. Ich kann schweigen wie ein Grab.“

„Ja, Wüllersdorf. Das sagen alle. Aber Geheimnisse gibt es nicht wirklich. Sie können schweigen und nichts sagen. Aber wissen es doch. Das hilft mir nicht. Sie verstehen mich. Aber Sie wissen es schon mal. Das ist nicht schön. Sie haben alles unter Kontrolle. Zum Beispiel wenn ich mit meiner Frau rede. Oder wenn meine Frau über Treue spricht oder über andere redet. Ich weiß dann gar nicht wie ich mich benehmen soll. Und wenn ich in einem Streit helfe und sage ‚das war keine Absicht‘, dann lächeln Sie vielleicht. In Ihrem Kopf denken Sie: ‚Der arme Innstetten. Er ist immer gutmütig. Er denkt, keiner will böse sein. Für ihn ist immer alles in Ordnung. Er ist ein bisschen doof.‘ Habe ich Recht, Wüllersdorf, oder nicht?

Wüllersdorf stand auf. „Es ist schlimm. Aber Sie haben Recht.
Ich werde Sie nicht mehr mit der Frage quälen: ‚Müssen Sie Crampas
erschießen?‘. Die Welt ist so wie sie ist. Die Dinge passieren nicht,
wie wir es wollen. Sie passieren so, wie andere es wollen.
Dass Gott urteilt, ist Unsinn. Das mit unserer Ehre ist eigentlich auch
Quatsch. Aber es ist eben immer noch so. Und wir müssen es befolgen.“

Innstetten nickte.

Sie sprachen noch eine Viertelstunde. Wüllersdorf sollte noch am
selben Abend wegfahren. Ein Zug fuhr um zwölf Uhr nachts.

Sie verabschiedeten sich kurz: „Auf Wiedersehen in Kessin.“

Kapitel 28

Am nächsten Abend fuhr Innstetten weg. Er nahm den gleichen Zug
wie Wüllersdorf am Tag vorher. Er kam früh um fünf Uhr an der
Bahnstation an. Von dort führte der Weg nach Kessin links weg.
Wie immer in der Saison fuhr auch heute ein Dampfschiff gleich nach
dem Zug. Innstetten ging die Treppe vom Bahndamm herunter.
Er hörte das Schiff schon.

Der Weg zur Anlegestelle dauerte weniger als drei Minuten. Er ging hin
und sagte Hallo zum Kapitän. Der Kapitän wirkte etwas unsicher.
Er hatte wohl schon von der Sache gehört. Dann wussten sicher schon
alle im Ort Bescheid.

Innstetten setzte er sich in die Nähe des Steuerrads. Das Schiff fuhr los.
Das Wetter war sehr schön. Es war sonnig am Morgen und nur wenige
Leute waren auf dem Schiff.

Innstetten dachte an einen anderen Tag zurück: ein grauer Tag
im November. Der Tag, an dem er mit Effi von der Hochzeitsreise
zurückkam. Da war er glücklich. Jetzt war es anders herum.
Draußen war es hell. Aber in seiner Seele fühlte es sich wie ein
grauer Novembertag an.

Er war oft diesen Weg gefahren. Die Ruhe auf den Feldern,
die Tiere und die arbeitenden Menschen taten ihm immer gut.
Es war so friedlich. Dann kamen Wolken und bedeckten den Himmel.
Darüber war er sogar froh.

Sie fuhren den Fluss hinunter. Sie kamen an einer großen Wasserfläche
vorbei. Dann sahen sie den Kirchturm von Kessin. Danach sahen sie das

Ufer und eine Reihe von Häusern mit Schiffen davor. Das Schiff landete.
Innstetten verabschiedete sich vom Kapitän und ging den Steg herunter.
Wüllersdorf war schon da. Sie begrüßten sich. Sie redeten nicht.
Sie gingen zu einem Gasthof. Sie setzten sich unter ein Zeltdach.

„Ich bin gestern hier angekommen", sagte Wüllersdorf. „Für ein kleines
Dorf ist das Hotel gut. Ich glaube, der Oberkellner spricht drei Sprachen.
Vielleicht auch vier Sprachen. Jean, bringen Sie uns bitte Kaffee und
Kognak."

Wüllersdorf redete unsinniges Zeug. Aber Innstetten wusste warum.
Er hatte Crampas Bescheid gesagt und das Duell verabredet.
Innstetten wollte auch nicht darüber reden. Er war froh darüber.
Er war aber nervös. Er sah auf seine Uhr.

„Wir haben Zeit", sagte Wüllersdorf. „Noch fast anderthalb Stunden.
Ich habe den Wagen für acht Uhr fünfzehn bestellt. Die Fahrt dauert
nur zehn Minuten."

„Und wohin?"

„Crampas wollte zuerst in den Wald, neben dem Friedhof.
Aber dann änderte er seine Meinung. Wir haben uns für einen Platz
zwischen den Dünen entschieden. Ganz nah am Meer; dort ist ein
Einschnitt in der Düne, und man sieht das Meer."

Innstetten lächelte. „Crampas hat einen schönen Ort zum Sterben
gewählt. Er ist immer so. Wie hat er sich verhalten?"

„Wunderbar."

„Übermütig? Leichtsinnig?"

„Nein, weder noch. Ich sage Ihnen ehrlich, Innstetten, es hat mich
sehr getroffen. Bei Ihrem Namen wurde er sehr blass. Er musste sich
beruhigen. Um seinen Mund zitterte es. Aber das war nur kurz.
Dann war er wieder ruhig. Danach sah er sehr traurig aus.
Er glaubt, er überlebt das nicht. Und er will das auch nicht richtig.
Er mag das Leben. Aber er kümmert sich nicht viel darum.
Er nimmt alles, wie es kommt. Das Leben ist ihm aber nicht so wichtig.“

„Wer wird ihm helfen? Oder besser, wer kommt mit ihm?“

„Das war ihm wichtig. Er wurde wieder ruhiger. Er dachte an zwei
oder drei Adlige in der Nähe. Aber dann sagte er Nein. Die sind zu alt
und zu fromm. Er schickte seinem Freund Buddenbrook in Treptow
ein Telegramm. Und der ist auch gekommen. Ein toller Mann.
Der ist mutig und doch wie ein Kind. Er war sehr aufgeregt und
lief hin und her. Ich habe ihm alles erklärt. Dann sagte er so wie wir:
‚Sie haben recht, es muss sein!‘“

Der Kaffee kam. Man nahm eine Zigarre. Wüllersdorf wollte wieder
über andere Dinge sprechen.

„Ich wundere mich. Keiner aus Kessin kommt, um Sie zu begrüßen.
Auch Ihr Freund Gieshübler nicht. Sie waren doch sehr beliebt.“

Innstetten lächelte. „Sie verstehen die Leute hier falsch. Die sind feige,
aber auch schlau. Sie sind nicht mein Fall. Aber sie benehmen sich alle
gut. Und Gieshübler ist ein guter Mann. Alle wissen Bescheid.
Aber sie wollen nicht neugierig wirken.“

In diesem Moment kam von links ein offener Wagen langsam näher.
Es war noch früh.

„Ist das unser Wagen?“, fragte Innstetten.

„Wahrscheinlich.“

Der Wagen hielt vor dem Hotel. Innstetten und Wüllersdorf standen auf.
Wüllersdorf ging zum Kutscher und sagte: „Fahren Sie zum Hafen.“

Der Hafen lag auf der anderen Seite des Strandes, rechts statt links.
Sie gaben die andere Richtung an. Sie wollten Probleme vermeiden.
Egal ob sie nach rechts oder links wollten, sie mussten durch den Park.
So kamen sie an Innstettens altem Haus vorbei. Das Haus sah
sehr ruhig aus. Die unteren Zimmer waren nicht gut gepflegt.
Wie mag es erst oben aussehen?

Effi hatte dort oft Angst. Manchmal hat er darüber gelacht.
Jetzt hatte er selbst Angst. Bald konnte er das Haus nicht mehr sehen.
Darüber war er froh.

„Da habe ich gewohnt“, sagte er zu Wüllersdorf.

„Es sieht so leer und verlassen aus.“

„Ja, vielleicht. In der Stadt dachten die Leute, es spukt dort.
Heute verstehe ich das.“

„Was war los mit dem Haus?“

„Nur Unsinn: Ein alter Kapitän lebte dort mit seiner Enkelin
oder Nichte. Eines Tages war sie weg. Dann gab es einen Chinesen.
Der war vielleicht ihr Freund. Im Flur hingen ein kleiner Hai
und ein Krokodil. Sie bewegten sich immer. Es ist eine tolle Geschichte.
Aber jetzt will ich sie nicht erzählen. Ich denke an andere Dinge.“

„Es kann auch alles gut gehen.“

„Das darf es nicht. Und vorhin sagten Sie das auch.“

Sie fuhren an einer Plantage vorbei. Der Kutscher wollte nach rechts
fahren. „Fahren Sie lieber nach links. Zur Mole fahren wir später.“
Der Kutscher fuhr nach links auf eine breite Straße.
Sie führte zum Wald.

Sie kamen bis auf dreihundert Schritte an den Ort heran.
Dann hielt Wüllersdorf den Wagen an. Beide gingen durch den Sand.
Sie liefen eine breite Straße entlang. Diese Straße ging durch drei Reihen
von Dünen. Neben der Straße wuchsen Büschel von Strandhafer.
Auch Immortellen und rote Nelken waren da. Innstetten pflückte eine
Nelke. Er steckte sie an sein Hemd. „Die Immortellen nehme ich später.“
„Immortel“ bedeutet „unsterblich“.

Sie gingen fünf Minuten lang. Dann kamen sie zu einer tiefen Stelle
zwischen zwei Dünen. Sie sahen nach links. Dort standen Crampas,
Buddenbrook und Doktor Hannemann. Der Doktor hielt seinen Hut
in der Hand. Seine weißen Haare wehten im Wind.

Innstetten und Wüllersdorf gingen aus der Sandgrube hinauf.
Buddenbrook kam ihnen entgegen. Sie sagten Hallo. Dann sprachen
die Sekundanten kurz miteinander. Sie wollten schnell vorgehen und
aus zehn Schritten schießen. Buddenbrook ging zurück zu seinem Platz.
Alles ging sehr schnell. Die Schüsse fielen.

Crampas fiel um. Innstetten ging ein paar Schritte zurück.
Er drehte sich weg von dem Ort. Wüllersdorf ging zu Buddenbrook.
Beide schauten auf den Doktor. Der Doktor zuckte mit den Schultern.
Crampas machte mit der Hand ein Zeichen. Er wollte noch etwas sagen.

Wüllersdorf hörte zu und nickte. Dann ging er zu Innstetten.

„Crampas möchte mit Ihnen sprechen, Innstetten.
Sie sollten zu ihm gehen. Er wird bald sterben.“

Innstetten kam zu Crampas.

„Wollen Sie ...“ Das waren seine letzten Worte.

Crampas hatte große Schmerzen. Dann sah er noch einmal fast
freundlich aus. Danach starb er.

Kapitel 29

Am Abend kam Innstetten in Berlin an. Er fuhr mit dem Wagen
direkt zum Bahnhof. Er fuhr an den Dünen vorbei. Er fuhr gar nicht
mehr nach Kessin. Die anderen Männer sagten der Polizei Bescheid.
Innstetten war allein im Zugabteil. Er dachte über alles nach.
Es waren die gleichen Gedanken wie vor zwei Tagen. Aber jetzt
dachte er andersherum. Er fing an zu glauben, dass er Recht hatte.
Dann fing er an zu zweifeln. ‚Schuld ist immer da und geht nicht
einfach weg. Schuld muss man wiedergutmachen. Das macht Sinn.
Man muss handeln. Auch wenn es lange her ist. Sonst ist man schwach.‘
Er stand auf und dachte, es musste so kommen.

Aber dann dachte er wieder anders. ‚Nach einer gewissen Zeit
vergisst man alles. Das ist vernünftig. Auch wenn es langweilig ist.
Ich bin 45 Jahre alt. Wenn ich die Briefe in 25 Jahren gefunden hätte,
wäre ich 70. Dann hätten meine Freunde gesagt: ‚Sei kein Dummkopf.‘
Oder ich hätte es zu mir selbst gesagt. Das ist mir klar. Irgendwann ist
es lächerlich. Aber wann geht man zu weit? Wo ist die Grenze?
Nach zehn Jahren ist ein Duell noch Ehrensache. Nach 11 Jahren
oder schon nach 10,5 Jahren ist es Unsinn. Die Grenze, die Grenze.
Wo ist sie? War sie schon da? Habe ich sie überschritten? Wenn ich an
seinen letzten Blick denke. Er sah traurig aus. Aber er lächelte noch.
‚Sein Blick sagte: ‚Innstetten, nur weil du denkst: Das muss jetzt so sein.
Das hättest du uns beiden ersparen können.‘ Und er hatte vielleicht Recht.
Das fühle ich tief in mir. Ja, wenn ich voller Hass gewesen wäre, wenn ich
Rache gewollt hätte.

Rache ist nicht schön. Aber man hat ein Recht darauf. Aber alles war nur
für eine Idee. Komplett ausgedacht. Eine halbe Komödie. Und ich muss
diese Komödie weiterspielen. Ich muss Effi wegschicken und ihr Leben

kaputt machen. Ich musste die Briefe verbrennen. Niemand
durfte davon wissen. Ich sage Effi nichts von dem Duell. Dann sage
ich ihr: ‚Hier ist dein Platz‘. Ich muss mich heimlich von ihr trennen;
sie merkt nichts davon. Aber jetzt muss ich mich nicht mehr von den
Anderen trennen. Niemand sagt, ich sei feige oder doof. Viele Leben
sind kein richtiges Leben. Viele Ehen sind keine richtigen Ehen.
Jetzt ist das Glück weg. Aber ich muss ihr fragendes Gesicht und ihre
stillen Vorwürfe nicht sehen.

Kurz vor zehn Uhr kam Innstetten bei seiner Wohnung an.
Er ging die Treppe hoch und läutete. Johanna kam und machte auf.

„Wie geht es Annie?“

„Gut, mein Herr. Sie schläft noch nicht. Wenn der Herr...“

„Nein, nein. Das bringt sie nur durcheinander. Ich sehe sie lieber
morgen früh. Bringen Sie mir ein Glas Tee, Johanna. Wer war hier?“

„Nur der Doktor.“

Jetzt war Innstetten wieder allein. Er ging wieder hin und her.
Er redete mit sich selber: „Die wissen schon alles. Roswitha ist dumm.
Aber Johanna ist schlau. Sie wissen es vielleicht nicht genau.
Dann haben sie es sich gedacht und wissen es doch. Alles wird zu
einem Zeichen. Und jeder erzählt die Geschichte, als ob er dabei
gewesen wäre.“ Johanna brachte den Tee. Innstetten trank.
Er war nach der Überanstrengung todmüde und schlief ein.

Innstetten stand früh auf. Er sah seine Tochter Annie. Dann ging er
zur Arbeit. Er musste seinem Chef alles erzählen. Der Chef meinte:
„Gut gemacht. So sind Sie heil aus der Sache herausgekommen.“

Er ließ Innstetten weitermachen.

Am Nachmittag kam Innstetten nach Hause. Er fand einen Brief von
Wüllersdorf. Der war gerade zurückgekommen. Er hatte traurige und
schöne Dinge erlebt. Er sprach über Gieshübler, einen netten Mann.
Gieshübler hatte nicht viel über Innstetten gesagt. Aber er hatte viel
über Innstettens Frau gesprochen und dann geweint. Im Haus von
Major Crampas war es noch viel trauriger. Wüllersdorf schrieb:
„Kein Wort davon. Man muss vorsichtig sein." Er wollte Innstetten
morgen sehen.

Innstetten war sehr bewegt nach dem Lesen. Er schrieb einige Briefe.
Danach sollte Johanna die Briefe wegbringen.

Johanna nahm die Briefe und wollte los. Dann aber sagte Innstetten:
„Johanna, meine Frau kommt nicht zurück. Andere werden Ihnen sagen
warum. Annie soll es noch nicht wissen. Sie hat keine Mutter mehr.
Sagen Sie es ihr ruhig. Ich kann es nicht tun. Aber seien Sie klug dabei.
Und passen Sie auf Roswitha auf. Die macht sonst was Dummes."

Johanna war erst verwirrt. Dann ging sie zu Innstetten und küsste seine
Hand. In der Küche fühlte sie sich stolz und überlegen, fast glücklich.
Der Herr hatte ihr vertraut. Er sagte, sie soll auf Roswitha aufpassen;
die soll nichts falsch machen. Das war für sie das Wichtigste.
Sie fühlte sich ihm sehr nahe.

Normalerweise hätte Johanna ihren Stolz leicht zeigen können.
Aber heute war es anders. Ihre Konkurrentin Roswitha wusste mehr als
sie. Der Portier hatte Roswitha in seine Stube gerufen. Er gab ihr ein
Zeitungsblatt zum Lesen. „Hier, Roswitha, lesen Sie; bringen Sie es mir
später zurück. Das ist nur die Zeitung für Alle. Aber Lene holt schon die
Zeitung aus Kessin. Dort steht bestimmt mehr drin. Die wissen immer

alles. Roswitha, wer hätte das gedacht?"

Roswitha ist eigentlich nicht so neugierig. Aber sie ist schnell die Treppe
hochgegangen. Sie hatte gerade fertiggelesen. Da kam Johanna.
Sie legte Innstettens Briefe auf den Tisch. Sie schaute die Namen
auf den Briefen kurz an. Aber sie kannte sie schon. Sie sagte ruhig:
„Einer geht nach Hohen-Cremmen."

Roswitha sagte: „Das überrascht mich nicht."

Aber Johanna war überrascht. „Der Herr schreibt sonst nie nach
Hohen-Cremmen."

„Aber jetzt", sagte Roswitha. „Das hat mir der Portier gegeben."

Johanna las aus der Zeitung vor: „Eine Neuigkeit von jemand,
der dabei war. Es gab gestern in dem Badeort Kessin ein Duell.
Herr von I. hat gegen Herrn von Crampas geschossen.
Herr von Crampas ist tot. Er hatte wohl eine Beziehung mit
der Frau von Herrn von I. Sie ist schön und jung."

Johanna sagte: „Die Zeitungen schreiben so viel."
Die Neuigkeit war schon bekannt. Darüber war sie nicht froh.

„Ja", sagte Roswitha. „Jetzt lesen die Leute das. Sie reden schlecht
über meine liebe Frau. Und über den armen Major. Jetzt ist er tot."

„Ja, Roswitha, was denkst du denn? Soll er etwa nicht tot sein?
Soll lieber unser guter Herr tot sein?"

„Nein, Johanna, unser guter Herr soll leben. Alle sollen leben.
Ich mag die Totschießerei und das Knallen nicht. Und denk' mal nach,

Johanna. Das ist schon so lange her. Die Briefe sahen komisch aus.
Sie hatten ein rotes Band und waren mehrmals umwickelt.
Sie hatten keinen Knoten. Sie waren schon gelb. So lange ist das her.
Wir sind schon über sechs Jahre hier. Wie kann man wegen so alter
Sachen …“

„Ach, Roswitha, du kapierst es nicht. Aber eigentlich bist du schuld.
Wegen der Briefe ist das alles passiert. Warum hast du den Nähtisch
aufgebrochen? Man darf das nicht. Man darf kein Schloss aufbrechen.“

„Johanna, das ist nicht fair. Du bist schuld. Du bist in die Küche gerannt
und hast gesagt: Der Nähtisch muss aufgemacht werden. Da wäre etwas
Wichtiges drin. Dann habe ich das Stemmeisen geholt. Und jetzt soll
ich schuld sein? Nein, ich sage …“

„Na gut, Roswitha. Aber sag‘ nicht ‚der arme Major‘. Der arme Major
war nicht gut. Er hatte einen rotblonden Schnurrbart und war mal hier,
mal da. Das geht nicht. Er macht nur Ärger. Ich habe oft bei reichen
Leuten gearbeitet. Ich weiß, was in Ordnung ist. Und was Ehre ist.
Und wenn etwas Schlimmes passiert. Du kennst das nicht, Roswitha.
Der Major hat die Ehre Innstettens verletzt. Dann gibt es eine
Herausforderung. Dann schießt einer gegen den anderen.
Und einer von beiden ist dann tot.“

„Ach, das weiß ich auch. Ich bin gar nicht so dumm.
Aber es ist schon so lange her …“

„Ja, Roswitha, mit deinem ‚schon lange her‘. Du verstehst es einfach nicht.
Du erzählst doch immer von deinem Vater und dem heißen Eisen.
Der ging auf dich los, weil du ein Kind hattest. Das ist jetzt auch tot.
Immer bei einem heißen Bolzen denke ich an deinen Vater.
Ich sehe ihn wegen des Kindes auf dich losgehen.

Roswitha, bald wirst du es auch noch Annie erzählen.
Vielleicht bei ihrer Konfirmation. Es tut mir leid, was du erlebt hast.
Dein Vater war nur ein Dorfschmied. Er hat Pferde beschlagen.
Aber unser Herr soll alles so hinnehmen. Und sechs Jahre sind nicht
so lange her. Unsere Frau wird bald 26 Jahre alt. Im August hat sie
Geburtstag. Man muss aufpassen, bis man 36 ist. Sonst wollen die
vornehmen Leute nichts mehr mit ihm zu tun haben. Sie schneiden ihn.
Aber du kennst das Wort ‚Schneiden‘ nicht, Roswitha.“

„Nein, ich kenne es nicht und will es auch nicht.
Aber Johanna, du bist in unseren Herrn verliebt.“

Johanna lachte krampfhaft.

„Ja, lach‘ nur. Ich habe es schon lange gesehen. Du benimmst dich so.
Zum Glück sieht unser Herr das nicht. Die arme Frau.“

Johanna wollte Frieden machen. „Lass uns aufhören, Roswitha.
Du bist wieder so aufgeregt. Aber das sind viele Leute vom Land.“

„Das kann sein.“

„Ich will nur die Briefe wegbringen. Vielleicht hat der Hausmeister
schon die andere Zeitung. Hat er Lene danach geschickt?
In der Zeitung muss mehr stehen. Hier steht fast nichts.“

Kapitel 30

Effi und Frau Zwicker waren jetzt seit drei Wochen in Ems. Sie wohnten dort im Erdgeschoss einer schönen kleinen Villa. Zwischen ihren Zimmern war ein Salon. Der Salon hatte einen Blick auf den Garten. Dort stand ein Klavier aus dunklem Holz. Manchmal spielte Effi darauf eine Sonate. Frau Zwicker spielte ab und zu einen Walzer. Sie mochte Musik nicht so sehr. Sie mochte nur den Sänger Niemann, wenn er Wagners ‚Tannhäuser‘ singt.

Es war ein schöner Morgen. Im Garten sangen Vögel. Nebenan gab es ein Café. Dort hörte man schon früh das Geräusch von klackenden Billardkugeln. Die beiden Frauen aßen ihr Frühstück draußen. Sie saßen auf einem Platz mit Kies unter einem kleinen Dach. Von dort führten drei Stufen in den Garten. Sie wollten frische Luft genießen. Effi und die andere Frau machten Handarbeit. Sie sprachen nur ab und zu miteinander.

Effi sagte: „Ich verstehe es nicht. Ich habe seit vier Tagen keinen Brief bekommen. Er schreibt sonst jeden Tag. Ist Annie krank? Oder er?“

Die andere Frau lächelte und sagte: „Sie werden sehen, er ist gesund.“

Effi mochte ihren Ton nicht. Sie wollte etwas sagen. Aber gerade dann kam das Hausmädchen Afra raus. Afra kam aus der Nähe von Bonn. Sie beobachtete gerne die Bonner Studenten und Husaren und wollte so sein wie sie.

Effi fragte Afra: „Ist es schon neun Uhr? War der Postbote schon da?“

Afra sagte: „Nein, noch nicht.“

„Warum nicht?“

„Es liegt am Postboten. Er kommt aus Siegen. Die Siegener sind
langsam. Das habe ich ihm schon gesagt. Und sein Haar?
Er weiß gar nicht, was ein Scheitel ist.“

„Afra, Sie sind zu streng. Er ist Postbote und es ist immer heiß.“

„Ja, aber die einen können’s und die anderen nicht.“

Afra nahm das Tablett und ging durch den Garten in die Küche.

Die Zwicker sagte: „Afra ist hübsch und bewegt sich schön. Afra hat
einen schönen Namen. Es gab mal eine Heilige mit diesem Namen.“

Effi sagte: „Jetzt haben Sie den Faden verloren.“

„Nein, ich erinnere mich wieder. Afra erinnert mich an jemanden.
An Ihr Hausmädchen in Berlin.“

„Ja, sie ähneln sich. Aber unser Berliner Hausmädchen ist hübscher.
Ihr blondes Haar ist schöner und fülliger als alle anderen.“

Die Zwicker lächelte. „Selten spricht eine junge Frau so begeistert
über das Haar ihres Mädchens. Und dann noch über die Fülle!
Ich finde das süß. Das richtige Mädchen zu finden ist schwer.
Sie sollen hübsch sein. Denn Besucher und besonders Männer wollen
keine hässlichen Mädchen sehen. Zum Glück sind die Flure meist
dunkel. Aber für gutes Aussehen bräuchte man eine Medizin.
Das hat mein Mann immer gesagt.“

Effi hörte mit gemischten Gefühlen zu. Die Zwicker tat so vornehm.

Sonst könnte es mit der Geheimrätin richtig nett sein. Dann hätte sie es lustig gefunden.

„Sie haben Recht", sagte Effi. „Innstetten sagt auch so was. Er lacht dann, wenn ich einen Ausdruck nicht mag. Dann sagt er Entschuldigung. Ihr Mann war länger im Dienst und älter."

„Ein bisschen", sagte die andere Frau kurz und abweisend.

„Ich verstehe Ihre Sorgen nicht ganz", sagte Effi. „Anständiges Benehmen hat doch immer noch viel Macht."

„Finden Sie?"

„Sie müssen doch keine Sorgen haben", sagte Effi weiter. „Entschuldigung, dass ich das so direkt sage. Sie sind zauberhaft. So fröhlich und interessant. Oder haben Sie selbst traurige Dinge erlebt?"

„Traurige Dinge?", sagte die Zwicker. „Das ist ein zu starkes Wort. Vielleicht habe ich einiges erlebt. Aber traurig würde ich das nicht nennen. Man kann doch damit umgehen. Sie sollten das nicht zu ernst sehen."

„Ich verstehe nicht genau, was Sie meinen. Ich weiß, was Sünde ist. Aber es gibt schlechte Gedanken. Das ist das eine. Oder man gewöhnt sich an sie. Und dann vielleicht noch im eigenen Haus."

„Das wollte ich nicht direkt sagen. Ich war misstrauisch. Aber das ist alles vorbei. Es gibt ja auch Dinge außerhalb des Hauses. Haben Sie von Ausflügen gehört?"

„Ja. Ich wünschte, Innstetten hätte mehr Interesse daran.“

„Denken Sie darüber nach, liebe Freundin. Mein Mann fuhr immer
nach Saatwinkel. Schon der Name tut mir im Herzen weh. Die Orte um
Berlin machen mir Angst und Sorgen. Jetzt lächeln Sie. Liebe Freundin,
was denken Sie über eine große Stadt und wie die Menschen dort leben?
In Berlin gibt es drei Orte mit fast gleichem Namen: Pichelsberg,
Pichelsdorf und Pichelswerder. Da wird viel gepichelt.“

Effi nickt. Die Zwicker spricht weiter. „Aber auf dieser der Seite von
Berlin gibt es Kultur. Auf der anderen Seite gibt es komische Namen
wie Kiekebusch und Wuhlheide. Aber diese Orte sind beliebt.“

Die Zwicker mochte keine Ausflüge dorthin. „Auf der einen Seite sind
die Leute brave Preußen. Das wollen die Leute auf der anderen Seite
kaputt machen. Mein Mann hat mir kurz vor seinem Tod gesagt:
„Denk‘ daran, Sophie. Der Gott Saturn hat seine Kinder aufgegessen.‘
Er hatte Fehler. Aber er dachte viel nach. Er verstand auch viel von
Geschichte. Aber ich merke gerade: Frau von Innstetten hört mir nicht
richtig zu. Sie wartet auf den Postboten und denkt schon an die lieben
Worte im Brief.“

Herr Böselager kam zum Tisch und legte Sachen hin: Zeitungen,
Werbung von Friseuren und einen großen Brief für Frau von Innstetten.
Sie unterschrieb für den Brief und der Postbote ging weg.
Frau Zwicker sah sich die Werbung an und lachte über die niedrigen
Preise für Shampoo.

Effi hörte nicht zu. Sie drehte ihren Brief in den Händen. Sie wollte ihn
gar nicht öffnen. Sie hatte irgendwie Angst. Der Brief war sehr groß
und hatte zwei Siegel mit einem dicken Umschlag. Was bedeutete das?
Der Stempel sagte „Hohen-Cremmen“ und die Schrift war von ihrer

Mutter. Innstetten hatte seit fünf Tagen nichts geschrieben.

Sie nahm eine Schere mit einem schönen Griff. Sie öffnete den Brief
langsam. Im Brief war eine Überraschung. Es war ein langer Brief.
Er kam von ihrer Mutter. Zwischen den Seiten lagen Geldscheine.
Um das Geld war ein Streifen Papier. Auf dem Papier stand die
Geldsumme. Ihr Vater hatte sie aufgeschrieben. Sie legte das Geld
zur Seite und fing an zu lesen. Sie setzte sich in einen Schaukelstuhl.
Aber sie konnte nicht weiterlesen. Sie wurde sehr blass.
Dann hob sie den Brief wieder auf.

„Geht es Ihnen nicht gut?", fragte ihre Freundin. „Haben Sie schlechte
Nachrichten bekommen?" Effi nickte nur. Sie sprach nicht viel. Sie bat
,um ein Glas Wasser. Sie trank etwas. Dann sagte sie: „Es geht schon
besser. Aber ich möchte alleine sein. Können Sie mir Afra schicken?"

Dann stand sie auf und ging in das Wohnzimmer. Sie konnte sich gerade
noch festhalten. Sie hangelte sich am Klavier entlang. So kam sie zu ihrem
Zimmer. Im Zimmer fiel sie ohnmächtig auf ihr Bett.

Kapitel 31

Es vergingen einige Minuten.

Effi fühlte sich ein bisschen besser und setzte sich auf einen Stuhl am
Fenster. Sie schaute auf die ruhige Straße. Am liebsten hätte sie Lärm
und Streit von unten gehört. Aber es war still. Nur Sonnenschein
und Schatten. Sie fühlte sich sehr allein. Vor einer Stunde war sie
noch glücklich. Alle mochten sie. Jetzt fühlte sie sich verstoßen.
Sie hatte nur den Anfang des Briefes gelesen. Aber es reichte.
Sie hatte verstanden. Wohin sollte sie gehen?

Sie wusste keine Antwort. Aber sie wollte weg von hier.
Weg von der Zwicker. Die fand das alles nur „interessant“.
In Wirklichkeit war sie schrecklich neugierig.

„Wohin soll ich?“

Der Brief lag auf dem Tisch. Effi traute sich nicht weiterzulesen.
Dann dachte sie: ‚Wovor habe ich noch Angst? Was kann noch im
Brief stehen? Alles passierte wegen einem Mann. Der ist jetzt tot.
Ich kann nicht nach Hause zurück. Bald werde ich geschieden sein.
Mein Kind wird beim Vater bleiben. Das ist klar. Ich habe einen Fehler
gemacht. Eine Frau mit Fehlern kann ihr Kind nicht großziehen.
Und wie soll ich leben? Ich werde irgendwie zurechtkommen.
Ich will wissen, was Mutter dazu sagt. Wie mein Leben weitergehen soll.‘

Sie nahm den Brief und las das Ende.

„Deine Zukunft, liebe Effi, wird so sein: Du musst alleine klar kommen.
Wir werden dir ein wenig helfen. Du solltest in Berlin leben.

In einer großen Stadt fällt man weniger auf. Du wirst entweder alleine
sein oder arm. Deine alte Welt wird dir nicht mehr offenstehen.
Du kannst auch nicht mehr zu uns nach Hause kommen. Das ist das
Traurigste. Wir können dir keinen Platz bei uns in Hohen-Cremmen
geben. Dann kommen die Anderen nicht mehr. Das wollen wir nicht.
Nicht weil wir die Gesellschaft so lieben. Wir sind mit dir nicht
einverstanden. Die finden es schlimm. Und wir finden es auch schlimm.
Das wollen wir zeigen. Auch wenn du unser einziges und geliebtes
Kind bist."

Effi konnte nicht weiterlesen. Ihre Augen füllten sich mit Tränen.
Sie wollte nicht weinen. Aber dann weinte sie sehr stark.
Das tat ihrem Herzen gut.

Nach einer halben Stunde hörte Effi ein Klopfen.
Sie sagte „Herein". Die Zwicker kam ins Zimmer.

„Darf ich eintreten?"

„Ja, liebe Geheimrätin", sagte Effi. Sie lag auf dem Sofa. Sie hatte sich
zugedeckt. Ihre Hände waren gefaltet. „Bitte setzen Sie sich."

Die Geheimrätin setzte sich hin. Ein Tisch mit Blumen stand zwischen
ihr und Effi. Effi war nicht verlegen. Sie änderte nichts an ihrer Art zu
liegen. Sie wollte nur weg.

„Sie haben eine traurige Nachricht bekommen", sagte die Geheimrätin.

„Ja, sehr traurig", sagte Effi. „Ich muss heute noch weg."

„Ich will nicht neugierig sein. Aber geht es um Ihre Tochter?"

„Nein, es geht nicht um Annie. Die Nachricht kam nicht aus Berlin.
Es war ein Brief von meiner Mama. Sie macht sich Sorgen um mich.
Ich will sie beruhigen. Deshalb will ich bei ihr sein."

„Ich verstehe. Dann muss ich die letzten Tage in Bad Ems ohne
Sie verbringen. Kann ich Ihnen helfen?"

Effi konnte nicht mehr antworten. Afra kam und sagte, es gibt
Mittagessen. Und dass alle aufgeregt sind. Der Kaiser kommt vielleicht
für drei Wochen. Und die Husaren aus Bonn kommen auch.

Frau Zwicker überlegte schnell, ob sie bis dahin bleiben soll. Sie dachte:
„Ja", und ging. Sie wollte Effis Fehlen beim Mittagessen entschuldigen.

Afra wollte auch gehen. Da sagte Effi: „Afra, kommen Sie bitte zu mir.
Helfen Sie mir eine Viertelstunde beim Packen. Ich will heute noch mit
dem Zug um sieben Uhr abfahren."

„Heute noch? Das ist aber schade. Jetzt beginnen die schönen Tage."

Effi lächelte.

Frau Zwicker wollte noch mehr hören und Effi zum Zug begleiten.
Aber sie durfte nicht. Effi hatte gesagt, am Bahnhof ist man abgelenkt.
Man kümmert sich um seinen Platz und sein Gepäck.
Man verabschiedet sich lieber vorher von netten Menschen.

Die Zwicker sagte: „Ja". Aber sie merkte, dass etwas nicht stimmte.
Sie hatte alles gehört. Sie hatte das Gefühl, Effi redet von etwas anderem.

Afra brachte Effi zum Bahnhof. Effi musste ihr versprechen, im
nächsten Sommer wieder zu kommen. Afra sagte: „Wer einmal in Ems

war, kommt immer wieder. Ems ist sehr schön. Fast so schön wie Bonn."

Die Zwicker schrieb Briefe. Sie schrieb nicht am wackeligen Schreibtisch
im Wohnzimmer. Sie schrieb draußen auf der Veranda. Am gleichen
Tisch hatte sie vor zehn Stunden mit Effi gefrühstückt.
Sie hatte Freude daran. Ein Brief war für eine Freundin in Reichenhall.
Die beiden Frauen dachten ähnlich über Männer. Sie fanden,
Männer sind oft nicht gut. Besonders die selbstsicheren Männer.
Die schüchternen Männer sind nach etwas Zeit besser. Aber die großen
Liebhaber enttäuschen immer. Das sagten die beiden Freundinnen oft
zueinander.

Die Zwicker schrieb weiter über eine Frau namens Effi.
Sie sagte, Effi sei nett und offen. Effi sei nicht stolz auf ihren Adel.
Sie hörte bei spannenden Geschichten gerne zu. Die Zwicker hatte
das oft gemacht. Am besten sollte Effi ihre eigene Geschichte erzählen.
Sie glaubte, hinter dem Brief von heute stecke mehr. Sie hatte oft Recht
mit solchen Dingen. Effi sprach gern über Prediger aus Berlin.
Sie bewertete, wie fromm sie waren. Effi tat so unschuldig.
Das machte die Zwicker misstrauisch.

Dann kam Afra. Sie brachte der Zwicker ein Zeitungsblatt.
Die Wirtin hatte es für sie markiert. Die Zwicker wollte die markierte
Stelle lesen. Sie schrieb dann noch mehr an ihre Freundin:

‚Nachtrag: Das Zeitungsblatt war sehr interessant und kam genau
richtig. Ich habe ein Stück von dem blauen Anstrich abgeschnitten.
Ich lege es zu diesem Brief. Du siehst, ich habe mich nicht geirrt.
Wer ist dieser Crampas?

Es ist unglaublich. Man schreibt sich Zettel und Briefe. Dann hebt man
auch noch die vom anderen auf. Warum hat sie sie nicht verbrannt?

Man darf Liebesbriefe nicht aufheben. Vielleicht später, wenn Männer sich dann nicht gegenseitig erschießen. Aber das dauert noch.
Ich habe Mitleid mit der jungen Baronin. Ich habe mich also nicht geirrt. Der Fall war nicht einfach. Andere hätten es nicht gemerkt.

Deine Sophie.

Kapitel 32

Drei Jahre sind vergangen. Effi lebte schon lange in einer kleinen Wohnung. Sie hatte ein Zimmer vorne und eins hinten. Hinter dem hinteren Zimmer war die Küche mit einem kleinen Raum für Hausmädchen. Alles war sehr normal und alltäglich.

Es war eine sehr schöne Wohnung. Sie gefiel allen. Besonders dem alten Herrn Rummschüttel. Er kam manchmal vorbei. Er hatte der jungen Frau ihr vorgespieltes Rheuma vergeben. Denn er kannte Schlimmeres.

Er war jetzt fast achtzig Jahre alt. Effi war oft krank. Sie bat ihn dann um einen Besuch. Er kam dann gleich am nächsten Tag. Er wollte keine Entschuldigungen hören, dass es so weit oben sei. „Keine Entschuldigungen, liebe Frau", sagte er. „Erstens ist das mein Beruf. Zweitens kann ich die Treppen noch gut steigen. Darüber bin ich froh und fast stolz. Ich würde sogar öfter kommen. Nur um Sie zu sehen und am Fenster zu sitzen. Ich denke, Sie schätzen die Aussicht nicht genug."

„O doch", sagte Effi. Aber Herr Rummschüttel redete weiter. „Bitte, liebe Frau, kommen Sie mal her. Nur für einen Moment. Oder lassen Sie mich Sie zum Fenster führen. Die Aussicht ist wieder wunderschön heute. Schauen Sie die Bahndämme an. Es sind drei oder vier. Züge fahren hin und her. Ein Zug verschwindet hinter Bäumen. Die Sonne macht den Rauch hell. Hinter den Bäumen ist ein Friedhof. Ohne den Friedhof wäre es perfekt."

„Ich mag Friedhöfe."

„Sie können das sagen. Aber für uns ist es anders. Am besten sollten weniger Menschen dort liegen. Aber ich bin zufrieden mit Ihnen.

Sie wollen nicht nach Ems. Schade. Ems wäre gut wegen Ihrer Erkältung."

Effi sagte nichts.

„Ems wäre gut für Sie. Aber wenn Sie es nicht mögen, trinken Sie
hier das Wasser. In drei Minuten sind Sie im Garten Prinz Albrecht.
Dort gibt es keine Musik oder Mode wie in einem Kurort."

Effi stimmt zu. Rummschüttel nahm Hut und Stock. Er ging nochmal
zum Fenster. „Ich höre, dass der Kreuzberg schöner gemacht wird.
Die Stadtverwaltung unternimmt etwas. Wenn die kahle Stelle mehr
Bäume hat, wird es schön hier. Ich könnte Sie fast beneiden.
Sie haben mir immer nette Briefe geschrieben. Das freut mich.
Aber es macht Ihnen Mühe. Schicken Sie mir einfach Roswitha."

Effi bedankte sich und sie gingen auseinander.

„Schicken Sie mir einfach Roswitha", hatte Rummschüttel gesagt.
War Roswitha bei Effi? Wohnte sie in der Königgrätzer Straße?
Genau. Sie wohnt auch dort. Sie ist schon lange dort. Sie kam drei
Tage vor Effi an. Das war ein wichtiger Tag für beide.

Nach dem Brief von ihrer Mutter fuhr sie mit dem Zug nach Berlin.
Sie zog nicht in ihre eigene Wohnung. Sie ging in ein Gästehaus.
Das ging ganz gut. Die Leiterinnen des Gästehauses waren klug und nett.
Sie waren nicht neugierig. Es gab viele Gäste. Man konnte nicht alles
über jeden wissen. Man hatte genug zu tun.

Nicht so wie die Zwicker. Effi erinnerte sich noch an ihre strengen Blicke.
Die Damen in der Pension waren nicht so. Darüber war sie froh.
Aber nach zwei Wochen merkte sie: Hier ging es ihr nicht gut.
Beim Essen waren sie meistens sieben Personen. Neben Effi und einer

Leiterin der Pension waren da noch zwei englische Studentinnen,
eine Adlige aus Sachsen und eine hübsche Jüdin aus Galizien, wo keiner
wusste, was sie wollte. Und eine Kantorstochter aus Polzin in Pommern;
die wollte Malerin werden. Diese Gruppe verstand sich nicht gut.
Sie fühlten sich alle besser als die anderen. Die Engländerinnen waren
nicht die Schlimmsten. Die Kantorstochter aus Polzin war auch sehr stolz.
Effi blieb ruhig. Sie hätte das alles ertragen. Aber die Luft in der Pension
war schlecht für sie. Warum war nicht klar. Aber Effi musste bald eine
neue Wohnung finden. Sie fand eine in der Nähe.
Sie sollte dort im Herbst einziehen. Sie hatte alles Nötige gekauft.
Sie zählte die Tage, bis sie aus dem Pensionat ausziehen konnte.

An einem der letzten Tage wollte Effi sich auf dem Sofa ausruhen.
Dann klopfte jemand an ihre Tür.

„Herein.“

Das Hausmädchen kam rein. Sie sah nicht gesund aus.
Sie war etwa 35 Jahre alt. Sie sagte, jemand möchte Effi sprechen.

„Wer?“

„Eine Frau.“

„Hat sie ihren Namen gesagt?“

„Ja, Roswitha.“

Bei dem Namen wurde sie sofort munter. Sie sprang auf und lief raus.
Sie nahm Roswitha an beiden Händen und zog sie in ihr Zimmer.

„Roswitha, du hier. Das freut mich sehr. Was hast du dabei?

Bestimmt etwas Schönes. Ein bekanntes Gesicht bringt immer etwas
Gutes. Ich bin so glücklich. Ich würde dich fast küssen. Das macht mich
so glücklich. Wie geht es dir, mein altes Herz? Erinnerst du dich noch an
die Zeit mit dem Gespenst? Das waren gute Zeiten. Damals dachte ich,
sie wären schlecht. Aber ich kannte das harte Leben noch nicht.
Jetzt kenne ich es. Gespenster sind nicht das Schlimmste.
Komm, setz dich zu mir, Roswitha. Erzähle mir etwas.
Ich vermisse so vieles. Wie geht es Annie?"

Roswitha konnte erst nicht sprechen. Sie schaute sich in dem seltsamen
Zimmer um. Die Wände sahen grau und staubig aus und hatten dünne
goldene Ränder. Dann fing sie sich und sagte: Innstetten ist aus Glatz
zurück. Dort war er wegen des Duells im Gefängnis. Der Kaiser hat
gesagt, sechs Wochen Haft reichen für seine Schuld. Sie hatte nur
darauf gewartet. Jetzt kann er wieder selber auf Annie aufpassen.
Johanna kann das nicht. Sie ist zwar ordentlich, aber sie ist noch jung
und hübsch. Sie denkt zu viel an sich selbst. Deshalb wollte Roswitha
nun sehen, wie es Effi geht.

„Das ist gut, Roswitha."

Sie wollte ihr helfen. Dann würde sie bleiben. Sie wollte, dass es
Effi bald besser geht. Effi lehnte sich zurück und schloss die Augen.
Dann setzte sie sich auf und sagte:

„Ja, Roswitha, das ist eine gute Idee. Ich ziehe nicht in diese Pension.
Ich habe eine Wohnung gemietet und Möbel gekauft. In drei Tagen ziehe
ich dort ein. Wir überlegen zusammen, wo alles hin soll, das wäre toll.
Wenn wir müde sind, trinken wir ein Bier. Vielleicht bringst du uns auch
etwas Leckeres mit. Du kannst das Geschirr einfach irgendwann
in die Küche bringen. Bei diesen Gedanken fühle ich mich besser.
Aber ich muss dich fragen, hast du alles gut überlegt?

Ich will nicht über Annie reden. Du magst sie sehr. Sie ist wie dein eigenes
Kind. Aber keine Sorge, für Annie wird gesorgt. Johanna mag sie auch.
Also lassen wir das. Aber denk daran: Alles wird anders, wenn du
zurückkommst. Ich bin nicht mehr die von früher. Ich habe jetzt eine
kleine Wohnung. Der Hausmeister wird sich nicht viel um uns kümmern.
Wir werden wenig Geld haben. Wir essen einfach wie an unserem
Putztag. Erinnerst du dich? Und erinnerst du dich an Gieshübler?
Er kam einmal zu uns. Er musste mit uns essen. Er sagte, es sei sehr
lecker. Er war immer sehr höflich. Er war der Einzige in der Stadt,
der sich mit Essen auskannte. Die anderen aßen einfach alles.“

Roswitha war glücklich über jedes Wort. Sie sah schon alles gut laufen.
Dann sagte Effi wieder: „Hast du darüber nachgedacht? Du hast
früher mehr Geld bekommen. Wir mussten früher nicht sparen.
Aber jetzt muss ich sparsam sein. Ich bin arm. Ich bekomme nur Geld
von meinen Eltern aus Hohen-Cremmen. Meine Eltern sind nett zu mir.
Aber sie haben nicht viel Geld. Was denkst du?“

„Ich komme nächsten Samstag. Ich komme am Morgen, nicht am Abend.
Ich helfe beim Einrichten. Ich bin stärker als die Dame.“

„Sag das nicht, Roswitha. Ich kann auch helfen.
Wenn es sein muss, kann ich alles.“

„Und haben Sie keine Angst. Alles ist für mich gut genug.
Ich kann alles mit Ihnen teilen. Besonders das Traurige.
Darauf freue ich mich. Sie werden sehen, das kann ich gut.
Und wenn nicht, dann lerne ich es. Denn ich habe nicht vergessen,
als ich allein auf dem Friedhof war. Ich wollte auch tot sein.
Aber wer kam? Wer hat mir geholfen? Sie waren da! Ich hatte schon
viel Schlimmes erlebt. Als mein Vater mich mit einer heißen Stange
schlagen wollte.“

„Ich weiß, Roswitha.“

„Ja, das war schlimm. Aber allein auf dem Friedhof zu sein war noch
schlimmer. Dann kamen Sie. Ich werde das nie vergessen.“
Dann stand sie auf und ging zum Fenster.
„Schauen Sie, liebe Dame, den müssen Sie auch sehen.“

Effi kam dazu. Auf der anderen Straßenseite saß Rollo.
Er schaute zu den Fenstern der Pension hoch.

Ein paar Tage später zog Effi in ihre neue Wohnung. Sie war in der
Königgrätzer Straße. Roswitha half ihr dabei. Effi mochte ihre Wohnung
gleich. Sie hatte nicht viele Freunde. Aber das fand sie besser so.
In der Pension hatte sie keine guten Erfahrungen mit Menschen
gemacht. Am Anfang war sie gerne allein. Mit Roswitha konnte sie
nicht über Kunst oder Neues aus der Zeitung reden. Aber sie konnte
über ihre Ängste reden. Und Roswitha konnte gut zuhören.
Roswitha tröstete sie und gab ihr Ratschläge.

Bis Weihnachten lief alles gut. Aber Heiligabend war sehr traurig.
Anfang des neuen Jahres wurde Effi selbst traurig. Es war nicht kalt.
Es war immer grau und regnerisch. Die Tage waren kurz und die
Abende lang. Was sollte sie tun?

Sie las, sie stickte, sie spielte Karten, sie spielte Klavier. Aber diese Musik
machte ihr Leben nicht heller. Wenn Roswitha mit Tee und Essen kam,
sagte Effi: „Komm zu mir, Roswitha. Sei bei mir.“

Roswitha kam. „Ich weiß, Sie haben zu viel Klavier gespielt. Dann
sehen Sie so aus und haben rote Flecken. Der Arzt hat es verboten.“

„Ach, Roswitha, der Arzt kann leicht verbieten. Du kannst leicht das wiederholen. Aber was soll ich tun? Ich kann nicht den ganzen Tag am Fenster sitzen und zur Kirche schauen. Sonntags, wenn die Kirche Licht hat, schaue ich hin. Aber es macht mich noch trauriger.“

„Vielleicht sollten Sie in die Kirche gehen. Sie waren schon mal da.“
„Ja, schon öfter. Aber es hat mir nicht viel gebracht. Der Pfarrer ist klug. Ich wünschte, ich wüsste nur ein bisschen davon. Aber es ist wie ein Buch lesen. Wenn er laut spricht und sich bewegt, kann ich mich nicht konzentrieren.“

„Können Sie sich nicht konzentrieren?“

Effi lachte. „Du meinst, ich war noch nicht drinnen. Es ist wohl so. Aber wer ist schuld? Das liegt nicht an mir. Er redet viel über das Alte Testament. Es ist zwar gut, aber es hilft mir nicht. Nur zuhören ist nicht das Richtige für mich. Ich sollte so viel zu tun haben, dass ich überfordert bin. Das wäre gut für mich. Es gibt Vereine, wo junge Mädchen Haushalt lernen. Oder Nähschulen oder sie werden Kindergärtnerinnen. Hast du davon gehört?“

„Ja, ich habe davon gehört. Anniechen sollte mal in einen Kindergarten.“

„Siehst du, du weißt es besser als ich. In so einen Verein, wo ich helfen kann, möchte ich eintreten. Aber die Damen nehmen mich nicht auf. Sie dürfen es auch nicht. Die Welt ist so verschlossen. Man darf nicht mal bei guten Sachen mitmachen. Ich kann nicht mal armen Kindern das Schreiben beibringen.“

„Das wäre nichts für Sie, gnädige Frau. Die Kinder haben oft schmutzige Schuhe. Bei nassem Wetter gibt es einen schlechten Geruch. Das ertragen Sie nicht.“

Effi lächelte. „Du hast wohl Recht, Roswitha. Aber es ist schlimm,
dass du Recht hast. Ich merke, ich bin noch zu sehr der alte Mensch
und habe es noch zu gut."

Aber Roswitha wollte das nicht hören. „Wenn jemand so gut ist wie Sie,
sollte es ihm immer gut gehen. Sie sollten nicht immer so traurige
Rollen spielen. Manchmal denke ich, alles wird wieder gut.
Es wird sich eine Lösung finden."

Und es zeigte sich eine Lösung. Effi wollte Malerin werden.
Auch wenn sie keine Profi-Malerin wird. Sie liebte es zu malen.
Es war so ruhig und still um sie herum. Das mochte ihr Herz.
Sie ging zu einem alten Lehrer. Er kannte sich gut aus mit wichtigen
Leuten und war sehr gläubig. Er mochte Effi gleich sehr.
Er wollte ihre Seele retten. Der Lehrer behandelte sie wie eine Tochter.
Effi war darüber sehr glücklich. Die Malerei war eine gute Veränderung
für sie. Ihr Leben fühlte sich nicht mehr so arm an. Roswitha war froh,
dass sie recht hatte und sich etwas Gutes fand.

Das ging über ein Jahr so weiter.

Sie war wieder bei Menschen und froh darüber. Sie wollte das
öfter haben. Sie wollte auch so gern wieder nach Hohen-Cremmen.
Sie wollte ihre Tochter Annie wiedersehen. Annie war ihr Kind.
Sie dachte an Trippelli. Die sagte, die Welt ist klein. Man könne überall
jemanden treffen, den man kennt. Sie wunderte sich, warum sie Annie
nie sah. Aber das sollte sich bald ändern.

Sie kam von der Malstunde. Sie war in der Nähe vom Zoo.
Sie stieg in eine Straßenbahn ein. Es war sehr heiß. Die Vorhänge in der
Bahn bewegten sich im Wind. Das fand sie gut. Sie setzte sich in eine
Ecke und betrachtete Sofas auf einer Glasscheibe. Die Sofas waren blau

mit Bommeln. Dann sah sie drei Schulkinder in die Bahn springen.
Sie hatten Mappen und kleine spitze Hüte. Zwei hatten blonde Haare
und waren laut. Das dritte Kind hatte dunkle Haare und war still.
Es war Annie.

Effi erschrak sehr. Sie wollte ihr Kind sehen. Aber jetzt hatte sie große
Angst. Was sollte sie tun? Schnell ging sie zur Tür. Dort war nur der
Kutscher. Sie bat ihn, sie an der nächsten Station aussteigen zu lassen.
„Das darf ich nicht, Fräulein", sagte der Kutscher. Aber Effi gab ihm Geld.
Sie sah ihn so an, dass er ja sagte. „Eigentlich darf ich das nicht,
aber einmal geht es." Der Wagen hielt an. Er half ihr auszusteigen.

Effi kam sehr aufgeregt nach Hause.

„Roswitha, ich habe Annie gesehen." Dann erzählte sie von der
Begegnung im Pferdebahnwagen. Roswitha war nicht glücklich darüber.
Sie dachte, Mutter und Tochter hätten sich umarmen sollen.
Aber vor vielen Leuten war das schwierig. Effi musste Annie beschreiben.
Das machte sie stolz. Roswitha sagte: „Sie sieht aus wie beide.
Das Hübsche und Besondere hat sie von der Mama.
Das Ernste hat sie vom Papa. Ich denke, sie ist mehr wie der Papa."

„Gott sei Dank", sagte Effi.

„Aber gnädige Frau, wieso?", sagte Roswitha. „Manche mögen ihre
Mama mehr."

„Glaubst du das, Roswitha? Ich glaube es nicht."

„Sie wissen doch auch, dass Männer lieber Jungs haben."

„Bitte sprich nicht darüber, Roswitha."

Dann hörten sie auf zu reden. Sie sprachen nicht wieder darüber.
Effi wollte mit Roswitha nicht über Annie sprechen. Aber sie war
traurig. Sie war vor ihrem Kind weggelaufen. Sie schämte sich und
wollte Annie sehen. Das machte sie fast krank. Sie konnte Innstetten
nicht um ein Treffen bitten. Sie hatte ja einen Fehler gemacht.

Sie dachte viel darüber nach. Aber sie war auch ein bisschen wütend
auf Innstetten. Sie dachte: Er hatte recht. Und dann wieder nicht.
Es war alles lange her. Ein neues Leben hatte begonnen. Er hätte es
vergessen können. Aber Crampas ist gestorben.

Nein. Effi wollte nicht an Innstetten schreiben. Aber sie wollte
ihre Tochter Annie sehen und umarmen. Sie dachte lange nach.
Dann wusste sie, was sie tun will.

Am nächsten Tag zog Effi sich schick an. Sie trug ein schlichtes
schwarzes Kleid. Sie ging zu den Linden. Dort wollte sie die
Ministerin besuchen. Effi gab ihre Visitenkarte ab. Auf der Karte
stand nur ihr Name: Effi von Innstetten, geborene von Briest.
Sie ließ alles andere weg, auch den Titel Baronin. Die Dienerin sagte,
die Exzellenz will sie sehen. Effi folgte ihr in ein Zimmer zum Warten.
Sie war aufgeregt. Aber sie schaute sich die Bilder an den Wänden an.
Da war ein Bild von Guido Reni. Es zeigte die Aurora.
Gegenüber waren englische Bilder. Sie zeigten viel Licht und Schatten.
Eines zeigte König Lear im Sturm.

Effi hatte gerade aufgehört, die Bilder anzuschauen. Da kam eine große,
schlanke Frau ins Zimmer. Die Frau sah freundlich aus. Sie gab Effi
die Hand. „Meine liebe Frau", sagte sie, „ich freue mich, Sie zu sehen."

Die Frau ging zum Sofa. Sie setzte sich und zog Effi neben sich.
Effi war gerührt von der Freundlichkeit der Frau.

Die Ministerin fragte: „Wie kann ich Ihnen helfen?"

Effi antwortete: „Ich habe eine Bitte. Ich habe eine Tochter.
Ich habe sie seit drei Jahren nicht gesehen. Ich möchte sie gerne
wiedersehen."

Die Ministerin nahm Effis Hand und sah sie freundlich an.
Effi sagte: „Ich habe meine Tochter vor drei Tagen wiedergesehen.
Ich bin vor meinem eigenen Kind weggelaufen. Ich weiß.
Ich bin für mein Leben verantwortlich. Ich wollte es so.
Aber mein Kind will ich sehen dürfen. Das ist sonst zu hart.
Nicht heimlich, sondern mit Erlaubnis von allen."

Die Ministerin wiederholte: „Mit Erlaubnis von allen. Das heißt:
Auch Ihr Mann muss zustimmen. Ich denke, er will das Kind von
Ihnen fernhalten. Ich will darüber nicht urteilen. Vielleicht hat er
seine Gründe. Bitte verzeihen Sie mir diese Bemerkung."

Effi nickte nur.

„Sie verstehen, was Ihr Mann will. Sie wollen einem natürlichen
Gefühl nachgehen. Das ist vielleicht das schönste Gefühl für uns
Frauen überhaupt. Stimmt's?"

„Ja, stimmt alles."

„Also soll ich Ihnen erlauben, sich manchmal zu treffen, bei Ihnen zu
Hause. Dort können Sie die Liebe Ihres Kindes zurückgewinnen."

Effi stimmte zu. Die Ministerin sprach weiter: „Ich werde also alles
Mögliche tun, meine liebe Frau. Aber es wird nicht einfach sein.
Ihr ehemaliger Mann handelt nach festen Regeln. Es wird ihm

schwerfallen, diese Regeln zu ändern oder auch nur kurz zu vergessen.
Sonst hätte er schon früher anders gehandelt. Ohne Annie ist Ihr Herz
schwer. Sie ohne Annie findet er richtig.“

„Soll ich dann damit aufhören?“

„Nein. Aber deshalb handelt Ihr Mann so. Und deshalb werden
wir wahrscheinlich auf Schwierigkeiten haben. Aber wir schaffen
es trotzdem. Denn wir Frauen können vieles erreichen. Wir müssen es
nur schlau anstellen und es nicht übertreiben. Ihr Mann mag mich sehr.
Er wird mir eine Bitte nicht absagen. Morgen sehe ich ihn.
Übermorgen sage ich Ihnen, ob alles gut lief. Ich glaube, wir gewinnen.
Sie werden Ihr Kind bald sehen. Es ist ein schönes Mädchen.“

Kapitel 33

Zwei Tage später kam ein Brief. Effi las: ‚Ich habe gute Nachrichten
für Sie. Ihr Mann hat Ja gesagt. Er ist höflich und sagt nicht Nein zu einer
Dame. Aber er findet es nicht klug. Seien wir trotzdem froh.
Ihre Tochter Annie kommt zum Mittagessen. Ich hoffe, es wird schön.‘

Effi bekam den Brief am Morgen. Annie kommt schon in weniger als
zwei Stunden.

Effi ging hin und her. Sie war unruhig. Sie ging durch zwei Zimmer.
Dann ging sie in die Küche. Dort redete sie mit Roswitha.
Sie redeten über viele Dinge. Zum Beispiel über Efeu an einer Kirche.
Sie redeten auch über einen Portier. Der Portier hatte etwas mit Gas
nicht gut gemacht. Sie hatten Angst, es könnte explodieren.
Effi sagte, sie sollten Petroleum woanders kaufen. Aber sie redeten
nicht über Annie. Effi hatte Angst.

Es war endlich Mittagszeit. Da klingelte es leise. Roswitha schaute
durch ein Guckloch. Es war Annie. Roswitha gab Annie einen Kuss.
Sie sagte nichts. Sie gingen ganz leise durch das Haus. Sie wollten
niemanden stören. Roswitha brachte Annie zu einer Tür.

„Da geh hinein, Annie.“ Roswitha ließ Annie allein.
Sie ging zurück zur Küche.

Effi stand am anderen Ende des Zimmers. Sie stand bei einem
Spiegelpfeiler. Dann kam Annie ins Zimmer. „Annie!“

Aber Annie blieb an der Tür stehen. Sie war ein bisschen schüchtern.
Effi ging schnell zu ihr. Sie hob Annie hoch und küsste sie.

„Annie, mein süßes Kind, ich freue mich so. Komm, erzähle mir."
Effi nahm Annies Hand. Sie gingen zusammen zum Sofa. Sie wollten
sich hinsetzen. Annie stand gerade. Sie schaute ihre Mutter immer noch
schüchtern an. Annie fasste mit ihrer linken Hand an die Tischdecke.

„Weißt du, Annie, ich habe dich vor kurzer Zeit mal gesehen."

„Ja, das dachte ich auch."

„Jetzt erzähle mir viel. Du bist so groß geworden! Und da ist die Narbe.
Roswitha hat mir davon erzählt. Du hast immer wild gespielt.
Das hast du von mir. Ich war auch so. Und wie ist es in der Schule?
Bist du immer die Beste? Du siehst so aus. Du musst gute Noten haben.
Ich habe gehört, dass dich Fräulein von Wedelstädt gelobt hat.
Das ist gut. Ich war auch ehrgeizig. Aber ich hatte keine so gute Schule.
Ich war gut in Mythologie. Was ist dein bestes Fach?"

„Ich weiß es nicht."

„Doch, das weißt du bestimmt. Wo hast du die beste Note?"

„In Religion."

„Siehst du, ich wusste es doch. Das ist schön. Ich war nicht so gut darin.
Vielleicht lag es am Unterricht. Wir hatten nur einen Kandidaten."

„Wir hatten auch einen Kandidaten."

„Und jetzt ist er weg?"

Annie nickte.

„Warum ist er weg?"

„Ich weiß es nicht. Jetzt haben wir wieder den Prediger."

„Und den mögt ihr?"

„Ja, zwei aus der ersten Klasse wollen zu ihm wechseln."

„Ah, das ist gut. Wie geht es Johanna?"

„Johanna ist mit mir bis zum Haus gekommen."

„Warum hast du sie nicht mit hochgenommen?"

„Sie wollte lieber unten warten, neben der Kirche."

„Und du sollst sie abholen?"

„Ja."

„Sie wird hoffentlich nicht ungeduldig. Dort ist ein kleiner Garten.
Die Fenster sind halb von Efeu bedeckt."

„Ich möchte sie aber nicht warten lassen."

„Ach, du bist sehr nett. Das freut mich. Wir müssen uns die Zeit also
gut einteilen. Was macht Rollo?"

„Rollo geht es gut. Aber Papa sagt, er ist faul geworden.
Er liegt immer in der Sonne."

„Das glaube ich. So war er schon immer. Auch als du klein warst.

Besuchst du mich jetzt öfter, Annie?"

„Ja, wenn ich darf."
„Wir können dann im Prinz Albrechtschen Garten spazieren gehen."

„Ja, wenn ich darf."

„Oder wir gehen zu Schilling und essen Eis.
Ananas- oder Vanilleeis mag ich am meisten."

„Ja, wenn ich darf."

Beim dritten Mal „Wenn ich darf" wurde Effi wütend. Sie stand auf
und sah das Kind böse an. „Ich glaube, es ist Zeit, Annie.
Johanna wird sonst warten." Sie läutete. Roswitha kam sofort.
„Roswitha, bring Annie zur Kirche. Johanna wartet dort. Hoffentlich
hat sie sich nicht erkältet. Das wäre schade. Sag Johanna Hallo."

Dann gingen sie beide.

Roswitha schloss die Tür. Sofort öffnete Effi ihr Kleid. Sie konnte kaum
atmen und fing an zu lachen. „So sieht ein Wiedersehen aus", sagte sie
und ging zum Fenster. Sie öffnete es und suchte nach etwas zum
Festhalten. Neben dem Fenster war ein Regal mit Büchern von Schiller
und Körner. Auf den Büchern lag eine Bibel und ein Gesangbuch.
Sie nahm die Bibel und das Gesangbuch und legte sie auf den Tisch.
Dort hatte Annie gestanden. Effi kniete davor nieder. Sie betete leise
und sagte: „O Gott im Himmel, vergib mir, was ich getan habe;
ich war ein Kind …

… aber nein, ich war kein Kind. Ich war alt genug. Ich wusste was ich tat.
Ich hatte schon Schuld. Aber das ist zu viel. Denn das mit dem Kind,

das bist nicht du, Gott. Das ist er, nur er! Ich dachte, er hat ein gutes Herz.
Ich fühlte mich klein neben ihm. Aber jetzt weiß ich, dass er klein ist.
Und weil er klein ist, ist er gemein.

Alles Kleine ist gemein. Das hat er dem Kind beigebracht. Er war immer
ein Lehrer. Crampas nannte ihn so. Er hatte recht. Deshalb sagt Annie
jetzt auch ‚Ja, wenn ich darf.‘ Du musst nicht fragen; ich will euch nicht
mehr. Ich hasse euch, auch mein eigenes Kind. Zu viel ist zu viel.
Er war nur ein Streber. Immer nur Ehre, Ehre, Ehre. Deshalb hat er
den armen Mann erschossen.

Ich liebte ihn nicht mal. Ich hatte ihn vergessen. Ich liebte ihn nicht.
Es war alles dumm. Es gab Blut und Mord. Und ich bin schuld.
Jetzt schickt er mir das Kind. Weil er einer Ministerin nicht Nein
sagen kann. Bevor er das Kind schickt, dressiert er es wie einen Papagei.
Er bringt ihm bei zu sagen ‚Wenn ich darf‘. Ich finde es selber schlimm,
was ich getan habe. Aber eure Einstellung finde ich noch schlimmer.
Geht weg von mir. Ich muss leben. Aber es wird nicht ewig dauern.“

Roswitha kam zurück. Effi lag am Boden.
Sie hatte ihr Gesicht weggedreht. Sie bewegte sich nicht.

Kapitel 34

Der Arzt Rummschüttel kam sofort. Er fand Effis Gesundheit nicht gut.
Er hatte es schon lange bemerkt. Sie war oft sehr aufgeregt.
Es war schlimmer geworden. Sie hatte jetzt Anzeichen einer Krankheit
der Nerven. Aber Rummschüttel war ruhig und freundlich. Das half Effi.
Sie fühlte sich bei ihm besser. Roswitha sprach noch mit ihm.
Sie sagte: „Ich habe Angst. Wenn das wieder passiert? Ich kann
dann nicht mehr ruhig sein. Es war zu viel für Effi mit dem Kind.
Sie ist so arm und noch so jung."

Der Arzt sagte: „Machen Sie sich keine Sorgen, Roswitha.
Es kann wieder gut werden. Aber Effi muss weg hier.
Sie braucht neue Luft und neue Menschen."

Zwei Tage später kam ein Brief in Hohen-Cremmen an. Der Brief sagte:
„Liebe Frau! Ich kenne Ihre Familie und die Familie Belling gut.
Ich mag Ihre Tochter sehr. Deshalb schreibe ich Ihnen. So wie es jetzt ist,
geht es nicht weiter. Ihre Tochter kann sehr krank werden.
Sie braucht Luftveränderung. Sie ist zu einsam und hat zu viel Kummer.

Ihr Körper ist schwach und sie hat schon lange Probleme mit der Lunge.
Deshalb habe ich ihr schon früher das Heilbad Ems empfohlen.
Jetzt hat sie auch noch Probleme mit den Nerven. Um das zu stoppen,
braucht sie frische Luft. Aber wohin soll sie gehen? Es gibt viele Bäder
in Schlesien, zum Beispiel Salzbrunn oder Reinerz. Aber sie muss nach
Hohen-Cremmen. Denn Ihre Tochter wird nicht nur durch frische Luft
gesund.

Sie leidet. Sie hat nur Roswitha. Treue von Dienstleuten ist gut. Liebe von
Eltern ist besser. Entschuldigen Sie, ich mische mich einfach ein. Aber als

Arzt und muss ich sagen, was nötig ist. Ich habe viel erlebt, aber so etwas noch nicht. Bitte grüßen Sie Ihren Mann von mir. Mit großer Hochachtung, Doktor Rummschüttel."

Frau von Briest hatte ihrem Mann den Brief vorgelesen. Sie saßen draußen im Schatten. Hinter ihnen war der Saal, vor ihnen das Rondell mit der Sonnenuhr. Um die Fenster wuchs wilder Wein. Es wehte ein leichter Wind und Libellen flogen über dem Wasser im Sonnenschein.

Briest sagte nichts und klopfte mit dem Finger auf das Tablett.

„Bitte rede lieber statt zu trommeln."

„Ach, Luise, was soll ich sagen? Ich trommle, das sagt genug. Du weißt, wie ich denke. Innstettens Brief hatte mich überrollt. Da war ich deiner Meinung. Aber das ist lange her. Ich will nicht mehr streng sein. Ich habe es satt."

„Mach mir keine Vorwürfe, Briest. Ich liebe sie auch, vielleicht mehr. Jeder liebt anders. Aber man muss auch stark sein. Man kann nicht auf einmal Gesetze und Regeln schlecht finden. Die Leute haben meistens Recht."

„Ach was. Eines ist stärker."

„Klar, eines ist stärker. Was denn?"

„Die Liebe der Eltern zu ihren Kindern. Vor allem wenn man nur ein Kind hat."

„Dann sind auch Regeln und Moral nicht so wichtig. Und was andere Leute denken, ist dann auch egal."

„Ach, Luise, sprich über Regeln, so viel du willst. Aber sprich nicht
über ‚Gesellschaft‘.“

„Ohne Gesellschaft ist es schwer.“

„Ohne Kind auch. Glaub mir, Luise, die Leute können auch mal
wegschauen. So sehe ich das: Die Rathenower besuchen uns, gut.
Wenn nicht, auch gut. Ich werde einfach sagen: ‚Effi, komm.‘
Bist du einverstanden?“

Sie stand auf und gab ihm einen Kuss auf die Stirn.
„Ja, ich bin einverstanden. Aber du darfst mir keinen Vorwurf machen.
Es ist kein leichter Schritt. Unser Leben wird dann anders sein.“

„Ich kann das aushalten. Der Raps wächst gut, und im Herbst jage
ich einen Hasen. Der Rotwein schmeckt mir noch. Mit meinem Kind
zuhause schmeckt er noch besser. Jetzt schicke ich das Telegramm.“

Effi war schon über ein halbes Jahr in Hohen-Cremmen.
Sie hatte zwei Zimmer im ersten Stock. Sie hatte diese Zimmer schon
früher bewohnt. Das größere Zimmer war für sie. Nebenan schlief
Roswitha. Effi ging es wirklich besser. Sie hustete weniger.
Ihr Gesicht sah freundlicher aus. Manchmal konnte sie wieder lachen.
Über Kessin und die Vergangenheit sprachen sie wenig.
Nur Frau von Padden und Gieshübler waren eine Ausnahme.
Herr Briest mochte Gieshübler sehr. „Dieser Alonzo hat einen Mirambo
und zieht eine Trippelli auf. Er muss ein Genie sein. Das glaube ich fest.“

Effi musste Herrn Gieshübler nachspielen. Er trug immer einen Hut
und macht viele Bücklinge. Effi konnte das gut nachmachen.
Aber sie mochte es nicht. Das war nicht fair gegenüber Herrn Gieshübler.
Er war ein guter und lieber Mensch. Niemand sprach über Innstetten

und Annie. Aber es war klar: Annie sollte das Haus Hohen-Cremmen erben. Effi fühlte sich wieder besser. Ihre Mutter fand die ganze traurige Geschichte nur interessant. Ihre Eltern waren sehr lieb und aufmerksam zu ihr. Jeder wollte noch lieber sein als der andere.
Herr Briest sagte: „So einen Winter hatten wir lange nicht."
Dann stand Effi auf und strich ihm über das dünne Haar.
Alles schien gut für Effis Gesundheit. Sie fühlte sich glücklich.
Sie war wieder zuhause. Aber in Wahrheit wurde sie immer kränker.
Die Krankheit fraß heimlich ihr Leben weg.

Effi trug ein blau-weiß gestreiftes Kleid wie an dem Tag ihrer Verlobung. Sie ging schnell und fröhlich zu ihren Eltern und wollte ihnen Guten Morgen sagen. Die Eltern waren überrascht und froh und auch traurig. Sie sahen, dass Effi nicht mehr so jung aussah, sondern anders. Effi merkte das nicht. Sie war glücklich, wieder hier zu sein. Hier fühlte sie sich wohl. Alles war wieder gut. Sie war wieder mit allen zusammen, die sie liebte und die sie immer geliebt hatten. Auch in schweren Zeiten.

Effi kümmerte sich um das Haus und machte es schöner.
Sie hatte ein gutes Gefühl für Schönes und machte alles richtig.
Aber sie las nicht mehr und machte nichts mehr mit Kunst.
Sie hatte genug davon und wollte jetzt ruhen. Das erinnerte sie auch an ihre traurige Vergangenheit.

Sie lernte, gerne und ruhig die Natur anzusehen. Wie die Blätter von Bäumen fielen, die Sonne auf Eis glänzte oder Blumen im Frühling wuchsen. Dann fühlte sie sich gut. Sie konnte lange auf diese Dinge schauen. Dabei vergaß sie alles, was sie im Leben nicht bekommen hatte. Und woran sie selbst schuld hatte.

Manche Leute besuchten sie noch. Sie hatte nicht viele Freunde.
Die meisten Freunde hatte sie in der Schule und beim Pfarrer gehabt.

Die Töchter aus der Schule lebten nicht mehr in Hohen-Cremmen.
Das war nicht schlimm. Es hätte sowieso nicht mehr gepasst.
Aber mit dem alten Freund Herrn Jahnke verstand sie sich gut.
Er interessierte sich sehr für Schweden und die Gegend um Kessin.
 Er fragte oft danach. Sie sagte zu ihm: „Ja, Jahnke, wir hatten ein
Dampfschiff. Ich hätte fast eine Reise nach Wisby gemacht.
Fast nach Wisby. Es ist lustig. Ich könnte von vielem in meinem Leben
sagen: ‚fast‘.“

„Schade, schade“, sagte Jahnke.

„Ja, wirklich schade. Aber ich bin wirklich auf Rügen herumgefahren.
Das hätte Ihnen gefallen, Jahnke. Stellen Sie sich Arkona vor. Dort soll
es einen großen Platz geben, wo die Wenden waren. Ich war nicht dort.
Aber nicht weit davon ist der Herthasee. Dort gibt es weiße und gelbe
Steine. Ich musste dort an Ihre Hertha denken.“

„Ja, Hertha. Aber Sie wollten vom Herthasee erzählen.“

„Ja, das wollte ich. Stellen Sie sich vor, Herr Jahnke, am See gab es zwei
große Steine. Sie waren glatt und hatten Rinnen. Früher floss dort Blut
durch. Seitdem mag ich die Wenden nicht mehr.“

„Aber gnädige Frau, das waren keine Wenden. Das war viel früher,
bevor Jesus geboren wurde. Es waren Germanen. Von denen stammen
wir ab.“

„Natürlich“, lachte Effi, „wir stammen alle davon ab.
Die Jahnkes sicher und vielleicht auch die Briests.“

Dann sprach sie nicht mehr über Rügen und den Herthasee.
Sie fragte nach seinen Enkeln. Sie wollte wissen, welche Enkel er lieber

mag; die von Bertha oder die von Hertha. Effi mochte Herrn Jahnke.
Aber er war ein einfacher Mann. Deshalb mochte die junge Frau
die Gespräche mit Herrn Niemeyer viel lieber.

Im Herbst konnte sie viel im Park spazieren gehen. Im Winter machte
sie eine Pause. Sie ging nicht gern ins Haus des Predigers. Die Frau von
Pastor Niemeyer war unangenehm. Die Leute im Dorf fanden sie auch
nicht nett. Dabei hielt sie sich selber nicht immer an die Regeln.

Den ganzen Winter über war Effi traurig. Aber Anfang April wurde
es grün und die Wege trockneten. Sie gingen wieder spazieren.
Eines Tages hörten sie einen Kuckuck. Effi zählte seine ‚Kuckucks‘.
Sie ging neben Herrn Niemeyer und fragte: „Hörst du den Kuckuck?
Jeder ‚Kuckuck‘ ist ein Lebensjahr. Aber ich will es eigentlich nicht
wissen. Was denken Sie über das Leben?“

Herr Niemeyer sagte: „Liebe Effi, das ist eine schwere Frage.
Frag lieber einen Philosophen oder schreib an eine Universität.
Was ich vom Leben denke? Manchmal viel, manchmal wenig.“

Effi sagte: „Das ist gut, mehr muss ich nicht wissen.“
Dann kamen sie zu einer Schaukel.

Sie sprang schnell hoch wie als junges Mädchen. Der alte Mann
sah ihr zu und erschrak kurz. Aber sie saß schon auf der Schaukel.
Sie schraubte mit ihrem Körper geschickt die Schaukel hoch.
Nach ein paar Sekunden flog sie durch die Luft. Sie hielt sich nur mit
einer Hand fest. Mit der anderen Hand nahm sie ein Tuch von ihrer
Brust. Sie schwenkte es fröhlich in der Luft. Dann schaukelte sie
langsamer. Sie sprang ab und ging wieder neben Herrn Niemeyer.

„Effi, du bist immer noch wie früher.“

„Nein. Ich wünschte, es wäre so. Aber das ist lange her.
Ich wollte es nur noch einmal machen. Es war so schön.
Die Luft tat mir gut. Ich fühlte mich gut. Als würde ich in den Himmel
fliegen. Komme ich in den Himmel? Sagen Sie es mir, Freund.
Sie müssen es wissen. Bitte, bitte."

Herr Niemeyer nahm ihren Kopf in seine Hände.
Er küsste sie auf die Stirn und sagte: „Ja, Effi, du wirst."

Kapitel 35

Effi war den ganzen Tag im Park. Sie brauchte frische Luft. Der Arzt aus
Friesack, Doktor Wiesike, fand das gut. Aber er ließ sie zu sehr machen,
was sie wollte. Es war kalt im Mai und Effi erkältete sich stark. Sie bekam
Fieber und hustete viel. Der Doktor kam sonst alle drei Tage. Jetzt kam er
jeden Tag. Er wusste nicht, was er machen sollte. Effi wollte Schlaf- und
Hustenmittel. Aber sie konnte sie nicht nehmen, denn sie hatte Fieber.

„Herr Doktor", sagte Effis Vater, Herr Briest, „was passiert jetzt?
Sie kennen Effi schon lange. Sie haben sie als Kind behandelt.
Mir gefällt das nicht. Sie wird dünner. Und sie hat rote Flecken und
glänzende Augen. Wenn sie mich so fragend anschaut. Was denken Sie?
Was passiert? Muss sie sterben?"

Doktor Wiesike schüttelte langsam den Kopf. „Nein, Herr von Briest.
Das Fieber ist nicht gut. Aber wir bekommen das wieder hin.
Dann muss sie in die Schweiz oder nach Mentone fahren.
Gute Luft und schöne Erlebnisse helfen, das Alte zu vergessen."

„Lethe, Lethe."

„Ja, der griechische Tran. Mit einem Schluck würde man
sein ganzes Leben vergessen", sagte Doktor Wiesike und lächelte.
„Aber die Griechen haben uns das Getränk nicht weitergegeben."

„Oder wenigstens das Rezept dafür. Jetzt macht man Wasser nach.
Mensch, Wiesike, das wäre ein gutes Geschäft. Wir könnten hier ein
Heilbad machen: Friesack als Ort zum Vergessen. Aber erst mal
probieren wir es mit der Riviera. Mentone liegt doch an der Riviera, oder?
Die Preise für Getreide sind gerade schlecht. Aber was sein muss,

muss sein. Ich werde mit meiner Frau reden.“

Das tat er dann auch. Seine Frau war einverstanden. Sie wollte auch
mal den Süden sehen. Aber Effi wollte nicht. „Ihr seid so gut zu mir.
Ich bin egoistisch genug. Ich würde mich opfern. Aber es würde mir
wahrscheinlich nur schaden.“

„Das bildest du dir nur ein, Effi.“

„Nein. Ich bin immer so leicht zu ärgern; alles stört mich.
Nur hier bei euch nicht. Ihr seid nett zu mir und macht mir das Leben
leicht. Aber auf Reisen geht das nicht. Da kann man das Unangenehme
nicht einfach wegzaubern. Es fängt mit dem Zugbegleiter an und hört
mit dem Kellner auf. Wenn ich nur an ihre Gesichter denke.
Da wird mir schon warm. Nein, nein, lasst mich hier. Ich will nicht
mehr weg von Hohen-Cremmen. Hier ist mein Platz. Der Duft nach
den Heliotrop-Blumen unten am Rondell um die Sonnenuhr herum
ist mir lieber als Mentone.“

Nach dem Gespräch ließen sie den Plan fallen. Wiesike hatte sich auf
Italien gefreut. Aber er sagte: „Das müssen wir akzeptieren.
Kranke Menschen spüren genau, was ihnen guttut. Frau Effi hat recht
mit dem, was sie über Schaffner und Kellner sagt. Keine frische Luft k
ann den Ärger im Hotel ausgleichen. Also bleibt sie hier.
Es ist vielleicht nicht das Beste, aber sicher nicht das Schlechteste.“

Effi ging es besser. Sie nahm ein wenig zu. Ihr Vater mochte es,
wenn sie mehr wog. Sie wurde weniger reizbar. Sie wollte immer mehr
frische Luft. Besonders bei Westwind und grauem Himmel war sie viel
draußen. Manchmal ging sie weit auf die Felder. Manchmal wurde sie
müde. Dann setzte sie sich auf einen Zaun. Sie träumte und sah auf die
Blumen im Wind.

„Du gehst immer allein“, sagte Frau von Briest. „Hier bist du sicher.
Aber es gibt auch fremde Leute da draußen.“

Effi war beeindruckt. Sie hatte nie an Gefahr gedacht.
Allein mit Roswitha sagte sie: „Du kannst mich aber nicht begleiten.
Du bist zu dick und nicht mehr sicher auf den Beinen.“

Roswitha antwortete: „So schlimm ist es noch nicht.
Ich könnte sogar noch heiraten.“

Effi lachte und sagte: „Ja, das kann man immer. Aber ich will einen
Hund zum Spazierengehen. Papas Jagdhund mag mich nicht so sehr.
Jagdhunde sind so dumm. Erst wenn der der Jäger oder Gärtner die
Waffe nimmt, bewegen sie sich. Ich denke oft an Rollo.“

Roswitha sagte: „So einen Hund wie Rollo gibt es hier nicht.
Aber ich mag Hohen-Cremmen. Es ist sehr schön hier.“

Drei oder vier Tage nach diesem Gespräch in Berlin stand
Innstetten eine Stunde früher auf als sonst. Die helle Morgensonne
hatte ihn geweckt. Er konnte nicht wieder einschlafen.
Er stand auf und wollte arbeiten.

Es war viertel nach acht Uhr. Er läutete. Johanna brachte das
Frühstück. Auf dem Tablett waren auch die Zeitung und zwei Briefe.
Er sah die Briefe an. An der Schrift erkannte er einen Brief vom
Minister. Ein anderer Brief war schwer zu lesen. Die Adresse war
„Herrn Baron von Innstetten“. Diese Anrede war nicht üblich.
Die Schrift sah einfach aus. Aber die Adresse war sehr genau:
Keithstraße 1C, zweite Etage.

Innstetten war ein Beamter. Er öffnete deshalb zuerst den Brief vom

Minister. Der Minister schrieb: „Mein lieber Innstetten! Ich freue mich,
Ihnen zu sagen, dass der König Ihre Beförderung unterschrieben hat.
Ich gratuliere Ihnen."

Innstetten freute sich über die netten Worte. Er freute sich fast mehr
darüber als über die Beförderung selbst. Er hatte Crampas in Kessin
erschossen. Seitdem dachte anders über Beförderungen nach.
Was bedeuteten sie am Ende? Er erinnerte sich an eine alte Geschichte.
Ein Minister bekam nach langer Wartezeit einen Orden. Er war wütend
und warf ihn weg. Er sagte: „Liege dort, bis du schwarz wirst."
Er ist wahrscheinlich später schwarz geworden. Aber es war zu spät.
Der Empfänger war nicht zufrieden.

So etwas war für ihn uninteressant. Das wahre Glück hängt von
Zeit und Situation ab. Was uns heute freut, ist morgen nichts wert.
Innstetten wusste das. Er wollte Ehre und Anerkennung.
Aber bedeutete das nicht mehr viel. Glück ist mehr als ein glänzender
Orden. Glück ist, zur richtigen Zeit am richtigen Ort zu sein.
Aber das können nicht viele sagen. Glück ist auch, wenn der Alltag
schön ist. Wenn man ausgeschlafen hat und die Schuhe nicht drücken.
Wenn ein Tag ohne Ärger vergeht, ist das ein glücklicher Tag.
Innstetten dachte heute wieder so. Er las einen zweiten Brief.
Danach war er traurig. Er wusste, es gibt Glück. Er hatte es einmal.
Aber es war verschwunden.

Johanna kam rein und sagte: „Geheimrat Wüllersdorf ist da."
Wüllersdorf stand schon in der Tür. „Glückwunsch, Innstetten."

„Sie glauben mir; die anderen werden sich ärgern. Sonst noch was?"

„Sonst noch was? Sie wollen jetzt nicht meckern, oder?"

„Nein. Die Freundlichkeit des Königs macht mich verlegen.
Und die gute Meinung des Ministers noch mehr. Ich verdanke das ihm.“

„Aber...“

„Aber ich kann mich nicht mehr freuen. Jeder andere denkt, es ist so
dahingesagt. Aber Sie verstehen mich. Schauen Sie sich hier um.
Wie leer und traurig ist das alles. Johanna ist ein sogenannter Juwel.
Da werde ich nervös. Sie kommt ins Zimmer und stellt sich auf wie eine
Statue – sehen Sie, so - als ob sie etwas Besonderes wäre. Das ist nicht
echt. Ich finde das so traurig und schlimm. Es wäre zum Totschießen.
Aber das wäre wieder lächerlich.“

„Lieber Innstetten, so denkt kein Direktor.
Wollen Sie wirklich einer werden?“

„Ah, bah! Klar doch! Lesen Sie, diesen Brief habe ich gerade
bekommen.“

Wüllersdorf nahm den zweiten Brief mit dem undeutlichen Stempel,
lachte über die umständliche Sprache und ging zum Fenster.
Dort konnte er besser lesen.

„Sehr geehrter Herr! Vielleicht wundern Sie sich, dass ich Ihnen
schreibe. Aber es geht um Rollo. Anniechen hat letztes Jahr gesagt:
Rollo ist jetzt sehr faul. Aber das ist normal. Er darf hier faul sein.
Je fauler, desto besser. Die gnädige Frau mag das. Sie sagt oft:
‚Ich habe Angst, wenn ich alleine bin. Aber wer kann mit mir kommen?
Rollo kann mitkommen. Er ist nett zu mir.‘ Das hat die nette Frau
gesagt. Mehr sage ich nicht. Ich bitte nur, dass Sie Anniechen und
Johanna grüßen. Ihre treue Dienerin Roswitha Gellenhagen.“

„Ja", sagte Wüllersdorf, als er den Brief zusammenfaltete, „die kann man
nicht mehr ändern."

„Das finde ich auch."

„Und deshalb ist Ihnen alles andere so unsicher."

„Genau. Ich denke schon lange darüber nach. Diese einfachen Worte
und ihre Vorwürfe quälen mich schon lange. Ich will aus dieser ganzen
Sache raus. Nichts gefällt mir mehr. Jetzt lobt man mich noch mehr.
Und ich merke, das alles bedeutet mir nichts.

Mein Leben ist schlecht gelaufen. Ich sollte nichts mehr mit Ehrgeiz
und Eitelkeit zu tun haben. Man hat mich immer als Lehrer bezeichnet.
Ich sollte besser als Lehrer arbeiten. Ich könnte als Lehrer auch die
Moral lehren. Es gab schon solche Menschen. Ich könnte so berühmt
werden wie Doktor Wichern in Hamburg. Er war sehr gut darin,
schlechte Menschen zu besseren Menschen zu machen."

„Das könnte klappen."

„Aber es klappt doch nicht. Alles ist für mich verschlossen.
Wie soll ich einen bösen Menschen ändern? Dafür muss man selbst
gut sein. Ich bin kein guter Mensch. Dann muss man so tun, als ob
man sehr bereut."

Wüllersdorf nickte.

„Sie sehen, Sie nicken. Aber ich kann das alles nicht rückgängig machen.
Und ich kann auch nicht so tun, als ob ich mich selbst bestrafe.
Deshalb habe ich mir überlegt: Es wäre Zeit wegzugehen. Ich will zu
Menschen ohne Kultur und Ehre gehen. Diese Menschen sind glücklich.

Dieser ganze Quatsch hier ist schuld. Man macht hier nicht Dinge aus
Liebe oder Leidenschaft. Man macht es nur wegen irgendeiner Idee.
Und dann ist jemand tot. Und man selbst ist auch tot. Oder noch
schlimmer."

„Ach Innstetten, das sind nur Launen, komische Gedanken. Quer durch
Afrika gehen: Was soll das? Das machen nur Soldaten, die kein Geld
haben. Aber Sie nicht! Wollen Sie Beamter in Afrika sein? Oder mit dem
Sohn eines afrikanischen Königs befreundet sein? Oder ohne Ziel mit
einem Hut mit Löchern am Fluss Kongo entlanggehen? Das geht nicht!"

„Geht nicht? Warum nicht? Und wenn es nicht geht, was dann?"

„Einfach hier bleiben und sich damit abfinden. Wer hat keine
Sorgen? Jeder denkt jeden Tag: ‚Das ist eigentlich komisch.'
Ich habe auch Probleme. Nicht wie Ihre, aber fast so schwer.
Im Dschungel herumkriechen oder in einem Ameisenhügel schlafen ist
dumm. Wer das mag, soll es machen. Aber für uns ist das nichts.
Wir müssen stark sein und durchhalten, bis wir tot sind. Aber vorher sollen wir das Beste aus allem machen. Zwischendurch können wir uns über
die Blumen oder ein Denkmal freuen. Oder über ein Mädchen,
das Seil springt.

Fahren Sie mal nach Potsdam. Gehen Sie in die Friedenskirche.
Dort liegt Kaiser Friedrich begraben. Dort bauen sie gerade ein
Grabhaus für ihn. Denken Sie dort über sein Leben nach.
Wenn Sie dann nicht ruhig sind, kann man Ihnen nicht helfen."

„Das Jahr ist lang. Jeder Tag ist lang. Und dann kommt der Abend."

„Am Abend geht es leichter. Wir können ins Theater gehen.
Zum Beispiel ‚Sardanapal' oder ‚Coppelia' mit der Dell'Era anschauen.

Danach trinken wir Bier. Drei Gläser Bier machen ruhig. Viele Leute
sehen das wie wir. Ich kannte einen Mann, bei dem lief auch vieles schief.
Er sagte zu mir: ‚Glauben Sie mir, Wüllersdorf, ohne Hilfen geht es nicht.‘
Dieser Mann war ein Baumeister. Er musste es wissen.
Er hatte recht. Jeden Tag denke ich an diese Hilfen.“

Wüllersdorf stand auf und nahm seinen Hut und seinen Stock.
Innstetten lächelte ein wenig. Er dachte über seine eigenen Gedanken
über das wahre Glück nach.

„Wohin gehen Sie jetzt, Wüllersdorf? Es ist noch früh für das
Ministerium.“

„Ich gehe heute gar nicht ins Ministerium. Ich gehe eine Stunde
am Kanal entlang. Bis zur Charlottenburger Schleuse und zurück.
Dann besuche ich Huth in der Potsdamer Straße. Dort gehe ich eine
kleine Holztreppe hoch. Unten ist ein schöner Blumenladen.“

„Das macht dich glücklich? Das reicht dir?“

„Ich will nicht sagen, dass es mich glücklich macht. Aber es hilft etwas.
Ich treffe dort Stammgäste. Sie trinken schon früh am Morgen ein Bier.
Einer spricht dann über den Herzog von Ratibor. Ein anderer über
den Fürstbischof Kopp. Ein dritter vielleicht über Bismarck.
Manches ist nicht wahr. Aber manchmal ist es lustig. Ich höre gerne zu.“

Dann ging er.

Kapitel 36

Der Mai war schön. Der Juni war noch schöner. Effi war so froh.
Sie hatte Rollo zurück. Die Schmerzen waren weg. Jetzt war sie glücklich.
Roswitha wurde gelobt. Der alte Briest lobte Innstetten vor seiner Frau.
Innstetten sei eigentlich ein Kavalier, nicht kleinlich. Er hatte eigentlich
immer ein gutes Herz. Schade, dass diese dumme Geschichte passiert ist.
Eigentlich waren Effi und er doch das perfekte Paar.

Bei dem Wiedersehen war nur Rollo ruhig. Vielleicht verstand er
die Zeit nicht. Oder er dachte, alles ist jetzt wieder in Ordnung.
Rollo war älter geworden. Das könnte auch ein Grund sein.
Er zeigte nicht viel Zuneigung. Aber er war sehr treu. Er blieb immer
bei seiner Besitzerin. Er war nett zum Jagdhund. Aber er sah ihn als
weniger wichtig an. Nachts schlief Rollo vor Effis Tür. Morgens lag er
neben der Sonnenuhr. Er war immer ruhig und müde.

Effi stand immer vom Frühstück auf und nahm ihren Hut und Schirm.
Dann wurde Rollo wieder jung. Er rannte im Dorf herum. Er wurde
erst ruhig, wenn sie auf dem Feld waren. Effi mochte frische Luft sehr.
Sie ging lieber auf großen Straßen als durch kleine Wälder. Sie ging
oft auf einer Straße mit alten Bäumen. Diese Straße führte zu einem
Bahnhof. Es war etwa eine Stunde zu gehen.

Sie freute sich über alles. Sie atmete den Duft von Feldern ein.
Sie sah Lerchen fliegen. Sie zählte Brunnen und Tröge. Dort trank
das Vieh. Sie hörte ein leises Läuten. Sie wollte die Augen schließen
und vergessen. In der Nähe der Station war eine schöne Allee.
Dort machte sie Pause. Sie sah Züge kommen und gehen. Manchmal sah
sie zwei Rauchfahnen. Die Rauchfahnen gingen auseinander.
Dann verschwanden sie hinter Dörfern und Wäldern. Rollo saß neben

ihr. Er aß von ihrem Frühstück. Danach rannte er durch die Felder.
Manchmal flogen Vögel auf. Dann hielt er an.

„Dieser Sommer ist so schön! Ich kann so glücklich sein, liebe Mama.
Das wusste ich gar nicht!" Das sagte Effi jeden Tag. Sie ging mit ihrer
Mama um einen Teich. Oder sie pflückte einen Apfel und biss hinein.
Sie hatte schöne Zähne.

Frau von Briest sagte zu Effi: „Werde wieder gesund. Dann findest du
neues Glück. Es gibt viele Arten von Glück. Wir finden etwas für dich."

Effi sagte: „Ihr seid so nett. Ich habe euer Leben verändert.
Ihr seid schneller alt geworden."

Frau von Briest sagte: „Sprich nicht davon. Jetzt ist es ruhig bei uns.
Das ist besser als früher. Wenn du gesund bist, können wir reisen.
Unterwegs warst du auch mal krank. Dann warst dann genervt von
den Leuten im Hotel. Aber sonst ärgerst du dich nicht. Dann lachst du
darüber. Und das Meer ist blau, die Segel sind weiß und die Felsen sind
rot von den Pflanzen. Ich habe es noch nicht gesehen, aber ich stelle es
mir schön vor."

Der Sommer ging vorbei. Die Nächte mit den Sternschnuppen waren
lange vorüber. Effi hatte in diesen Nächten lange am Fenster gesessen.
Sie hatte die Sternschnuppen angeschaut und war gar nicht müde
davon geworden.

Ich habe nie sehr an Gott geglaubt. Aber vielleicht kommen wir von
da oben. Vielleicht gehen wir nach dem Tod zurück zu den Sternen.
Ich weiß es nicht. Ich will es auch nicht wissen. Ich sehne mich danach.

Arme Effi, du hast zu lange in den Himmel geschaut. Du hast zu viel

darüber nachgedacht. Dann hat dich die kalte Nachtluft krank gemacht.
Du musstest wieder ins Bett. Der Arzt Wiesike kam und sah dich an.

Er sagte zu Herrn Briest: „Sie wird nicht mehr gesund. Bereiten Sie
sich auf das Schlimmste vor." Er hatte recht. Wenige Tage später,
noch vor zehn Uhr abends, kam Roswitha zu Frau von Briest.
Sie sagte: „Frau, es geht Effi schlecht. Sie redet leise und betet vielleicht.
Sie gibt es nicht zu. Aber es könnte bald vorbei sein."

„Will sie mit mir sprechen?"

„Sie hat nichts gesagt. Aber ich glaube ja. Sie will Sie nicht beunruhigen.
Aber es wäre besser."

„Ja, Roswitha", sagte Frau von Briest, „ich werde zu ihr gehen."

Und bevor die Uhr schlug, ging Frau von Briest die Treppe hoch zu Effi.

Das Fenster war offen. Sie lag auf einer langen Liege neben dem Fenster.

Frau von Briest zog einen kleinen schwarzen Stuhl heran. Der Stuhl
hatte drei goldene Streifen auf der Rückenlehne. Sie nahm Effis Hand
und fragte: „Wie geht es dir, Effi? Roswitha sagt, du hast Fieber."
„Ach, Roswitha macht sich immer Sorgen. Sie denkt, ich sterbe.
Ich weiß es nicht. Aber bei Roswitha sollen sich alle Sorgen machen."

„Denkst du nicht viel über das Sterben nach, liebe Effi?"

„Nein, Mama, ich bin ganz ruhig."

„Glaubst du das wirklich? Alle wollen leben.
Besonders die jungen Leute. Und du bist noch jung, liebe Effi."

Effi sagte eine Weile nichts. Dann sprach sie:
„Du weißt, ich habe nicht viel gelesen. Innstetten fand das nicht gut."

Zum ersten Mal sagte sie Innstettens Namen. Das machte großen
Eindruck auf ihre Mutter. Ihre Mama verstand, dass es vorbei war.

„Du wolltest mir noch etwas sagen."

„Ja. Ich wollte sagen, ich bin noch jung. Aber das ist egal. Früher war
noch alles gut. Da las Innstetten mir abends vor. Er hatte viele Bücher.
In einem Buch stand eine Geschichte. Jemand musste ein lustiges Essen
früher verlassen. Am nächsten Tag fragte er, wie es danach war.
Einer sagte zu ihm: ‚Es ging so weiter. Aber du hast nichts
Wichtiges verpasst.' Mama, diese Worte habe ich mir gemerkt.
Es ist nicht schlimm, wenn man früher vom Essen aufsteht."

Frau von Briest sagte nichts. Effi rutschte etwas höher und sagte dann:
„Ich habe von früher und von Innstetten gesprochen.
Jetzt muss ich dir noch etwas sagen, liebe Mama."

„Du bist aufgeregt, Effi."

„Nein, nein. Wenn ich rede, beruhigt mich das. Ich wollte dir sagen:
Ich sterbe im Frieden mit Gott und den Menschen. Auch im Frieden
mit ihm."

„Hattest du so viel Ärger mit ihm in deinem Herzen? Verzeih mir,
liebe Effi, dass ich das jetzt sage. Aber du hast euer Unglück selbst
herbeigeführt."

Effi nickte. „Ja, Mama. Es ist traurig, dass es so ist. Aber als dann alles
Schlimme passierte, und dann die Sache mit Annie. Er hat sie dressiert.

Da habe ich gedacht, er sei schuld. Weil er so kalt und berechnend
war und zuletzt auch grausam. Ich habe ihn verflucht.“

„Und das macht dir jetzt Sorgen?“

„Ja. Ich war hier in meinen Krankheitstagen glücklich.
Das soll er wissen. Ich habe verstanden. Er hat alles richtig gemacht.
Bei der Sache mit dem armen Crampas: Was hätte er sonst tun sollen?
Er hat mein Kind gegen mich erzogen. Das tat weh. Aber er hatte Recht.
Sag ihm das. Es wird ihm helfen und vielleicht macht es ihn weniger
traurig. Er war ein guter Mensch und edel; auch wenn er nicht wirklich
lieben konnte.“

Effi war müde und wollte schlafen. Frau von Briest merkte das.
Sie stand auf und ging leise weg. Dann setzte sich Effi ans offene
Fenster. Sie wollte die kühle Nachtluft atmen. Die Sterne leuchteten
und es war still im Park. Sie lauschte und hörte sie leise Tropfen auf die
Bäume fallen. Sie fühlte sich erleichtert und dachte: ‚Endlich Ruhe.‘

Einen Monat später war es Ende September. Das Wetter war schön.
Die Blätter im Park wurden rot und gelb. Nach den Stürmen lagen
überall Blätter verstreut.

Auf dem Platz stand eine Sonnenuhr. Jetzt war sie weg.
An ihrer Stelle lag eine weiße Marmorplatte. Auf der Platte stand
„Effi Briest“ und ein Kreuz. Das war Effis letzter Wunsch.
Sie wollte ihren alten Namen auf dem Stein haben. Sie sagte, sie hat dem
anderen Namen keine Ehre gemacht. Das hat man ihr versprochen.

Die Marmorplatte war gestern angekommen. Herr und Frau Briest
saßen davor. Sie schauen auf den Stein und die Blumen drumherum.
Der Hund Rollo liegt daneben. Wilke brachte Frühstück und Post.

Herr Briest sagt zu Wilke, er soll den kleinen Wagen bestellen.
Er wollte mit Frau Briest eine Fahrt machen.

Frau von Briest goß Kaffee ein. Sie schaute zum Platz und den Blumen.
Sie sagte zu Herrn Briest: „Schau, Rollo liegt vor dem Stein.
Es weiß, dass sie da drin liegt. Er ist sehr traurig. Er isst auch nicht mehr."

Herr Briest sage: „Ja, Tiere haben auch Gefühle. Wir denken oft,
wir Menschen sind besonders. Aber vielleicht sind Gefühle das
Wichtigste."

Frau von Briest sagt, er soll nicht so reden. Sie meint, er versteht diese
tiefen Fragen nicht richtig. Er ist klug, aber das ist zu schwierig für ihn.

„Wir haben keine Schuld, Luise. Was meinst du?"

„Sollten wir sie strenger erziehen? Pastor Niemeyer hat alles immer sehr
locker genommen. Du hast immer alles nur lustig gefunden. Und ich.
Habe ich sie vielleicht zu jung verheiratet?"

Rollo wachte auf und schüttelte den Kopf. Briest sagte:

„Ach, Luise. Das ist ein zu weites Feld."

ssum

grafische Information der Deutschen Nationalbibliothek:
Deutsche Nationalbibliothek verzeichnet diese Publikation
er Deutschen Nationalbibliografie; detaillierte bibliografische Daten
d im Internet über dnb.dnb.de abrufbar.

Die automatisierte Analyse des Werkes, um daraus Informationen
insbesondere über Muster, Trends und Korrelationen gemäß §44b UrhG
(„Text und Data Mining") zu gewinnen, ist untersagt.

ISBN 978-3-9826254-7-8

Text in Einfacher Sprache: Dr. Patrick Krause
Design: Andreas Stobbe
Druck: Libri Plureos GmbH, Friedensallee 273, 22763 Hamburg

Mit freundlicher Unterstützung von Eye-Able (eye-able.com).

Wir danken Frau Marie Janiszewski für das Testlesen des 1. Kapitels
und die Verbesserungsvorschläge.

Welt-Literatur in Einfacher Sprache

Wir wollen, dass alle Menschen Bücher lesen können.
Auch Menschen, die Probleme beim Lesen haben.
Wir benutzen Einfache und Leichte Sprache.
So können mehr Menschen bekannte Bücher verstehen.

Wir werden viele Bücher in Einfacher Sprache machen.
Wir wollen dafür Computer-Programme nutzen.
Experten werden die Texte dann prüfen.
Sie machen die Texte besser und leichter zu verstehen.
Menschen, die schwer lesen, sollen die Texte testen.
Ihre Meinung ist wichtig.
So wissen wir, ob die Texte gut sind.

Unser Ziel ist es, dass alle Menschen Bücher lesen können.
Jeder soll Bücher der Welt genießen können.
Egal, ob jemand Probleme mit Sprache hat oder nicht.
Unsere Arbeit hilft dabei, dass mehr
Menschen Kultur und Bildung bekommen.

Deshalb bringen wir viele Bücher in Einfacher und Leichter Sprache
raus, zum Beispiel die auf den folgenden Seiten...

Immanuel Kant – Was ist Aufklärung? Und weitere Schriften: Was heißt: sich im Denken orientieren? Zum ewigen Frieden.

Was ist Aufklärung?

Immanuel Kant lebte in der Zeit der Aufklärung. Die Kirche und der Staat diktierten, wie man leben und denken sollte. Dagegen lehnten sich viele Dichter und Denker auf. Wissenschaftler hatten der Kirche schon viele Fehler nachgewiesen. Dichter wie Voltaire und Denker wie Rousseau sagten: Menschen sollen nicht alles glauben. Dann sind sie nicht frei. Sie klärten die Menschen über ihre eigene Kraft auf: ihren Verstand und ihre Vernunft. Im Denken kann man sich selbst orientieren.

Zum ewigen Frieden.

In Kants Zeit gab es viele Kriege und Revolutionen. Kant glaubte: Die menschliche Vernunft kann Kriege beenden. Dann herrscht für immer Frieden auf der Welt. Er dachte über die Voraussetzungen dafür nach. Auf Basis von diesem Text hat man in New York die Vereinten Nationen gegründet. Sie versucht diesen Frieden auf der ganzen Welt herzustellen.

Ausgabe als Taschenbuch
72 Seiten
ISBN 978-3-911420-03-7
Bestellbar unter https://t.ly/XlGtW

Johann Wolfgang von Goethe –
Die Leiden des jungen Werther

Goethes berühmter Briefroman erscheint bei aibo zum ersten Mal
in Einfacher Sprache. Der Text entspricht weitgehend der Norm
DIN 8581-1. Der Inhalt ist typografisch besonders lesefreundlich
gestaltet. Das Buch eignet sich auch für Leserinnen und Leser mit
eingeschränkter Lesefähigkeit (LRS) oder Deutsch als Zweitsprache.

Der „Werther" war Goethes erster Roman.

Er wurde sofort ein Bestseller in ganz Europa. Goethe war da 25 Jahre
alt und unglücklich verliebt. Er schrieb den Roman in Briefen. Goethes
Held Werther schildert in jedem Brief seine unglücklichen Gefühle.

Werther ist in eine verlobte Frau verliebt. Sie heißt Lotte.
Lotte erwidert seine Gefühle. Aber es ist für die beiden zu spät.
Werther darf seine stürmische Liebe nicht zeigen.
Das bringt ihn zur Verzweiflung. Werther wird zum Außenseiter.
Und Lotte spielt mit seinen Gefühlen. Das ist alles zu viel für ihn …

Ausgabe als Taschenbuch
110 Seiten
ISBN 978-3-911420-07-5
Bestellbar unter https://t.ly/seqL5

Edgar Allan Poe – Der Untergang des Hauses Usher und andere Kurzgeschichten

Eine Auswahl von Poes Kurzgeschichten erscheint hier in Einfacher
Sprache. Der Text entspricht weitgehend der Norm DIN 8581-1.
Der Inhalt ist typografisch besonders lesefreundlich gestaltet.
Das Buch eignet sich auch für Leserinnen und Leser mit
eingeschränkter Lesefähigkeit (LRS) oder Deutsch als Zweitsprache.

Der amerikanische Schriftsteller Edgar Allan Poe wurde mit seinen
Gedichten und Schauergeschichten berühmt. In diesem Band sind
seine bekannten Kurzgeschichten versammelt. Sie handeln von
Menschen und ihren merkwürdigen Schicksalen. Sie erleben fast
unmögliche Dinge. Mal scheinen sie selbst dafür verantwortlich zu sein.
Mal erleben sie nahezu gespenstische Dinge. Mörder erzählen ihre
eigene Geschichte. Detektive decken eine scheinbar unmögliche
Begebenheit auf … und sogar Seemannsgarn kann bei
Edgar Allan Poe wie Horror klingen. Bekannt wurde auch
die Vertonung einiger „Erzählungen voller Geheimnisse und Fantasie"
(„Tales of Mystery and Imagination") vom Musiker Alan Parsons
in den Siebziger Jahren. Poe gilt als einer der Väter des
„Mystery Thrillers".

Ausgabe als Taschenbuch
130 Seiten
ISBN 978-3-911420-12-9
Bestellbar unter https://t.ly/wjw8H

Franz Kafka – Ein Landarzt Kleine Erzählungen Die Verwandlung

„Ein Landarzt" ist eine berühmte Sammlung von Kafkas Erzählungen,
„Die Verwandlung" seine berühmteste. Franz Kafkas selbst autorisierte
Erzählungen erscheinen im Kafka-Jahr 2024 in Einfacher Sprache.
Der Inhalt ist typografisch besonders lesefreundlich gestaltet.
Das Buch eignet sich für Leserinnen und Leser mit Deutsch
als Zweitsprache sowie eingeschränkter Lesefähigkeit (LRS).

In dieser Sammlung können sich die Leser Schritt für Schritt
Franz Kafkas Erzählkunst von kurzen Miniaturen bis zur großen
Erzählung nähern: Ein Rechtsanwalt heißt wie das Pferd des
griechischen Königs Alexander der Große. Scheint er deshalb
auch zu reiten? Eine Kunstreiterin reitet scheinbar ewig im Kreis.
Ein Bote kommt nie an. Ein Türhüter lässt jemanden ein Leben lang
nicht ein, obwohl die Tür nur für ihn da war. Ein Tier verwandelt sich
zum Überleben in einen Menschen. Und ein Mensch in ein Tier.
Ein Vater ist mit allen seinen elf Söhnen unzufrieden.
Und Joseph K. träumt …

Ausgabe als Taschenbuch
98 Seiten
ISBN 978-3-911420-16-7
Bestellbar unter https://t.ly/4GIVt

Jacob und Wilhelm Grimm – Deutsche Märchen

Der amerikanische Psychologe Joseph Campbell analysierte etliche
Mythen und Märchen der Welt und fand überall die gleichen Themen:
die Fragen und Bedürfnisse der menschlichen Seele. Das gilt auch für
die Märchen der Brüder Grimm. Deshalb sind sie heute noch aktuell.

Märchen sind Geschichten zum Weitererzählen. Die Kinder- und
Hausmärchen der Brüder Grimm erschienen zwischen 1812 und 1858.
Erst sammelten die Romantiker Clemens Brentano, Achim von Arnim
und Johann Friedrich Reichardt lauter Liedtexte für ihren Sammelband
„Des Knaben Wunderhorn". Dann sollten die Brüder Grimm ihr Werk
fortsetzen. Jacob und Wilhelm Grimm sammelten hunderte deutsche
Volksmärchen und schrieben sie in einheitlichem Stil nieder.
Mit ihren mehr als 200 Geschichten schufen die Gebrüder Grimm
eine eigene deutsche Mythologie. Ihre Märchen wurden bald in allen
deutschen Haushalten vorgelesen. Die Parabeln enthalten unzählige
Lehren.

Diese Auswahl von „Grimms Märchen" erscheinen hier in Einfacher
Sprache. Der Text entspricht weitgehend der Norm DIN 8581-1.
Der Inhalt ist typografisch besonders lesefreundlich gestaltet
und reich bebildert.

Ausgabe als Taschenbuch
140 Seiten
ISBN 978-3-911420-21-1
Bestellbar unter https://t.ly/aJm6v

Lewis Carroll – Alice im Wunderland

Nonsens, Satire und logische Verdrehungen: Seit 160 Jahren begeistert
Lewis Carrolls fantasievolle Kindergeschichte „Alice im Wunderland"
Kinder, Eltern sowie Vertreter von Kunst, Literatur und Popkultur.
Die Abenteuer und Begegnungen der kleinen Alice nach ihrem Sprung
in den Kaninchenbau haben schon kurz nach ihrer Erscheinung
Oscar Wilde, Queen Victoria und später die Surrealisten, James Joyce
oder auch John Lennon fasziniert. Im sittenstrengen 19. Jahrhundert
war es außer der Norm, einmal alle Regeln der Wissenschaften
und der Vernunft auf den Kopf zu stellen; und gerade deshalb wurde
das bunt illustrierte „Alice im Wunderland" wohl zu solch einem Erfolg.

Der vielseitige Lewis Carroll wurde schon als Kind als Genie
gehandelt, war in Mathematik wie in Theologie bewandert.
Auch die Fotografie fesselte ihn. Beruflich wurde er Diakon.
Bei einer Bootsfahrt auf der Themse zwangen ihn die Kinder
seines Dekans - unter ihnen Alice Liddell - eine Geschichte zu
erzählen und buchstäblich immer weiter zu spinnen. So entstand
„Alice im Wunderland", eines der erfolgreichsten Kinderbücher
aller Zeiten. Der Inhalt ist mit digitalen Illustrationen reich bebildert.

Ausgabe als Taschenbuch
136 Seiten
ISBN 978-3-911420-23-5
Bestellbar unter https://t.ly/-MCY0